传世励志经典

U0607018

人生的座右铭

历代经典励志小品

徐 潜 编

中华工商联合出版社

图书在版编目（CIP）数据

人生的座右铭：历代经典励志小品 / 徐潜编. --
北京：中华工商联合出版社，2014.11
　　ISBN 978-7-5158-1149-9

　　Ⅰ．①人… Ⅱ．①徐… Ⅲ．①小品文－作品集－中国
－古代 Ⅳ．①I262

　　中国版本图书馆 CIP 数据核字（2014）第 246766 号

人生的座右铭
——历代经典励志小品

作　者：	徐　潜
出 品 人：	徐　潜
策划编辑：	魏鸿鸣
责任编辑：	林　立
封面设计：	周　源
责任审读：	郭敬梅
责任印制：	迈致红
出版发行：	中华工商联合出版社有限责任公司
印　刷：	天津旭丰源印刷有限公司
版　次：	2014 年 12 月第 1 版
印　次：	2023 年 4 月第 4 次印刷
开　本：	710mm×1020mm　1/16
字　数：	250 千字
印　张：	15.75
书　号：	ISBN 978-7-5158-1149-9
定　价：	59.80元

服务热线：010－58301130
销售热线：010－58302813
地址邮编：北京市西城区西环广场 A 座
　　　　　19－20 层，100044
http://www.chgslcbs.cn
E-mail：cicap1202@sina.com（营销中心）
E-mail：gslzbs@sina.com（总编室）

工商联版图书
版权所有　侵权必究

凡本社图书出现印装质量
问题，请与印务部联系。
联系电话：010－58302915

序

　　为了给《传世励志经典》写几句话，我翻阅了手边几种常见的古今中外圣贤大师关于人生的书，大致统计了一下，励志类的比例，确为首屈一指。其实古往今来，所有的成功者，他们的人生和他们所激赏的人生，不外是：有志者，事竟成。

　　励志是动宾结构的词，励是磨砺，志是志向，放在一起就是磨砺志向。所以说，励志不是简单的立志，是要像把刀放在石头上磨才能锋利一样，这个磨砺，也不是轻而易举地摩擦一下，而是要下力气的，对刀来说，不仅要把自身的锈磨掉，还要把多余的部分都要毫不留情地磨掉，这简直是一场磨难。所有绚丽的人生都是用艰难磨砺成的，砥砺生命放光华。可见，励志至少有三层意思：

　　一是立志。国人都崇拜的一本书叫《易经》，那里面有一句话说：天行健，君子以自强不息。这是一种天人合一的理念，它揭示了自然界和人类发展演化的基本规律，所以一切圣贤伟人无不遵循此道。当然，这里还有一个立什么样的志的问题，孔子说：士不可以不弘毅，任重而道远。古往今来，凡志士仁人立的都是天下家国之志。李白说：大丈夫必有四方之志，白居易有诗曰：丈夫贵兼济，岂独善一身，讲的都是这个道理。

二是励志。有了志向不一定就能成事，《礼记》里说：玉不琢，不成器。因为从理想到现实还有很大的距离。志向须在现实的困境中反复历练，不断考验才能变得坚韧弘毅，才能一步一个脚印地逐步实现。所以拿破仑说：真正之才智乃刚毅之志向。孟子则把天将降大任于斯人描述得如此艰难困苦。我们看看历代圣贤，从三大宗的创始人耶稣、默哈穆德、释迦牟尼到孔夫子、司马迁、孙中山，直至各行各业的精英，哪一个不是历经磨难终成大业，哪一个不是砥砺生命放射出人生的光芒。

三是守志。无论立志还是励志都不是一朝一夕、一蹴而就的，它贯穿了人的一生，无论生命之火是绚丽还是暗淡，都将到它熄灭的最后一刻。所以真正的有志者，一方面存矢志不渝之德，另一方面有不为穷变节、不为贱易志之气。像孟子说的那样：富贵不能淫、贫贱不能移、威武不能屈。明代有位首辅大臣叫刘吉，他说过：有志者立长志，无志者常立志，这话是很有道理的。

话说回来，励志并非粘贴在生命上的标签，而是融汇于人生中一点一滴的气蕴，最后成长为人的格调和气质，成就人生的梦想。不管你做哪一行，有志不论年少，无志空活百年。

这套《传世励志经典》共收辑了100部图书，包括传记、文集、选辑。为励志者满足心灵的渴望，有的像心灵鸡汤，营养而鲜美；有的就是萝卜白菜或粗茶淡饭，却是生命之必需。无论直接或间接，先贤们的追求和感悟，一定会给我们带来生命的惊喜。

徐　潜

2014 年 5 月 16 日

前　言

说起励志的文章，在中华汗牛充栋的文苑里真是数不胜数。为了适应当代读者的审美喜好，我们选编了这本《人生的座右铭——历代经典励志小品》。之所以专选小品，主要是为了便于阅读，以契合现在快节奏的紧张生活。

小品这个词的使用并非像它所涵盖的艺术作品那样历史悠久，从文体学角度上说，这种文字精悍，品味隽永的散文形式自古就有，而且脍炙人口的小品文从有文学史开始就是一道亮丽的风景。像先秦的神话；诸子散文和历史散文中精彩的段子；汉魏六朝时期的诸多精短美文。唐宋八大家中的柳宗文、欧阳修、苏东坡都是小品文创作的大师级人物。但小品这个头衔并非文学史所有，而是从佛经翻译中移植过来的，最初人们把佛经译本中那些语言精辟篇幅短小的简本统称为"小品"，后来觉得中国古代散文中这些优秀的小文章无论形神，很像佛经中的小品，也就张冠李戴了。

因此可见，人们用自觉的审美眼光来关注小品文的艺术特征并从理论上给予总结，是后来的事了。在中国古代的散文史上，小品文的兴盛主要是明清时代，作品之丰，作家之众，水平之高，影响之大，都是首屈一指。

本书所选的励志小品，都是从历代众多励志精品中筛选出来的，如果说凝缩的全是精华，那这些励志小品文堪称经典励志文章精品中的精品，这里既有圣贤大师的杰作，也有不少普通人的作品，但那种追求人生价值、崇尚人生奋斗的精神都是一样的。文章虽都很短小，读来却都让人回肠荡气，感慨回味。作为一个普及性的读本，注析务求简洁，很怕做狗尾续貂的事，把精彩的小品弄得既不精悍也欠精彩了。但愿我们的努力能得到读者的认可，欢迎大家批评指正。

编　者

目 录

精卫填海　　　　《山海经》　001

夸父逐日　　　　《山海经》　002

女娲补天　　　　《淮南子》　003

后羿射日　　　　《淮南子》　005

石碏谏宠州吁　　《左　传》　006

曹刿论战　　　　《左　传》　008

宫之奇谏假道　　《左　传》　010

展喜犒师　　　　《左　传》　013

烛之武退秦师　　《左　传》　015

召公谏厉王止谤　《国　语》　018

叔向贺贫　　　　《国　语》　021

邹忌讽齐王纳谏　《战国策》　023

唐雎不辱使命　　《战国策》　025

侍　坐　　　　　《论　语》　028

阳货欲见孔子　　《论　语》　031

染　丝　　　　　《墨　子》　033

鱼我所欲也　　　《孟　子》　034

庖丁解牛　　　　《庄　子》　036

和氏璧　　　　　《韩非子》　039

滥竽充数　　　　《韩非子》　041

掣　肘　　　　《吕氏春秋》　042

荆人遗弓　　　　《吕氏春秋》　043

044 《列　子》　杞人忧天

046 《列　子》　愚公移山

048 《晏子春秋》　晏子将使楚

050 《晏子春秋》　晏子谏杀烛邹

051 《礼　记》　杜蒉扬觯

053 《礼　记》　苛政猛于虎

055 东方朔　上书自荐

057 司马迁　项羽本纪赞

059 司马迁　孔子世家赞

061 刘　向　楚庄绝缨

063 王　褒　责髯奴辞

065 扬　雄　酒箴

067 马　援　诫兄子严敦书

069 张　衡　归田赋

072 赵　壹　刺世嫉邪赋

075 孔　融　论盛孝章书

078 曹　操　祀故太尉桥玄文

080 诸葛亮　诫子书

082 李　密　陈情表

085 王羲之　兰亭集序

088 陶渊明　归去来辞

090 陶渊明　桃花源记

092 袁　淑　驴山公九锡文

095 江　淹　恨赋

099 刘义庆　王子猷雪夜访戴

100 刘义庆　小时了了

答谢中书书　陶弘景　101

与宋元思书　吴　均　103

祭夫徐敬业文　刘令娴　105

水经注（二则）　郦道元　108

谏太宗十思疏　魏　征　110

杂说四　韩　愈　113

师　说　韩　愈　115

陋室铭　刘禹锡　118

钴鉧潭西小丘记　柳宗元　119

小石城山记　柳宗元　122

越妇言　罗　隐　124

黄冈竹楼记　王禹偁　126

岳阳楼记　范仲淹　129

醉翁亭记　欧阳修　131

五代史伶官传序　欧阳修　134

送石昌言使北引　苏　洵　137

爱莲说　周敦颐　140

墨池记　曾　巩　141

谏院题名记　司马光　143

答司马谏议书　王安石　145

后赤壁赋　苏　轼　148

日　喻　苏　轼　150

黄州快哉亭记　苏　辙　153

题自书卷后　黄庭坚　156

新城游北山记　晁补之　157

书《洛阳名园记》后　李格非　160

161　岳　飞　论　马

164　岳　珂　朝士留刺

166　陆　游　入蜀记二则

169　周　密　观　潮

171　文天祥　正气歌序

173　元好问　送秦中诸人引

175　宋　濂　送东阳马生序

178　刘　基　养狙为生

179　方孝孺　深虑论

182　归有光　项脊轩志

184　王世贞　蔺相如完璧归赵

187　李　贽　题孔子像于芝佛院

189　李　贽　李卓吾先生遗言

191　钟　惺　夏梅说

193　王思任　小　洋

195　魏学洢　核舟记

198　张　岱　柳敬亭说书

200　徐宏祖　游黄山记

202　顾炎武　复庵记

205　黄宗羲　柳敬亭传

209　周　容　芋老人传

212　侯方域　李姬传

216　魏　禧　大铁椎传

220　李　渔　芙　蕖

222　方　苞　左忠毅公逸事

225　廖　燕　金圣叹先生传

为学一首示子侄　彭端淑　228

六经中有伪文章　袁　枚　230

家贫梦买书　袁　枚　231

地必须亲历　袁　枚　232

贫儿学谄　沈起凤　234

己亥六月重过扬州记　龚自珍　236

病梅馆记　龚自珍　239

精卫填海

《山海经》①

发鸠之山②，其上多柘木③。有鸟焉，其状如乌，文首④，白喙⑤，赤足，名曰精卫，其名自詨⑥。是炎帝之少女⑦，名曰女娃。女娃游于东海，溺而不返⑧，故为精卫，常衔西山之木石⑨，以堙于东海⑩。

【注　释】

①《山海经》：保存中国古代神话资料最丰富的一部典籍，自古号称奇书。全书十八卷，分为《山经》五卷和《海经》十三卷两大类。该书包含着有关中国古代地理、历史、神话、民族、宗教、医药、动物、植物等多方面的内容，保存着丰富的资料，是研究上古社会的重要文献。《山海经》旧传为大禹、伯益所记，实际却并非出自一人之手，也非作于一时。②发鸠之山：神话中山名。③柘（zhè）木：柘树，叶子可以饲蚕，树皮可以染黄，古时往往"桑柘"连称。④文首：色彩华丽的头。文，同"纹"，是花纹或图形。⑤白喙（huì）：白色的嘴。禽鸟兽类的嘴叫作喙。⑥其名自詨（xiāo或jiào）：精卫鸟的名字是自己叫唤的声音。詨，呼叫，叫唤，这里是鸟的啼声。⑦炎帝：古传说是神农氏的"帝号"。⑧溺：淹没。⑨衔：用嘴含。⑩堙（yīn）：填塞。

【赏　析】

本文选自《山海经·北山经》，是一则十分神奇、美丽动人的关于人与自然关系的神话。神话是原始文学的一种重要的样式，是社会生产力水平极其低下的历史时期的产物，反映了原始人类对自然与社会的曲折认识。原始人类相信万物有灵，相信灵魂不死，他们以幼稚的想象与天真的幻想，口头创作了许多浪漫而奇特的神话。

《精卫填海》讲述的是溺死的少女化而为鸟，誓向大海复仇的悲壮故事。人们在幼稚的幻想里，把精卫说成是炎帝的小女儿女娃化生的，并描述了它衔木石、填沧海、坚毅不屈、勤奋不息的壮举，表现了远古人类征服自然、战胜自然的坚定意志。

这则神话的悲剧色彩是显而易见的，但能于悲剧色彩中强烈地透出刚毅之气，给人以教育与鼓舞。个体生命的结束，并非斗争的终结。"精卫衔微木，将以填沧海。"（陶渊明《读〈山海经〉》）神话作品表现出来的死而不屈的精神对后人的激励作用是巨大的。

夸父逐日

《山海经》

夸父与日逐走①，入日②；渴，欲得饮，饮于河、渭③；河、渭不足，北饮大泽，未至，道渴而死④。弃其杖，化为邓林⑤。

【注　释】

①夸父：意为大汉、巨人，神话中的巨神形象。逐走：竞走，赛跑。

②入日：进到太阳旁边，意谓赶上太阳。入，进。③河：指黄河。渭：渭水，是黄河的支流。④道：途中，半路上。⑤邓林：据清人考证，古邓、桃音近，邓林当是"桃林"，是古地名。

【赏　析】

本文选自《山海经·海外北经》。夸父是神话中力大无穷的巨人，这则神话赞扬他同太阳赛跑并敢于自我牺牲的精神。夸父英勇豪迈，奔跑神速，有惊人的饮量。他追赶太阳，渴死在求水的路上。他的血肉浸润木杖，化成桃林。夸父是理想的巨神形象，体现出先民力图提高劳动效率的宏愿和战胜自然力的渴望。杖化桃林的幻想解说，显示出远古先民的奋斗给后代留下的福荫。

这则神话描述夸父的英雄形象时，采用了大胆夸张的手法。如说他接近太阳时，被灼烤得口渴难耐，河、渭也不足以解渴，而去"北饮大泽"，充分表现了他"逐日"这一壮举的艰苦卓绝。

女娲补天

《淮南子》①

往古之时，四极废②，九州裂③，天下兼覆④，地不周载⑤，火爁焱而不灭⑥，水浩洋而不息⑦，猛兽食颛民⑧，鸷鸟攫老弱⑨。于是，女娲炼五色石以补苍天⑩，断鳌足以立四极⑪，杀黑龙以济冀州⑫，积芦灰以止淫水⑬。苍天补，四极正，淫水涸⑭，冀州平，狡虫死⑮，颛民生。

【注　释】

①《淮南子》：也称《淮南鸿烈》，杂家著作。西汉刘安主编，二十一卷。杂采先秦诸子之说而成，以阴阳五行和道家天道自然之论立说，杂糅儒、法、刑、名，所集思想资料较为庞杂，保留先秦原始资料甚为丰富，也是包含原生态神话素材较多的典籍之一。②四极：四方支天的梁柱。极：栋梁。这里指天柱。废：毁坏，坠毁。③九州：九州大地。古时分天下为冀、兖（yǎn）、青、徐、扬、荆、豫、梁、雍九州。裂：塌陷崩裂。④兼覆：完全覆盖（大地）。兼：一并，完全。⑤周载：（把万物）完全承载。周：全，普遍。⑥爁焱（làn yàn）：大火燃烧蔓延的样子。⑦浩洋：浩荡汪洋，洪水盛大的样子。⑧颛（zhuān）民：善良的人们。⑨鸷鸟：猛禽，如鹰、雕、鹫等。攫（jué）：鸟兽用爪抓取东西。⑩女娲（wā）：神话中女神名。与传说中的伏羲、神农合称"三皇"。⑪鳌（áo）：神话中的巨龟。这句说女娲用龟足做支天的柱子。⑫黑龙：神话中的洪水神。济：救助。⑬芦灰：芦苇烧成的灰。淫水：大水。指洪水。⑭涸（hé）：干枯，水枯竭。⑮狡虫：指害人的凶兽猛禽。

【赏　析】

本文选自《淮南子·览冥训》。这是一篇反映人与自然的关系的上古神话。它以想象与幻想的形式记述并颂扬了人类女祖女娲氏的丰功伟绩：她炼石补天，熄灭大火，消除洪水，杀掉凶禽猛兽，保护了人类的生存。这则美丽的神话的产生，大约同远古时期可能发生过的严重的自然灾变（如地震）及先民们的重建家园的活动有关。作品艺术地表现出女性在远古社会劳动中的重要地位，歌颂了人们理想中的拯救人类的英雄女神。值得注意的是，这则神话的语言铿锵有力，句式灵活多变且相对整齐，连续使用的三言句、四言句、五言句、六言句，不仅整齐划一，而且语法结构、修辞手法也取一致，这当是神话在长期流传过程中，被先民不断润色加工的结果。

后羿射日

《淮南子》

逮至尧之时①，十日并出，焦禾稼，杀草木②，而民无所食。猰貐③、凿齿④、九婴⑤、大风⑥、封豨⑦、修蛇⑧，皆为民害。尧乃使羿诛凿齿于畴华之野⑨，杀九婴于凶水之上⑩，缴大风于青丘之泽⑪，上射十日而下杀猰貐，断修蛇于洞庭⑫，擒封豨于桑林⑬。万民皆喜，置尧以为天子⑭。

【注　释】

①逮：至，到。尧：传说中的"五帝"之一，原始部落首领。②杀：晒死。③猰貐（yà yǔ）：神话中的形体奇特的怪兽。"牛身而赤，人面马足"，或说是"蛇身人面"或"龙首"。也写作"窫窳"。④凿齿：神话中的怪兽。齿长三尺如凿形，露在外面。能持戈与盾。⑤九婴：神话中的九个头的水火之怪。⑥大风：神话中的风神，即风伯。一说是一种凶猛的大鸟，即"大风"。⑦封豨（xī）：大野猪。⑧修蛇：长大的蟒蛇。神话中说，它能吞食大象，三年后才排出象骨。⑨羿（yì）：神话中发明弓箭的巧匠，尧时善于射箭的武士。畴华：南方大泽名。也写作"寿华"。⑩凶水：神话中的北方大河。⑪缴（zhuó）：用绳系矢射取。这里意谓用箭射。青丘：传说中的东方地名。⑫断：斩断。洞庭：洞庭湖。⑬桑林：地名，桑山之

林。传说后来商汤王曾在这里祈雨。⑭置：拥戴。

【赏　析】

本文选自《淮南子·本经训》。这篇神话描述了远古时代生活在凶禽、猛兽与自然灾害构成的险恶环境中的先民，依靠手执工具的劳动与奋斗，征服自然，战胜灾害，开创生活的壮观情景。羿是发明弓箭的巧匠，箭法高超的射手，为民除害的英雄。他的形象是先民聪明才智与劳动功绩的艺术概括。作品夸张地表现了弓箭的效率，洋溢着先民征服自然、创造生活的激情。

石碏谏宠州吁

《左传》

卫庄公娶于齐东宫得臣之妹①，曰庄姜②。美而无子，卫人所为赋《硕人》也③。又娶于陈④，曰厉妫。生孝伯，蚤死⑤。其娣戴妫生桓公⑥，庄姜以为己子。

公子州吁⑦，嬖人之子也⑧。有宠而好兵，公弗禁，庄姜恶之。

石碏谏曰⑨："臣闻爱子，教之以义方，弗纳于邪⑩。骄，奢，淫，佚，所自邪也⑪；四者之采，宠禄过也⑫。将立州吁，乃定之矣⑬；若犹未也，阶之为祸⑭。夫宠而不骄，骄而能降⑮，降而不憾，憾而能眕者⑯，鲜矣⑰。且夫贱妨贵，少陵长，远间亲，新间旧，小加大，淫破义⑱，所谓'六逆'也⑲。君义，臣行，父

慈，子孝，兄爱，弟敬，所谓'六顺'也。去顺效逆㉑，所以速祸也。君人者，将祸是务去㉑，而速之，无乃不可乎？"㉒

弗听。其子厚与州吁游㉓，禁之，不可。桓公立，乃老㉔。

【注　释】

①卫庄公：卫武公之子，名扬，公元前757年至公元前735年在位。卫，姬姓之国，在今河南淇县一带。齐，国名，姜姓之国，在今山东中部、北部一带。东宫：太子宫，这里指太子。得臣：齐庄公太子，因早亡而未得即位。②庄姜：卫庄公夫人，齐庄公嫡女。"庄"是她丈夫的谥号，"姜"是她娘家的姓。③《硕人》：《诗经·卫风》中的一首诗，相传是卫国人赞美庄姜的作品。④陈：国名，妫（guī）姓之国，在今河南东部和安徽西部。⑤蚤：通"早"。⑥娣（dì）：女弟，即妹妹。戴妫："戴"与上文"厉妫"的"厉"，都是谥号。桓公：卫国国君，名完，在位十六年。⑦公子州吁：卫庄公庶子。桓公十六年二月，他杀掉卫桓公，自立为国君。同年十二月，被政敌杀死，桓公弟即位，即宣公。⑧嬖（bì）人：指受宠爱的姬妾。嬖，宠爱，宠幸。⑨石碏（què）：卫国大夫。⑩纳：进入，走入。⑪所自邪：犹如"邪所自"，即走上邪路的开始。⑫过：过分，过度。⑬乃：就。定：决定，确定。⑭阶之为祸：发展成祸患的阶梯。阶，阶梯，这里指根源，源头。⑮能降：能安于地位的降低。这里指庄公死后，太子完将继位，州吁的地位势必下降。⑯眕（zhěn）：安重、忍耐而不妄动。⑰鲜（xiǎn）：少，不多。⑱淫：指"不义"。⑲逆：违背，不顺。⑳去：去掉，除掉。效：效法，学习。㉑祸是务去：是"务去是祸"的倒装。务，务必，必须。是，此，这。这里表示强调。㉒无乃：岂不。语气较为和缓。㉓其子厚：石碏之子石厚。游：交往，交际。㉔老：告老辞官。

【赏　析】

贵族子弟恃宠而骄，骄而酿祸的事例，古往今来，史不绝书，人们早已司空见惯了。而发生在两千七百多年前的"州吁之乱"却颇能给人一些启示。

卫庄公的庶出子州吁，因母亲得宠而受到庄公宠爱，喜欢舞刀弄枪，庄公也不加禁止。大夫石碏洞察微末，意识到潜在的危机，劝谏庄公不要过分宠爱州吁，痛陈利害，晓之以"教子以义方"的道理。所谓"义方"，就是远离骄、奢、淫、佚，贯彻"君义、臣行、父慈、子孝、兄爱、弟敬"的"六顺"原则。庄公不听，终于酿成卫国王室内讧的灾难性后果。

"义方"也好，"六顺"也罢，说穿了，都是维护统治秩序的"礼"的组成部分，无非是要把尊卑、贵贱、上下、长幼加以严格的区分，以保障统治者的绝对权威而已。石碏强调教子不可娇宠，对今天的为人父母者，依然具有借鉴意义。

《左传》本以记事为主，但也不乏记言的精彩片断。石碏的一段劝谏之词言简意赅，逻辑严谨，语句整饬，无懈可击，颇有论辩的力度与说客的风采。

曹刿论战

《左传》

齐师伐我①。公将战②。曹刿请见③。其乡人曰④："肉食者谋之⑤，又何间焉⑥"刿曰："肉食者鄙⑦，未能远谋。"乃入见，问何以战。

公曰："衣食所安⑧，弗敢专也⑨，必以分人。"对曰："小惠未遍，民弗从也。"公曰："牺牲玉帛⑩，弗敢加也，必以信。"对曰："小信未孚⑪，神弗福也。"公曰："小大之狱⑫，虽不能察⑬，必以情⑭。"对曰："忠之属也⑮，可以一战⑯。战，则请从。"

公与之乘，战于长勺⑰。公将鼓之⑱，刿曰："未可。"齐人三鼓，刿曰："可矣。"齐师败绩⑲。公将驰之⑳，刿曰："未可。"下视其辙，登轼而望之㉑，曰："可矣。"遂逐齐师。

既克㉒，公问其故。对曰："夫战，勇气也。一鼓作气㉓，再而衰㉔，三而竭㉕。彼竭我盈㉖，故克之。夫大国，难测也，惧有伏焉㉗。吾视其辙乱，望其旗靡㉘，故逐之。"

【注 释】

①我：指鲁国。因《左传》是按鲁国国君纪年的，所以这里采用鲁国史官口气，称鲁国为"我"。②公：指鲁庄公，公元前 693 年至公元前 662 年在位。姬姓，名同。③曹刿（guì）：鲁国人。有人认为即《史记·刺客列传》中的"曹沫"。④乡人：同一个乡的人。周代以一万二千五百户为一乡。⑤肉食者：吃肉的人。指当官的人。⑥间（jiàn）：参与。焉：相当于"于此"（"此"代上文讲的事）。⑦鄙：眼光短浅，鄙陋。⑧衣食所安：衣食这些用来安生的东西。安，养。⑨专：独占独享。⑩牺牲：祭祀用的牛、羊、猪等。玉帛：祭祀用的玉器与丝织品。⑪孚：大信，被人们所信服。⑫狱：诉讼案件。⑬察：明察，审查清楚。⑭情：实际情况。⑮忠：忠于职守，尽力为民办事。属：类。⑯可：可以。以：凭（这个）。⑰长勺（shuò）：鲁国地名，在今山东莱芜东北。⑱鼓之：擂鼓进军。"之"字的代词功能已趋虚化，仅对"鼓"这一动作起强调作用。⑲败绩：大败。⑳驰之：驱战车追击齐师。㉑轼：车厢前面的横木，供乘车人扶持用。㉒克：战胜。㉓一鼓：擂第一次鼓。作：振作，激发。㉔再：两次。㉕竭：尽。㉖盈：满，指士气旺盛。㉗伏：埋伏。㉘靡（mǐ）：倒下。

【赏　析】

长勺之战是春秋时期发生在齐、鲁两个邻国之间的一次以弱胜强的著名战役。军事实力较弱的鲁国战胜了前来进攻的相对强大的齐国，与曹刿的参与和指挥有着密切的关系。文章围绕着"论战"这个中心，着重描述了曹刿所阐述的进行战争和取得胜利的条件，即在政治上，国君要取信于民，在战略上，将领要知己知彼，并且要善于捕捉战机，不失时机地追击、消灭敌人。

齐师进犯，大敌当前，作为一介草民的曹刿在国家危难之时毅然挺身而出，要求谒见国君。这一开头，可谓先声夺人，出笔不凡，同时也初步塑造出一位爱国者的形象。文章的主体部分由曹刿与鲁庄公的对话构成，有如层层剥笋，逐渐展示核心。战前的对话，重在探讨战争的前提，即争取民心；战时的对话，重在探讨战术的运用，即把握时机。几个"可矣"，写出了曹刿的沉稳老练与勇气谋略。一篇二百余字的短文，不仅条理井然地记述了一次战役的全过程，而且眉目清晰地描绘了人物动人的风采，可谓惜墨如金而又一字千金，足以显示《左传》在记事、写人方面的高超技艺。

宫之奇谏假道

《左传》

晋侯复假道于虞以伐虢①。宫之奇谏曰②："虢，虞之表也③。虢亡，虞必从之。晋不可启④，寇不可玩⑤，一之谓甚，其可再乎？谚所谓'辅车相依，唇亡齿寒'者⑥，其虞、虢之谓也。"

公曰："晋，吾宗也⑦，岂害我哉？"对曰："大伯、虞仲⑧大王之昭也⑨。大伯不从⑩，是以不嗣⑪。虢仲、虢叔⑫，王季之穆也，为文王卿士⑬，勋在王室，藏于盟府⑭。将虢是灭，何爱于虞？且虞能亲于桓、庄乎⑮，其爱之也？桓、庄之族何罪⑯，而以为戮⑰，不惟逼乎⑱哪亲以宠逼⑲，犹尚害之，况以国乎？"

公曰："吾享祀丰洁，神必据我⑳。"对曰："臣闻之，鬼神非人实亲㉑，惟德是依。故《周书》曰㉒：'皇天无亲，惟德是辅㉓。'又曰：'黍稷非馨㉔，明德惟馨㉕。'又曰：'民不易物㉖，惟德繄物㉗。'如是，则非德，民不和，神不享矣。神所冯依㉘，将在德矣。若晋取虞，而明德以荐馨香㉙，神其吐之乎？"

弗听，许晋使。宫之奇以其族行㉚。曰："虞不腊矣㉛。在此行也㉜，晋不更举矣㉝。"冬，晋灭虢。师还，馆于虞㉞，遂袭虞，灭之，执虞公㉟。

【注　释】

①晋侯：指晋献公，公元前676年至公元前652年在位。复：又，再次。假道：借路。指军队通过别国领土。僖公二年（前658年），晋国曾向虞国借路伐虢，这是第二次"假道"，所以说"复"。虞：国名，姬姓，在今山西平陆北。周文王时始封。虢（guó）：国名，这里指北虢，在今山西平陆东北。②宫之奇：虞国大夫，也作"宫奇"。③表：外表，这里指屏障，外围。④启：开启，这里指纵容其贪心。⑤玩：玩忽，轻视。⑥辅：面颊。车：牙床。⑦吾宗：我们的同宗。晋、虞都是姬姓，原为同一祖先。⑧大（tài）伯、虞仲：都是周太王的儿子，一长子，一次子。⑨大（tài）王：指周太王，即周文王的祖父古公亶（dǎn）父。昭：与下文的"穆"都是指古代宗庙里神主的位次。古代宗法制度宗庙次序，始祖的神主居中，以下父子递为昭穆，左为昭，右为穆。父子异列，祖孙同列。太

王在宗庙中的位次为穆，故其子为昭。⑩大伯不从：太王得知其父要传位给小儿子王季，就与虞仲一起出走，没有跟随在父王身边。⑪不嗣：没有继承王，位。嗣：嗣位。⑫虢仲、虢叔：王季的次子、三子。⑬卿士：周王室的执政大臣。⑭盟府：掌管盟约、典策的官署。⑮桓、庄：桓叔、庄伯。是晋献公的曾祖、祖父。⑯桓、庄之族：指晋献公的同祖兄弟各支。⑰以为戮：即"以之为戮"，把他们作为杀戮的对象。鲁庄公二十五年（公元前669年），晋献公尽杀同族诸公子。⑱不惟逼乎：不是仅仅因为他们对晋献公构成威胁了吗？⑲宠：尊位，权势。⑳据：拥戴，保佑。㉑鬼神非人实亲：鬼神不会亲近哪个人。实：是，指示代词，"人"的复指成分。㉒《周书》：周朝史书名，已亡佚。以下引文见于伪《古文尚书·蔡仲之命》篇。㉓辅：佐助，辅助。㉔黍：黄黏米。稷：谷子。馨：散发得很远的香气。㉕明德：使德行修明。以上两句引文见于伪《古文尚书·君陈》篇。㉖民不易物：民众进献的祭品是相同的。易：改变，变更。物：指祭品。㉗惟德繄物：神只享用有德者的献祭。繄（yī）：语气词。以上两句引文见伪《古文尚书·旅獒（áo）》篇。㉘冯（píng）依：凭借依从。冯，通"凭"。㉙荐：进献。㉚以：率领。族：族人，家族。㉛虞不腊矣：虞国不能举行年终腊祭了。意谓等不到年底，虞国就将亡国。腊：古代年终合祭众神的祭祀活动。㉜在此行：在这次行动中。指晋发兵灭虢的军事行动。㉝不更举：不必再次调动军队。更（gèng）：再。举：举兵，出兵。㉞馆：借住，寓居。用作动词。㉟执：捉拿，逮住。

【赏　析】

晋献公在位时，晋国逐渐强大，献公的扩张野心也随之而膨胀。公元前655年，晋献公借道于虞而伐虢。围绕着借道与否这一事关虞国未来命运的大问题，宫之奇对虞公作了宝贵的谏诤。

虞公贪图晋国的"屈产之乘"和"垂棘之璧"，可谓利令智昏；又轻信晋国、虞国本是同宗，必不加害，可谓愚蠢透顶。结果，竟置宫之奇讲的"唇亡齿寒"的道理于不顾，借给晋路，晋灭虢后，果然就回师乘势将虞灭掉。

一篇短文，以对话的形式，展开两个主张截然不同的人物之间的冲突；同时对晋、虞、虢三国之间的关系作了揭示。回顾历史变迁，笔笔有宗；几次引经据典，头头是道。由此不难看出宫之奇是一位颇具文化底蕴的富有远见卓识的政治家。宫之奇着重从两个方面批驳了虞公的谬误，其一是宗族血亲观念，其二是神权迷信思想。可惜的是虞公固执己见，不纳忠言，终于应验了宫之奇的"虞不腊矣"的预言，虞国被灭，虞公被俘。文章的结尾，是对事件结局的简要交待，寥寥十余字，对昏君的鄙夷不屑表露无遗，"袭"、"灭"、"执"等几个动词的运用，颇得"春秋笔法"的真传。

展喜犒师

《左传》

齐孝公伐我北鄙①，公使展喜犒师②，使受命于展禽③。齐侯未入竟④，展喜从之，曰："寡君闻君亲举玉趾⑤，将辱于敝邑⑥，使下臣犒执事⑦。"齐侯曰："鲁人恐乎？"对曰："小人恐矣，君子则否。"齐侯曰："室如县罄⑧，野无青草，何恃而不恐？"对曰：'恃先王之命。昔周公、大公股肱周室⑨，夹辅成王⑩。成王劳之⑪，而赐之盟⑫，曰：'世世子孙，无相害也！'载在盟府⑬，太师职之⑭。桓公是以纠合诸侯⑮，而谋其不协⑯，弥缝其阙⑰，而匡救其灾⑱，昭旧职也⑲。及君即位，诸侯之望曰：'其率桓之功⑳。'我敝邑用不敢保聚㉑，曰：'岂其嗣世九年㉒，而弃命废职？其若先君何？君必不然。'恃此以不恐。"齐侯乃还。

【注　释】

①齐孝公：名昭，齐桓公之子。我：指鲁国。相传《左传》为鲁国史官所著，故称鲁国为"我"。鄙：边境。②展喜：鲁国大夫。犒（kào）：慰劳，通常用牛、酒宴饷军士。③于：向。展禽：即柳下惠，姓展，名获，字禽，谥号惠，柳下是他的食邑名。④竟：通"境"，指鲁国国境。⑤举玉趾：尊称别人行止的敬辞。举：抬。趾：指腿脚。⑥辱于敝邑：意谓您来到我国，这是使您蒙受耻辱的事。恭维对方并表示自谦的话。敝邑：对自己国家的谦称。⑦执事：古代指在国君左右办事的人。实际指齐孝公。不敢直称，表示敬意。⑧县（xuán）磬（qìng）：形容一无所有，极其贫穷。县，通"悬"。磬，打击乐器，其形中空。⑨周公：周武王的弟弟，姬姓，名旦，曾辅武王灭商。武王死后，成王年幼，周公摄政。他的长子伯禽是鲁国的始封之君。大（tài）公：指齐国的始封之君姜太公，即吕望，也叫吕尚、姜子牙、太公望等。股肱（gōng）：大腿与胳膊。比喻王室得力大臣。⑩夹辅：在左右辅佐。⑪劳：慰劳。⑫盟：盟约。⑬载：载书。盟府：古代掌管盟约典策的官署。⑭太师：官名，掌管典籍文献。职：执掌，主管。⑮桓公：指齐桓公，公元前685年至公元前643年在位。纠合：集和，联合。⑯不协：不和。⑰弥缝其阙：弥补他们之间的裂痕。弥缝，弥补。阙，通"缺"，缺失。⑱匡救：匡正挽救。⑲昭：彰显，显扬。⑳其：会。表示推测。率（shuài）：遵循，沿着。桓：指齐桓公。㉑用：因此。保聚：守城聚众。㉒嗣世九年：继世为君九年。指齐孝公即位于鲁僖公十八年（公元前642年），至鲁僖公二十六年（公元前634年）伐鲁，为时九年。

【赏　析】

这是一篇以记述外交辞令为主要内容的短文。鲁僖公二十六年夏天，齐孝公率军攻打鲁国。齐强鲁弱，齐大鲁小，大兵压境，形势危急。展喜奉鲁君之命去面见齐孝公并与之谈判。谈判中，展喜巧妙地利用齐、鲁两国先君的关系与盟誓，以及齐孝公称霸的野心，痛陈利害，慷慨激昂，有理有据，使得齐孝公理屈词穷，无言以对，终于撤回军队，鲁国因此免除了一次国难。

展喜的一番辞令外柔内刚，底气十足，表面看来彬彬有礼，实则大有问罪之势。齐孝公自知理亏，军事行动只好作罢。

烛之武退秦师

《左传》

晋侯、秦伯围郑①，以其无礼于晋②，且贰于楚也③。晋军函陵④，秦军泛南⑤。

佚之狐言于郑伯曰⑥："国危矣！若使烛之武见秦君⑦，师必退。"公从之。辞曰："臣之壮也，犹不如人；今老矣，无能为也已！"公曰："吾不能早用子，今急而求子，是寡人之过也。然郑亡，子亦有不利焉！"许之。

夜，缒而出⑧。见秦伯曰："秦、晋围郑，郑既知亡矣。若亡郑而有益于君，敢以烦执事⑨。越国以鄙远⑩，君知其难也。焉用亡郑以陪邻⑪？邻之厚，君之薄也。若舍郑以为东道主⑫，行李之往来⑬，共其乏困⑭，君亦无所害。且君尝为晋君赐矣。许君焦、瑕⑮，朝济而夕设版焉⑯，君之所知也。夫晋，何厌之有？既东封郑⑰，又欲肆其西封⑱。若不阙秦⑲，将焉取之？阙秦以利晋，惟君图之！"

秦伯说⑳，与郑人盟，使杞子、逢孙、杨孙戍之㉑，乃还。子犯请击之㉒，公曰："不可。微夫人之力不及此㉓。因人之力而敝之㉔，不仁；失其所与㉕，不知㉖；以乱易整㉗，不武。吾其还也。"亦去之㉘。

【注　释】

①晋侯：指晋文公。秦伯：指秦穆公。郑：国名，姬姓，在今河南中部。②以：因。无礼于晋：晋文公当年以公子身份流亡时，路经郑国，郑文公不以礼相待。③贰于楚：依附于楚而对晋国有二心。贰：两属。④军：驻扎，用作动词。函陵：地名，在今河南新郑北。⑤泛（fàn）南：泛水以南，泛水故道在今河南中牟南。⑥佚之狐：郑国大夫。郑伯：指郑文公，公元前672年至公元前628年在位。⑦使：派遣。烛之武：郑国大夫。⑧缒（zhuì）：系在绳子上放下去。⑨敢：表示谦敬的词。烦：麻烦。执事：古代君王左右办事的人。实际指秦穆公本人。不直称其人，表示恭敬。⑩越国：越过晋国。秦国军队东进攻郑，要经由晋国。鄙远：把远方的土地作为边邑。鄙，边境。⑪亡郑以陪邻：灭亡郑国来扩大邻国（晋国）的疆域。陪：通"倍"，增加，扩大。⑫东道主：东方道上待客的主人。郑在秦东，可以招待过往秦客。⑬行李：外交使臣。⑭共（gōng）：通"供"，供应。乏困：指食宿方面的不足。⑮焦、瑕（xiá）：晋国的两座城邑，都在今河南陕县南。晋惠公是在秦穆公武力支持下成为晋国国君的，他曾答应把焦、瑕二地割让给秦国。⑯济：渡河。设版：筑墙。指修筑防御工事。版，打土墙用的夹版。这句是说，晋惠公曾答应割让焦、瑕，但回国后反悔了。⑰封郑：把疆土扩展到郑国。封，疆界，用作动词。⑱肆：放肆，恣肆。指极力扩张。⑲阙：通"缺"，亏缺，损害。

⑳说（yuè）：通"悦"。㉑杞（qǐ）子、逢（páng）孙、杨孙：都是秦国大夫。㉒子犯：即狐偃，晋文公的舅父。之：代指秦军。㉓微：非，没有。夫（fú）人：那人。指秦穆公。不及此：不能到这一步。㉔因：依靠，借助。敝：损害，伤害。㉕所与：同盟者，所联合的。㉖知（zhì）：通"智"。㉗乱：战乱，纷争。易：代替。整：整齐。指和谐一致。㉘去：离开。

【赏　析】

　　鲁僖公三十年（公元前630年），秦穆公派兵与晋文公一道联合进攻郑国，借口是当年晋文公重耳流亡过郑时，郑国"无礼于晋"，而且依附楚国，对晋国怀有二心。两大强国结成军事同盟，形成对郑国的大兵压境之势，郑国已面临危亡的关头。此刻，郑国派出老臣烛之武出城赴敌营面见秦穆公，试图通过外交途径解决武装冲突。

　　本文重点内容是烛之武的说辞。烛之武对秦、晋两国貌合神离的关系所知甚详，对这两个大国之间明争暗斗的过去了如指掌，于是他紧紧抓住郑国的存亡对秦国的利弊来立论，从秦国的立场出发，分析形势的发展演变会带来的必然后果，明确地晓以利害，终于打动了秦穆公，使他意识到自己正在充当的无非是晋国的马前卒的角色，于是罢兵回国；晋军独木难支，也随即撤回。秦、晋联盟土崩瓦解，使郑国化险为夷。

　　烛之武说辞的逻辑层次十分严谨，堪称攻心战的典范。先言亡郑对秦无益而有害；次言舍郑对秦无害而有益；再次举出当年晋惠公对秦忘恩负义之事，以勾起秦穆公对晋的宿仇；最后揭露晋国的扩张野心，"东封郑"后，必将"肆其西封"，以此警告秦穆公不要做引狼入室的蠢事。不难看出，烛之武的说辞，于情于理都有打动人心的力度。

召公谏厉王止谤

《国语》

厉王虐①，国人谤王②。召公告曰③："民不堪命矣④！"王怒，得卫巫⑤，使监谤者⑥，以告⑦，则杀之。国人莫敢言，道路以目⑧。

王喜，告召公曰："吾能弭谤矣⑨，乃不敢言⑩。"

召公曰："是障之也⑪。防民之口⑫，甚于防川⑬；川壅而溃⑭，伤人必多；民亦如之。是故为川者决之使导⑮，为民者宣之使言⑯。故天子听政⑰，使公卿至于列士献诗⑱，瞽献典⑲，史献书⑳，师箴㉑，瞍赋㉒，矇诵㉓，百工谏㉔，庶人传语㉕，近臣尽规㉖，亲戚补察㉗，瞽、史教诲，耆、艾修之㉘，而后王斟酌焉，是以事行而不悖㉙。

"民之有口也，犹土之有山川也，财用于是乎出㉚；犹其有原隰衍沃也㉛，衣食于是乎生。口之宣言也㉜，善败于是乎兴㉝；行善而备败㉞，其所以阜财用、衣食者也㉟。夫民虑之于心而宣之于口，成而行之㊱，胡可壅也㊲？若壅其口，其与能几何㊳？"

王弗听，于是国人莫敢出言，三年，乃流王于彘㊴。

【注　释】

①厉王：周厉王，名胡、夷王之子。公元前878年至公元前842年在位。虐：暴虐，残暴。②国人：国都里的人。谤：指斥，指责。③召

(shào）公：一作"邵公"，即邵穆公，名虎，周王的卿士。告：告知，告诉。④不堪命：受不了暴虐的政令。堪：胜，任。命：命令，政令。⑤得卫巫：弄来一些卫国的巫人。卫，国名，在今河南北部。巫，以装神弄鬼替人祈祷为职业的人。⑥监：监视。⑦告：告诉，告知。⑧道路以目：路上相遇，只能用眼睛彼此望一望。意谓人们害怕担谤王的嫌疑，见了面连互相问候也不敢。⑨弭（mǐ）：止，除。⑩乃：这里有"终于"、"毕竟"的意思。用作副词。⑪是：此，这。指厉王弭谤的方法。障：防水堤。这里用作动词，阻挡。⑫防：堵住。⑬甚：过分，厉害。川：河。⑭壅（yōng）：堵塞。溃：决口，水冲破堤防。⑮为（wéi）川者：治河的人。决之使导：排除水使河道疏通。决，排除，指导水，引水。导，疏导。⑯为（wéi）民者：治民的人，指君王。宣之使言：开放言路使民能尽言。宣，宣导，开放。⑰听政：处理政务，执政。天子在朝堂上听取群臣进言，决定政事。⑱公卿：三公九卿。至于：以及。列士：上士、中士、下士的总称。献诗：进献讽谏的诗篇。⑲瞽（gǔ）：盲乐师。献曲：进献谱写的或采自民间的乐曲。⑳史献书：史官进献史籍。㉑师箴（zhēn）：少师进规箴的言辞。师，少师，次于太师的乐官。箴，一种规谏用的四言韵文。用作动词。㉒瞍（sǒu）赋：盲人诵读公卿列士献的诗。瞍，没有眸子的盲人。赋，不歌而诵，即朗诵。㉓矇诵：盲人弦歌讽诵箴谏的文辞。矇，有眸子而看不见物的盲人。㉔百工：百官。一说，各种工匠。㉕庶人：一般民众，平民。传语：把意见间接传给君王。㉖近臣：君王左右的臣子。尽规：极尽规谏。㉗亲戚：指与君王同族的亲属。补察：弥补君王的过失，监察君王的行为。㉘耆（qí）艾：古称60岁为耆，50岁为艾。这里泛指有德望的长者。修：修治，整治。这里指劝诫。㉙是以：因此。悖（bèi）：逆，不顺。㉚于是乎出：由这里生产出来。是，此，这。㉛原：高而平坦的土地。隰（xí）：低平而潮湿的土地。衍：低洼而平坦的土地。沃：有河流可用于灌溉的土地。㉜宣言：发言，讲话。㉝善败：好坏。指君王执政的好坏。兴：起，发生。这里指体现出来。㉞行善：推行好的。备败：防备坏的。㉟所以阜财用衣食者也：这是用以丰富财物、器用与衣食的措施。所以，所靠，用以……的措施。皁，增加，丰富。㊱成而行之：考虑成熟了，自然要流露出来。成，成熟。行，实行。这里有"自然流露"的意思。㊲胡：何，怎么。㊳其与能几何：能有几个人赞助你呢？与，赞助，赞同。一说，与，语助词。"能几何"，是"能怎样"的意思。㊴流王于彘（zhì）：把厉王放逐到彘地去了。彘，晋国地名，在今山西霍县。厉王被逐事在公元前842年。

【赏　析】

西周末年，厉王暴虐，阻塞言路，监视并屠杀敢于指斥他的国人，造成了"国人莫敢言，道路以目"的恐怖局面与严峻形势。召公对他苦心劝谏，终不见纳，社会矛盾愈加激化。三年后，国人将厉王放逐到彘地去了。文章通过详记召公的"防民之口，甚于防川"，"为川者决之使导，为民者宣之使言"等谏辞，指出君王广开言路、察纳不同意见的重要性，宣传了重民思想和民本主张。

文章具有鲜明的艺术特点。首先，它采用了记言与记事相结合，并以记言为中心的写作方法，先简写形势的严峻和厉王的自鸣得意，再详记召公的谏辞，最后以冷峻的几笔写出厉王一意孤行，终于垮台的下场。其次，召公的谏辞颇有特色。逻辑性强，论证有力。其中有"防民之口，甚于防川"的贴切自然的比喻，如同箴言，启迪心智；也有引史为证的一段内容，强调传统不可丢弃；继而再谈民言不可壅的道理，使"防川"的比喻贯穿谏辞始终，颇能发人猛醒。最后，文章漫画式地勾画了厉王这个暴君的形象。虽着笔不多，但"王怒"、"王喜"、"王弗听"，已分别写出了他的残暴专断、轻浮浅薄和顽固昏愦。文末更以"流王于彘"写出其必然下场，从而，一个古代暴君的形象已经跃然纸上了。

叔向贺贫

《国语》

叔向见韩宣子①，宣子忧贫，叔向贺之。宣子曰："吾有卿之名，而无其实②，无以从二三子③，吾是以忧。子贺我何故？"对曰："昔栾武子无一卒之田④，其宫不备其宗器⑤，宣其德行，顺其宪则⑥，使越于诸侯⑦。诸侯亲之，戎、狄怀之⑧，以正晋国⑨。行刑不疚⑩，以免于难⑪。及桓子⑫，骄泰奢侈⑬，贪欲无艺⑭，略则行志⑮，假货居贿⑯，宜及于难；而赖武之德以没其身。及怀子⑰，改桓之行而修武之德，可以免于难；而离桓之罪⑱，以亡于楚⑲。夫郤昭子⑳，其富半公室㉑，其家半三军㉒，恃其富宠，以泰于国㉓。其身尸于朝㉔，其宗灭于绛㉕。不然，夫八郤五大夫三卿㉖，其宠大矣；一朝而灭，莫之哀也，惟无德也！今吾子有栾武子之贫，吾以为能其德矣，是以贺。若不忧德之不建，而患货之不足，将吊不暇㉗，何贺之有？"

宣子拜，稽首焉，曰："起也将亡，赖子存之。非起也敢专承之㉘，其自桓叔以下㉙，嘉吾子之赐㉚。"

【注　释】

①叔向：晋国大夫，羊舌氏，名肸（xī）。韩宣子：韩起，晋国的卿，"宣子"是他的谥号。②实：实际。这里指钱财。③从：跟随，交往。二三子：指朝中的卿大夫。④栾武子：晋国的上卿，栾书，谥号"武子"。

一卒之田：百顷田地叫一卒之田。这是上大夫应有的田地数，而上卿则应拥有一旅（五百人）之田，即五百顷。古称百人为"卒"，五百人为"旅"。⑤宫：居室。先秦时，住宅都可叫"宫"，与秦汉以后不同。宗器：宗庙祭器。⑥宪则：法度。⑦越：超越，超过。指晋国地位提高。一说，指栾武子美名远播。⑧怀：归，顺。⑨正：治理好，使安定下来。⑩不疚（jiù）：没有毛病。⑪免于难（nàn）：免于责难。栾武子杀掉晋厉公，立晋悼公为君，这是"弑君"的行为；但因他行为公正，没有受到弑君的责难。⑫桓子：栾黡（yǎn），栾书之子，晋国大夫，任下军元帅。⑬泰：太，过分。⑭艺：限度。⑮略：干，犯，违。则：法度，典则。⑯假贷：放债。居贿：积蓄财货。⑰怀子：栾盈，栾黡之子，晋国下卿。谥号"怀"。⑱离桓之罪：受到父亲桓子的罪恶的连累。离，"同罹"，遭受。⑲亡于楚：逃奔到楚国。大夫阳华向晋平公进谗言，提及栾书杀晋厉公事，并诬栾盈将作乱，栾盈惧而奔楚。三年后，返回晋国，身死族灭。⑳郤（xì）昭子：郤至，晋国的卿。公室：指国家。㉒三军：晋国军队设中军、上军、下军，每军一万人。㉓泰：骄横。㉔身尸于朝：郤昭子居功自傲，结私党把持朝政，被晋厉公所派亲信杀死，其族也被诛灭。㉕宗：宗族。绛（jiàng）：晋国都城，在今山西翼城东南。㉖三卿：指郤至、郤犨（chōu）、郤锜（qí）。㉗吊：吊丧。这里指忧虑。㉘专承：独享。㉙桓叔：韩氏的祖宗。他的儿子韩万，受封于韩邑，称韩万。㉚嘉：赞许，赞美。这里有感激的意思。赐：给人以恩惠。

【赏　析】

韩宣子为自己只有正卿之名，而没有正卿的财富而发愁，叔向却对他的贫穷表示祝贺。文章以叔向回答韩宣子的话为核心，阐述了事理，主旨鲜明，层次清楚，论证具体，有说服力。叔向结合晋国的栾氏和郤氏两大家族的兴衰史，从正反两个方面阐述了应该"忧德之不建"，而不应该"患货之不足"的观点，认为贪欲无尽，骄泰奢侈将导致大祸临头，而勤于修德，安于贫穷则可保身家长久太平。叔向的主观意图当然在于为贵族阶级谋划长治久安之策，而对桓子、郤昭子之流腐败行为的揭露与批评，则在当时具有现实意义，并对后世有警示作用。

文章记述了叔向的"贺词"，也记述了韩宣子的有过则改的正确做法，由此也可以看出叔向语言的说服力与感染力。

邹忌讽齐王纳谏

《战国策》

邹忌修八尺有余①，而形貌昳丽②。朝服衣冠，窥镜，谓其妻曰："我孰与城北徐公美③？"其妻曰："君美甚，徐公何能及君也！"城北徐公，齐国之美丽者也。忌不自信，而复问其妾曰："吾孰与徐公美？"妾曰："徐公何能及君也！"旦日④，客从外来，与坐谈，问之："吾与徐公孰美？"客曰："徐公不若君之美也！"明日，徐公来。孰视之⑤，自以为不如。窥镜而自视，又弗如远甚。暮，寝而思之，曰："吾妻之美我者⑥，私我也⑦；妾之美我者，畏我也；客之美我者，欲有求于我也。"

于是入朝见威王⑧，曰："臣诚知不如徐公美；臣之妻私臣，臣之妾畏臣，臣之客欲有求于臣，皆以美于徐公。今齐地方千里⑨，百二十城，宫妇左右莫不私王，朝廷之臣莫不畏王，四境之内莫不有求于王。由此观之，王之蔽甚矣⑩"王曰："善。"乃下令："群臣吏民能面刺寡人之过者⑪，受上赏；上书谏寡人者，受中赏；能谤议于市朝⑫，闻寡人之耳者⑬，受下赏。"令初下，群臣进谏，门庭若市；数月之后，时时而间进⑭；期年之后⑮，虽欲言，无可进者。燕、赵、韩、魏闻之，皆朝于齐。此所谓战胜于朝廷⑯。

【注　释】

①邹忌：齐国人，善鼓琴，有辩才。威王时为相，封成侯。修：长。古代以"修"为美。尺：战国时尺比现在短。②昳（yì）丽：神采焕发，潇洒漂亮。③我孰与城北徐公美：我与城北徐公相比谁美？孰，谁。④旦曰：明天早晨。⑤孰视：仔细地看。孰，同"熟"。⑥美我：以我为美，认为我美。⑦私：偏私，偏爱。⑧威王：齐威王。田氏，名婴齐，又作田齐。公元前356至公元前320年在位。⑨地：土地。方千里：纵横各一千里。⑩蔽：蒙蔽。⑪面刺：当面指责。⑫谤：指责，指出过失。市朝：公共场所。⑬闻：使……听到。⑭时时：有的时候。间（jiàn）进：间或有人进谏，偶尔进谏。⑮期（jī）年：一周年。⑯战胜于朝廷：身在朝廷，不必用兵，就战胜了别的国家。

【赏　析】

本文选自《战国策·齐策一》，其主要内容写的是邹忌用自家的事情巧设比喻规劝齐威王纳谏除弊的故事。

文章的前半部分写邹忌在与城北徐公比美而征询看法时，受到妻、妾、客三人的奉承蒙蔽，由此而悟出其中的道理。后半部分写邹忌在有所悟之后以"比美"为例讽齐威王纳谏。齐威王从谏如流，广开言路，励精图治，终使齐国大治，燕、赵、韩、魏等国纷纷来朝。比美本生活小事，纳谏乃政治大事。邹忌讽齐王纳谏之所以顺利成功，关键在于他善于因小见大，推此及彼，依靠类比的逻辑力量而举重若轻地获得劝谏的实效。以生活小事为喻，把原本复杂的事理阐述得深入浅出，明明白白，是本文的一大特色。

这篇寓言式的文章采用夹叙夹议的方法，写得自如。邹忌与妻、妾、客之间的三问三答，虽语意相同，句法却颇有区别，巧妙地反映了说话者的各自心理特点。齐威王听了邹忌的谏言，口称一个"善"字，其倾心折服之意毕现。纳谏后"乃下令"，显出闻过则喜的襟怀与雷厉风行的姿态。按着"面刺"、"上书"、"谤议"的不同进言方式，把奖赏分为三等，又显出齐威王的虚怀若谷与政治谋略。文章又分"令初下"、"数月之后"、"期年之后"三个阶段，从时间的推移上写出进谏者由多到少的过程，暗示纳谏已收实效。最后以"皆朝于齐"一句点明结果，写得不粘不绕，干净利落。

唐雎不辱使命

《战国策》

秦王使人谓安陵君曰①："寡人欲以五百里之地易安陵②，安陵君其许寡人③。"安陵君曰："大王加惠④，以大易小，甚善。虽然，受地于先王，愿终守之，弗敢易。"秦王不说⑤。安陵君因使唐雎使于秦⑥。

秦王谓唐雎曰："寡人以五百里之地易安陵，安陵君不听寡人，何也？且秦灭韩亡魏，而君以五十里之地存者，以君为长者，故不错意也⑦。今吾以十倍之地，请广于君⑧；而君逆寡人者⑨；轻寡人与⑩？"唐雎对曰："否，非若是也。安陵君受地于先王而守之，虽千里不敢易也，岂直五百里哉⑪？"

秦王怫然怒⑫，谓唐雎曰："公亦尝闻天子之怒乎。"唐雎对曰："臣未尝闻也。"秦王曰："天子之怒，伏尸百万，流血千里。"唐雎曰："大王尝闻布衣之怒乎⑬"秦王曰："布衣之怒，亦免冠徒跣⑭，以头抢地耳⑮！"唐雎曰："此庸夫之怒也⑯，非士之怒也。夫专诸之刺王僚也⑰，彗星袭月⑱；聂政之刺韩傀也⑲，白虹贯日⑳；要离之刺庆忌也㉑，苍鹰击于殿上㉒。此三子，皆布衣之士也。怀怒未发，休祲降于天㉓，与臣而将四矣㉔！若士必怒，伏尸二人，流血五步，天下缟素㉕，今日是也！"挺剑而起！

秦王色挠㉖，长跪而谢之㉗，曰："先生坐！何至于此！寡人谕矣㉘。夫韩、魏灭亡，而安陵以五十里之地存者，徒以有先生也㉙！"

【注　释】

①秦王：即后来的秦始皇。姓嬴名政。当时还未称帝，故称秦王。安陵君：魏襄王之弟，封于安陵，称安陵君。这里说的安陵君是他的后裔。安陵，在今河南省鄢陵西北。②易：交换。③其：助词，表示愿望，要求。④加惠：施加恩惠。⑤说：同"悦"，⑥唐雎（jū）：也作唐且（jū），安陵君的臣子。⑦错意：放在心上。错，通"措"。⑧广于君：使安陵君的土地宽广。广：扩充，扩大。⑨逆：违背，违抗。⑩与：通"欤"，语气词，表询问语气。⑪直：仅，只。⑫怫（fú）然：愤怒的样子。⑬布衣：平民。⑭免冠：摘掉帽子。徒跣（xiǎn）：光脚步行。徒，步行。跣，赤脚。⑮抢（qiāng）：碰，撞。⑯庸夫：平庸无能的人。⑰专诸之刺王僚：春秋时，吴国公子光（后来的吴王阖闾）养勇士专诸，在宴会上藏短剑于鱼腹，借献食之机，刺杀吴王僚。事见《左传·昭公二十七年》及《史记·刺客列传》。⑱彗星袭月：彗星尾部的光扫及月亮。意谓专诸刺王僚

惊动上天。彗星，扫帚星。⑲聂政之刺韩傀：战国时韩国大夫严仲子派侠士聂政刺死韩相韩傀。事见《战国策·韩策二》及《史记·刺客列传》。⑳白虹贯日：白虹的光彩穿过太阳。㉑要（yāo）离之刺庆忌：吴公子光派专诸刺死吴王僚后，其子庆忌逃到卫国。公子光夺位后，派勇士要离假装得罪出逃，到卫国后假意向庆忌献破吴之策，接近庆忌，终将其杀死。庆忌，吴王僚的儿子。㉒苍鹰击于殿上：苍鹰飞到殿上搏击。苍，青黑色。㉓休祲（jìn）：福祸的征兆。休，吉祥。祲，妖气。指前文"彗星袭月"等现象。㉔与臣而将四矣：加上我（连同专诸等三人）将成为四个人了。意谓"我"将效法他们刺杀你。㉕缟（gǎo）素：白色的丝织品，代指白色的丧服。这里用作动词，指穿孝服。如果秦王被杀，全国都要穿上孝服。㉖色：脸色。挠：屈，屈服。㉗长跪：挺直身子跪着。古时席地而坐，两膝据地，臀靠脚跟。长跪则要臀离脚跟。㉘谕：通"喻"，明白，理解。㉙徒：只，仅。

【赏　析】

本文选自《战国策·魏策四》。秦王政十七年（公元前 230 年），秦国灭韩，二十二年（公元前 225 年）灭魏；此后，秦一直企图以欺诈手段吞并安陵。安陵是魏的附庸小国，安陵君派遣唐雎前去与虎狼之秦交涉。本文描写唐雎奉命出使秦国，面对虚伪、残暴、蛮横的秦王，敢于坚持原则，勇于针锋相对，终于战胜强暴，胜利完成使命的过程。唐雎作为弱小国家的使臣，却敢于在强秦的朝廷上与暴君据理力争，进行舌剑唇枪的论战，驳斥秦王对安陵君的无端责难，又以无所畏惧的牺牲精神维护了谋士的尊严，挫败了秦王兼并别国领土的阴谋，打击了秦王不可一世的嚣张气焰，从而使安陵的领土与主权得到维护。

本文的主体内容是由人物对话构成的，以唐雎为主，秦王为宾，安陵王为陪从，三人的语言显示了他们各自不同的容色、情态、品格。秦王出语无礼，颐指气使；安陵君对答谨慎，低首下心；唐雎则沉着应对，果敢刚毅。

秦王先是传话"安陵君其许寡人"，纯然是居高临下，强加于人的态势；继而当着安陵使臣唐雎的面，疾言厉色，斥责"安陵君不听寡人"，蓄怒待发，大有兴师问罪的架势。唐雎从容镇定，据理驳斥，终使理屈词穷的秦王凶相毕露，怒不可遏。文章的后半部分则围绕"怒"字生发情节，展开人物之间的对话与冲突。秦王谈"天子之怒"，实为武力威慑；唐雎讲"布衣之怒"，则是以行刺暴君相逼。描述"天子之怒"，因其后果尚在未来，颇有虚声恫吓之嫌；讲说"布衣之怒"，就在二人之间，五步之内，后果即刻可能发生。于是，秦王由气盛而"色挠"，由"色挠"而跪谢；而唐雎则由平和自若而气势高昂，"挺剑而起"，侠义凛然。秦王的色厉内荏、外强中干，与唐雎的威武不屈、敢于牺牲恰成鲜明对照。

善于渲染气氛，也是本文一大特色。唐雎对古代刺客的惊天之举，以浪漫夸张的口吻所做的描述即是生动的例证。

侍　坐

《论语》①

子路、曾皙、冉有、公西华侍坐②。

子曰："以吾一日长乎尔③，毋吾以也④。居则曰⑤：'不吾知也！'如或知尔⑥，则何以哉？"

子路率尔而对曰⑦："千乘之国⑧，摄乎大国之间⑨，加之以师旅⑩，因之以饥馑⑪；由也为之⑫，比及三年⑬，可使有勇，且知方也⑭。"

夫子哂之⑮。

"求，尔何如？"

对曰："方六七十⑯，如五六十⑰，求也为之，比及三年，可使足民⑱。如其礼乐⑲，以俟君子⑳。"

"赤，尔何如？"

对曰："非曰能之，愿学焉。宗庙之事㉑，如会同㉒，端章甫㉓，愿为小相焉㉔。"

"点，尔何如？"

鼓瑟希㉕，铿尔㉖，舍瑟而作㉗。对曰："异乎三子者之撰㉘。"

子曰："何伤乎㉙，亦各言其志也！"

曰："莫春者㉚，春服既成㉛，冠者五六人㉜，童子六七人，浴乎沂㉝，风乎舞雩㉞，咏而归。"

夫子喟然叹曰㉟："吾与点也㊱。"

三子者出，曾皙后。曾皙曰："夫三子者之言何如？"子曰："亦各言其志也已矣！"

曰："夫子何哂由也？"

曰："为国以礼，其言不让㊲，是故哂之。惟求则非邦也与？安见方六七十，如五六十而非邦也者？惟赤则非邦也与？宗庙会同，非诸侯而何？赤也为之小，孰能为之大？"

【注　释】

①《论语》：孔子的弟子与再传弟子记录孔子言行的著作，是以记言为主的语录体散文。全书 20 篇。孔子（前 551—前 479），名丘，字仲尼，

鲁国陬邑（今山东曲阜）人，春秋末期著名思想家和教育家。《论语》记述了孔子的学说和主张，他的思想的核心内容是"仁"和"礼"；《论语》也记述了孔子的"有教无类"等教育主张及其教育实践活动。《论语》在记言中往往能以精练传神的语言写出人物的语默动静各种情态，毕肖声吻，活脱自然。书中许多语录，简明深刻，含义精湛，被后世视为格言、警句。②子路：即仲由，字子路。曾皙（xī）：即曾点，字皙。冉有：即冉求，字子有。公西华：公西赤，字子华。四人都是孔子弟子。侍坐：陪坐。③以：因为，由于。长乎尔：年长于你们，比你们年长。④毋吾以也：不要因为我的关系就受拘束啊。毋，不要。吾以，"以吾"的倒装。以，因。⑤居：平时。则：作"辄"解，犹常常。⑥或：有人。⑦率尔：轻率匆忙的样子。⑧千乘（shèng）之国：能出动一千辆兵车的国家。指当时中等的诸侯国。⑨摄：逼迫，局促。⑩师旅：古代军队以 2500 人为师，500 人为旅。这里泛指军队。⑪因：仍，继。饥馑：饥饿，灾荒。⑫由：子路之名。也：句中语气词，无义。⑬比及：等到。⑭方：道义，礼法。⑮哂（shěn）：微笑。⑯方六七十：指国土纵横各六七十里。⑰如：或。⑱足民：使民众富足。⑲如：至于。礼乐：指礼乐教化。⑳俟：等待。㉑宗庙：古代国君祭祖的地方。宗庙之事指祭祀之事。㉒如：或。会同：指诸侯会盟。㉓端：一种用整幅布做的礼服。章甫：一种士大夫戴的礼帽。这里是说穿着礼服，戴着礼帽。㉔相（xiàng）：在祭祀或会盟时，担任赞礼或司仪的人。㉕鼓：弹奏。瑟：乐器，有二十五根弦。希：即"稀"。指弹瑟之声慢慢稀疏下来。㉖铿（kēng）：曲终收拨的声音。㉗舍：放下。作：起立。㉘撰：述。"撰"，一本作"馔"，作"诠"解，"善言"的意思。㉙伤：妨碍。㉚莫春：即"暮春"，夏历三月。㉛既成：已能穿定，指不必再穿冬衣。㉜冠（guàn）者：指成年人。古代男子二十岁要束发加冠，举行冠礼。㉝浴：洗浴。沂（yí）：水名，在今山东省曲阜市南。㉞风：迎风纳凉，用如动词。舞雩（yú）：当时鲁国祭天求雨的地方。㉟喟（kuì）然：叹气的样子。㊱与（yù）：赞同。㊲让：谦让。

【赏　析】

《侍坐》即《子路、曾皙、冉有、公西华侍坐章》，选自《论语·先进篇》。这个片断记录了孔子与四位弟子的谈话，在孔子的循循善诱之下，子路等四人先后各言其志，最后孔子阐明己意，表现了他的"为国以礼"的思想主张和热爱音乐与自然的乐天的生活情志，同时也反映了孔子日常教诲弟子的一般情形。

《侍坐》虽以记言为主，但也能把事件记述得层次井然，首尾完整。其次，于记言的同时，以简洁传神之笔写出了人物的举止风貌，使人如闻其声，如见其人。例如，重点记述了孔子，写他听了子路的话后的反应是"夫子哂之"，表现了其思想的深沉和举止的稳重。写子路回答孔子时是"率尔而对"，足以显出他的轻率。写曾皙听到孔子的问话便"舍瑟而作"，则可见出他的恭谨态度。最后，本文的人物语言具有口语化特点，简明通俗，易读易懂。人物的对话，特别是孔子的话中，大量运用虚词，以模拟声口语态，如"亦各言其志也已矣！"一句中虚词占一半以上。

阳货欲见孔子

《论语》

阳货欲见孔子①，孔子不见，归孔子豚②。

孔子时其亡也，而往拜之③。

遇诸涂④。

谓孔子曰："来！予与尔言。"曰⑤："怀其宝而迷其邦⑥，可谓仁乎？"

曰⑦："不可。"

"好从事而亟失时⑧，可谓知乎⑨？"

曰："不可。"

"日月逝矣，岁不我与⑩。"

孔子曰："诺，吾将仕矣⑪。"

【注　释】

①阳货：人名，又叫阳虎，是把持鲁国政权的季氏家臣中最有权势的人。见：使谒见。②归：同馈，赠送。豚（tún）：小猪。这里应是蒸熟了的小猪。③时：窥伺，探听。亡：不在。往拜之：去回拜阳货。孔子收到豚应该回拜，但他不愿见阳货，所以探听阳货不在家时前去回拜。④遇诸涂：在半路上遇见了阳货。涂，同"途"，半路上。⑤曰：仍是阳货在说。⑥怀：动词，把东西塞在怀里。宝：这里比喻聪明才能。迷：使混乱。邦：指国家。这句连下句二句是说，你自己有一身的本领，却使你的国家一片混乱，这可以叫仁爱吗。因为孔子提倡仁，所以阳货这样诘难他。⑦曰：指孔子回答说。一说，这里的"曰"和下文的"曰"，都是阳货自问自答。⑧好（hào）从事：指喜欢从事政治活动。亟（qì）：屡次。失时：失去时机。⑨知（zhì）同"智"。⑩日月：指时间。岁：年岁。我与：犹言等待我。⑪：做官。

【赏　析】

本文见于《论语·阳货篇》，记述了孔子同持不同见解的阳货的一段交往。

阳货，又名阳虎，当时任鲁国正卿季氏之宰，以大夫身份把持朝政。他对孔子摆出一副居高临下、盛气凌人的架势，出语不敬，吆吆喝喝。孔子虽然只是个"士"，地位低于阳货，却不肯依附这样一个野心勃勃不知自谦的政客。于是，他采取了规避不见、巧妙周旋的策略。口头上"吾将仕矣"，而实际上，在阳货当政期间，孔子始终不肯出仕。"道不同，不相为谋"。孔子坚持着他从政的原则，表现出刚正不阿的节操。

本文叙述语言简练传神，人物语言各有本色。阳货、孔子两个人物的神情心态刻画得活脱生动，如在目前。

染 丝

《墨子》

子墨子①言见染丝者而叹曰："染于苍则苍②，染于黄则黄。所入者变，其色亦变。五入必③，而已④则为五色矣。故染不可不慎也。"非独染丝然也，国亦有染⑤。

【注 释】

①子墨子：墨子，前一个"子"是老师的意思。言：助词，没有实际意义。②苍：青色。③必：同"毕"。④而已：完了，了结，然后。⑤染：染色这样的事情。

【赏 析】

这是一则寓理于事的小品，它以染色为事例，说明环境对事物、社会对人生的影响是巨大的。

文章开始先谈染色，谈得细致而透彻，为后面揭示主题做了充分的铺垫，所以后面一句"国亦有染"，境界顿生，把整个前面关于染色的文字都赋予了社会含义，可谓画龙点睛。

鱼我所欲也

《孟子》

孟子曰："鱼，我所欲也①；熊掌亦我所欲也。二者不可得兼②，舍鱼而取熊掌者也。生亦我所欲也③；义亦我所欲也④。二者不可得兼，舍生而取义者也。生亦我所欲，所欲有甚于生者，故不为苟得也⑤；死亦我所恶⑥，所恶有甚于死者，故患有所不辟也⑦。如使人之所欲莫甚于生，则凡可以得生者，何不用也⑧？使人之所恶莫甚于死者，则凡可以辟患者何不为也？由是则生而有不用也，由是则可辟患而有不为也，是故所欲有甚于生者，所恶有甚于死者。非独贤者有是心也，人皆有之，贤者能勿丧耳⑨。一箪食⑩，一豆羹⑪，得之则生，弗得则死；呼尔而与之⑫，行道之人弗受⑬；蹴尔而与之⑭，乞人不屑也⑮。

"万钟则不辩礼义而受之⑯，万钟于我何加焉⑰？为宫室之美⑱，妻妾之奉⑲，所识穷乏者得我与⑳？乡为身死而不受㉑，今为宫室之美为之；乡为身死而不受，今为妻妾之奉为之；乡为身死而不受，今为所识穷乏者得我而为之：是亦不可以已乎㉒？此之谓失其本心㉓。"

【注　释】

①欲：想要，喜爱。②得兼：并有，同时都得到。③生：生命。④义：指作者所赞许的合乎封建道德的正当的或可贵的行为。⑤苟得：苟且求得，不择手段地求得。⑥恶（wù）：憎恶，厌恶。⑦患：祸患。辟：同"避"。⑧何不用也：什么手段不可以用呢？⑨丧：丧失。⑩箪（dān）：盛饭用的竹器。⑪豆：古代食器，形似高脚盘，木制或陶制。⑫嘑（hū）：同"呼"，呼喝。与：给，予。⑬行道之人：过路的饿人，流浪汉。⑭蹴（cù）：践踏。⑮不屑：不以为洁。屑，洁。后来把"不屑"用为"看不起"的意思。⑯万钟：丰厚的俸禄。钟：古代的量器。六斛四斗为一钟。辩：同"辨"。⑰何加：能增加什么，即有什么益处。⑱为（wèi）好：为了。下文"乡为"、"今为"的"为"都读（wèi）。⑲奉：侍奉。⑳穷乏者：贫穷的人。得：同"德"，感激，感恩。㉑乡：同"向"，先前。㉒已：止，指停止不做。㉓本心：本性，这里指羞恶之心。

【赏　析】

本文选自《孟子·告子上》。与《孟子》中的其他与人辩论的章节不同，这只是孟子一个人的论述。主旨十分清楚，主要阐明舍生取义的道理。

孔子说过："富与贵，是人之所欲也，不以其道得之，不处也；贫与贱，是人之所恶也，不以其道得之，不去也。"（《论语·里仁》）"志士仁人，无求生以害仁，有杀身以成仁。"（《论语·卫灵公》）孟子继承了孔子的见解并进一步发挥，阐明了儒家的生死义利之辨。孟子反复论证"所欲有甚于生者"，"所恶有甚于死者"这一命题，并指出，非独贤者有这种思想，一般人也有，只不过贤人能够保持它而已。孟子认为，志士仁人在生死与正义的关系上，如果求生则害义，那就果断地弃生而存义，勇敢地牺牲自己的生命，保全自己的理想与信念。反对屈辱苟活，提倡为正义献身，这一宝贵的人生哲学和伦理道德观念，千百年来鼓舞着为捍卫民族与国家利益而奋斗的仁人志士，成为中华民族后世子孙的宝贵精神财富。

本文在艺术上也颇多可取之处。论题严肃，但议论深入浅出，一开头就从生活中可能遇到的事入手，巧设比喻，引人思考。可谓通俗易解，举重若轻。接下来是层层对比，逐渐深入，一组一组的对偶与排比，形式整齐，音调铿锵。"万钟"一段由议论转入对见利忘义者的质问与谴责，语调严峻，正气凛然。文章既能透彻说理，又能于说理中张扬作者的人格魅力，使整个文章的感情色彩显得悲壮而高亢。

庖丁解牛

《庄子》

庖丁为文惠君解牛①，手之所触，肩之所倚②，足之所履③，膝之所踦④，砉然响然⑤，奏刀騞然⑥，莫不中音⑦，合于桑林之舞⑧，乃中经首之会⑨。

文惠君曰："嘻⑩！善哉！技盖至此乎⑪！"庖丁释刀对曰⑫："臣之所好者道也⑬，进乎技矣⑭。始臣之解牛之时，所见无非牛者⑮。三年之后，未尝见全牛也⑯。方今之时⑰，臣以神遇而不以目视⑱，官知止而神欲行⑲。依乎天理⑳，批大郤㉑，导大窾㉒，因其固然㉓。技经肯綮之未尝㉔，而况大軱乎㉕！良庖岁更刀㉖，割也㉗；族庖月更刀㉘，折也㉙。今臣之刀十九年矣，所解数千牛矣，而刀刃若新发于硎㊴。彼节者有间㊶，而刀刃者无厚㊷，以无厚入有间，恢恢乎其于游刃必有余地矣㊸，是以十九年而刀刃若新发于硎。虽然，每至于族㉞，吾见其难为，怵然为戒㉟，视为止㊱，行为迟㊲，动刀甚微㊳。謋然已解㊴，如土委地㊵。提刀而立，为之四顾，为之踌躇满志㊶，善刀而藏之㊷。"文惠君曰："善哉！吾闻庖丁之言，得养生焉㊸。"

【注　释】

①庖（páo）丁：名叫"丁"的厨师。文惠君：即梁惠王，魏国国君，在位时，因迁都到大梁（今河南开封），所以魏又称梁。解牛：宰牛，分解牛的肢体。②倚：靠。③履：践踏。④踦（yǐ）：一足站立，另一足抬起用膝顶住（牛体）。⑤砉（huā）：象声词。皮骨相离声。⑥奏：进。騞（huō）：象声词。刀割物声。⑦中（zhòng）音：合于音乐节拍。⑧桑林：商汤时的乐曲名。桑林之舞，即以桑林之曲伴奏的舞蹈，这里指舞的节拍旋律。⑨乃：而，又，并且。经首：尧时的乐曲名，乐曲《咸池》之一章。会：音节，节奏。⑩嘻（xī）：赞叹声。⑪盖：同"盍"，何。⑫释：放下。⑬好：喜好，爱好。⑭进乎：超过。⑮无非牛：无非是一头完整的牛。意思是看不到牛身空隙进刀的地方。⑯未尝见全牛：不曾看见完整的牛。意思是已能深入牛体内部，对牛体结构的各个部分了如指掌。⑰方今之时：现在。方，当。⑱以神遇：意谓凭着经验和对牛体结构的认识去接触和分解牛体，而不必用眼睛看。神：精神，指思维活动。遇：合，接触。⑲官知：感官知觉，这里指视觉。神欲：精神活动，心理活动。⑳天理：指牛体天然的生理结构。㉑批：击。大郤：大的空隙。郤，同"隙"（xì）。㉒导大窾（kuǎn）：将刀引向大的骨节空隙处。㉓因：顺着。固然：指牛体结构本来的样子。㉔技：当作"枝"，支脉。经：经脉。肯：紧附在骨上的肉。綮（qìng）：筋肉聚结的地方。未尝：不曾尝试，从未碰过。㉕軱（gū）：大骨头。㉖良庖：好厨师。岁：年。更：更换。㉗割：指用

刀割牛。㉘族庖：普通的厨师。族，众。㉙折：指砍折骨头。㉚新发于硎
（xíng）：刚离开磨刀石，意思是刚磨过，十分锋利。发，出。硎，磨刀石。
㉛节：骨节。间（jiàn）：间隙，缝隙。㉜无厚：没有厚度，非常薄。㉝恢
恢乎：宽宽绰绰的样子。游刃：游动刀刃，指刀在牛体中运转。余：宽
裕。㉞族：指筋骨交错聚结的地方。㉟怵（chù）然：警惕的样子，小心
谨慎的样子。为（wèi）戒：为之戒，因为它的缘故而警惕起来。㊱止：
指集中在某一点上。㊲迟：缓。㊳微：轻。㊴謋（huò）：象声词，骨、肉
分离的声音。㊵委：堆积。㊶踌躇（chóuchú）：从容自得、十分得意的样
子。满志：心满意足。㊷善：犹"拭"，擦拭。㊸养生：指养生之道。

【赏　析】

本文是《庄子·内篇》的第三篇。标题"养生主"，据清人
王先谦释义谓"顺事而不滞于物，冥情而不撄其天，此庄子养生
之宗主也。"《庄子集解》）王氏弟子郭庆藩释为"养生以此为主
也。"（《庄子集释》）可见，所谓"养生主"，就是养生的主旨，
即养生应遵循的基本原则。

文章指出，人生有限，知识无涯，不能以有限的人生，去追
求没有际涯的知识。既不为善以求名，也不作恶而犯刑，而要
"缘督以为经"，顺乎自然之理，以达到保身、全生、养亲、尽年
的目的。在阐述全文总纲之后，进而采取形象化说理的手段，用
几则寓言故事加以具体论证。其中，"庖丁解牛"这一段为全篇
精华所在，处于十分醒目的突出位置。庄子以这则寓言为喻，试
图说明这样的道理——人生在世，当"依乎天理"，"因其固然"，
"以无厚入有间"，以求在世事纷繁之中有效地避开各种矛盾，为
自己赢得游刃有余的生存空间，远离伤身与劳神的际遇。庖丁十
九年来，解牛数以千计，竟不曾更换过一把刀，刀刃一直锋利如
初，与一般低级厨工迥然有别。区别就在他们求于"技"，而庖

丁志于"道"。在庄子看来,"技"虽与"道"通,但"道"高于"技","技"从属于"道";当"技"合于"道"时,技艺方能炉火纯青。显而易见,"庖丁解牛"是庄子对养生真谛的形象喻示。

庄子散文善于运用形象化说理的手段,而用寓言故事来阐明哲理在《庄子》一书中屡见不鲜。"庖丁解牛"犹如一首劳动技能的赞歌,又如一首生产实践的颂诗,它采用夸张、对比、映衬、描摹等多种手法,以浓重的笔墨,文采斐然地表现出庖丁解牛技巧的纯熟,神态的悠然,动作的优美,节奏的和谐,身心的潇洒。对庄子而言,庖丁解牛,是他对养生之法的喻示;但对我们而言,这则寓言的意义远远超出了庄子当初的命意。它不仅告诉我们,做任何事情都必须遵循客观规律,"依乎天理","因其固然",才能在实践中进入自由的境界,而且它还揭示了一个美学命题的要义,那就是,艺术创造是展示人的潜能、宣泄人的情怀的自由的创造,同行中能达到理想境界如庖丁者,只是凤毛麟角而已!

和氏璧①

《韩非子》

楚人和氏得玉璞②楚山中,奉而献之厉王③。厉王使玉人④相之,玉人曰:"石也。"王以和为诳,而刖其左足。

乃厉王薨⑤,武王即位,和又奉其璞而献之武王。武王使玉人相之,又曰:"石也。"王又以和为诳,而刖其右足。

武王薨，文王即位，和乃抱其璞而哭于楚山之下，三日三夜，泣⑥尽而继之以血。王闻之，使人问其故，曰："天下之刖者多矣，子奚⑦哭之悲也？"和曰："吾非悲刖也，悲夫宝玉而题⑧之以石，贞士⑨而名之以诳，此吾所以悲也。"

王乃使玉人理⑩其璞而得宝焉，遂命曰："和氏之璧"。

【注　释】

①和氏璧：和氏，姓。璧，宝玉。②璞：未经加工的含玉的石。③厉王：史载楚国无厉王，此系假托。④玉人：玉匠。⑤薨：古代对王公、诸侯死的称呼。⑥泣：哭，这里引申指眼泪。⑦奚：何，为什么。⑧题：品评。⑨贞士：正直的人。⑩理：治理，这里是处理、加工的意思。

【赏　析】

本篇选自《韩非子·和氏》，它用一块璞玉的命运告诫后人，美好的东西，开始往往不能被人们所认识。而对于掌握了真知的人，要想证明自己的正确，需坚持己见的勇气甚至牺牲生命的精神。

全文共分三层意思：

第一层意思是第一、二自然段，写和氏对璞玉的坚持，从厉王到武王，从左足到右足，用生命去维护一种真知，竟有如此惨烈的程度，也为下一层意思的展开作了充分的铺垫。

第二层意思即第三自然段，俗话说：再一再二，不可再三再四。而和氏就有这种不到黄河不死心的精神。这一段突出刻画了和氏性格的坚韧和追求的执着，"三日三夜，泣尽而继之以血"，这远远不是常人所能做得到的。而对于悲伤的解释，则把和氏对一块璧玉的坚持升华到极致，这种超乎常人的坚持，并不是对玉本身，而是对真的追求，对真假不分的抗争，这也正是这篇小品的深意所在。

第三层意思是最后两句话，所谓真的假不了，文王理玉得宝的结局，进一步揭示了和氏毕生追求的价值，读者也可以从中品味到，对真的不懈追求就像宝玉一样具有永恒的价值。本小品记述简朴，描写生动，蕴意深刻，读后令人回味。

滥竽充数①

《韩非子》

齐宣王②使人吹竽，必三百人。南郭处士③请为王吹竽，宣王说④之，廪食⑤以数百人。宣王死，湣王立⑥，好一一听之，处士逃。

【注　释】

①竽（yú）：古代的一种管簧乐器。②齐宣王：战国时齐国的王。③南郭：城南近郊。处士，指不做官的人。④说：同"悦"。⑤廪（lǐn）食：由官府供给饮食。⑥湣王：齐宣王的儿子。

【赏　析】

这则寓言小品可以从两方面来理解，一方面是讽刺那些并无真才实学，却专事招摇撞骗的伪君子，揭穿了他们劣迹暴露时的狼狈。另一方面也在告诉我们，要想避免弄虚作假，必须做严格细致的排查，这样就可以揭穿那些名不符实的假货。由于这个典故从日常生活中的常见现象入手，深入浅出地阐明了生活哲理，因此，千百年来脍炙人口，"滥竽充数"这个成语也成了招摇撞骗者的代名词。

掣　肘①

《吕氏春秋》

宓子贱治亶父②，恐鲁君之听谗人，而令己不得行其术也，将辞而行，请近吏二人于鲁君，与之俱至于亶父。

邑吏皆朝③，宓子贱令吏二人书。吏方将书，宓子贱从旁时掣摇其肘。吏书之不善，则宓子贱为之怒。吏甚患之，辞而请归。宓子贱曰："子之书甚不善，子勉归矣④。"

二吏归报于君，曰："宓子不可为书。"

君曰："何故？"

对曰："宓子使臣书，而时掣摇臣之肘，书恶而有⑤甚怒。吏皆笑宓子，此臣所以辞而去也。"

鲁君太息而叹曰："宓子以此谏寡人之不肖也！寡人之乱宓子，而令宓子不得行其术，必数有之矣。微二人⑥，寡人几过⑦！"

遂发所爱⑧，而令之亶父，告宓子曰："自今以来，亶父非寡人之有也，子之有也。有便于亶父者，子决为之矣。"

【注　释】

①掣（chè）肘：牵引，拽住胳膊肘。②宓子贱：鲁国人，孔子弟子。

亶父，鲁国地名，又作"单父"。③朝：朝见，下对上的谒见。④勉：尽力，这里引申为"快"的意思。⑤有：同"又"。⑥微二人：假如没有这两个人。⑦几过：差一点就要犯错误。⑧发：打发。所爱，指亲信。

【赏　析】

　　这是一篇妙趣横生的寓言小品，出自《吕氏春秋·审应览·具备》，它通过宓子贱治理亶父初的一个小趣闻，展示了他的机智和诙谐。故事开始先卖了个关子，写他"请近吏二人于鲁君，与之共至于亶父"。接下来写他让二吏于朝堂上写字，而自己"从旁时掣摇其肘"，直到"子勉归矣"，宓子贱的用意还是一个谜。"二者归报于君"说明了宓子贱的所为后，"鲁君太息而叹曰"，才道出了宓子贱的巧智和良苦用心，结尾一段不仅写出宓子贱的好意被鲁君认可，也展示了鲁君的宽怀仁厚。

　　这则小品在展示宓子贱的机智时，也用了很机智的表现手法，情节跌宕，悬念丛生，看完一品味，故事意蕴油然而生。它告诉人们，用人做事，就要放心放手，不能过多干涉。否则，既不便于发挥积极性和创造性，也容易把好事干砸。

荆人遗弓①

《吕氏春秋》

　　荆人有遗弓者，而不肯索②，曰："荆人遗之，荆人得之，又何索焉？"孔子闻之曰："去其'荆'而可矣。"老聃③闻之曰：

"去其'人'而可矣。"

【注　释】

①荆：周代楚国又名"荆"，在现两湖地域。②索：寻找。③老聃(dān)：老子，姓李名耳，春秋时思想家，道家的创始人。

【赏　析】

这则寓言蕴含着两层寓意：一是读者可以感觉到孔子和老子在语言使用上的睿智，虽然每次只减一个字，但使"遗"和"得"的意义发生了微妙的变化。二是从字词的减少中，读者可以体味到古代圣哲以天下为怀，不斤斤计较一己得失的胸襟。这篇寓言语言简劲，寓意精妙，很有回味的余地。

杞人忧天

《列子》①

杞国有人②，忧天地崩坠，身亡所寄③，废寝食者。又有忧彼之所忧者④，因往晓之曰⑤："天积气耳，亡处亡气，若屈伸呼吸⑥，终日在天中行止⑦，奈何忧崩坠乎？"

其人曰："天果积气，日月星宿不当坠耶⑧？"晓之者曰："日月星宿亦积气中之有光耀者；只使坠⑨，亦不能有所中伤⑩。"

其人曰："奈地坏何⑪？"晓者曰："地积块耳⑫，充塞四虚⑬，亡处亡块。若躇步跐蹈⑭，终日在地上行止，奈何忧其坏？"

其人舍然大喜⑮，晓之者亦舍然大喜。

【注　释】

①《列子》：一名《冲虚真经》，或名《冲虚至德真经》。相传战国列御寇撰。《汉书·艺文志》著录《列子》八篇，但早已失传。现存《列子》八篇，是魏晋人搜集有关列御寇的资料而编成，其中有些篇目可能是原书的佚文。《列子》内容多为民间故事、神话传说和寓言小品。为道教经典之一。②杞（qǐ）国：春秋时期国名，在今河南杞县。③亡（wú）：无。④又有忧彼之所忧者：又有个人因为他的忧虑而忧虑。⑤晓之：使他明白，开导他。⑥若：你。⑦终日在天中行止：整天在天空气体里活动。⑧星宿（xiù）：星座，泛指星辰。⑨只使：即使。⑩中（zhòng）伤：打中击伤。⑪奈地坏何：地坏奈何，地坏了该怎么办。⑫积块：土块积成的。⑬四虚：四方。⑭蹈步：站立。跳（cǐ）踏：行走。⑮舍然：释然，指有所悟解，因而消除了忧虑的样子。

【赏　析】

本文选自《列子·天瑞篇》，是一则非常有名的古代寓言。它嘲笑了那种整天怀着毫无必要的担心与无穷无尽的忧虑，既自扰又扰人的庸人。李白有诗曰"杞国无事忧天倾"，即典出于此。

杞国人因为担心天塌地陷而忧心忡忡，经"晓之者"的一番开导才释然而喜。应当指出，古代道家学者长卢子并不赞成"晓之者"关于天地无毁的说法，他认为一切事物既有成，就有毁。而列子认为，天地无论成毁对人来说都是一样的。道的本质在于虚静无为，人也应以笃守虚静的处世态度，不必在不可知的事物上浪费心智。

这则寓言的客观意义是值得重视的，它反映了当时自然科学在宇宙形成理论上的成果，所谓"积气"、"积块"、"日月星宿亦积气中之有光耀者"等见解，其辩证思维水平之高，是令人膺服的。

文章基本以对话构成，无论发问，还是回答，都语意简赅，逻辑严谨，读来文气贯通，印象颇深。

愚公移山

《列子》

太行、王屋二山①，方七百里，高万仞②。本在冀州之南③，河阳之北④。北山愚公者，年且九十⑤，面山而居。惩山北之塞⑥，出入之迂也⑦，聚室而谋⑧，曰："吾与汝毕力平险⑨，指通豫南⑩，达于汉阴⑪，可乎?"杂然相许⑫。其妻献疑曰⑬："以君之力，曾不能损魁父之丘⑭，如太行、王屋何? 且焉置土石⑮?"杂曰："投诸渤海之尾⑯，隐土之北⑰。"

遂率子孙荷担者三夫⑱，叩石垦壤，箕畚运于渤海之尾⑲。邻人京城氏之孀妻⑳，有遗男㉑，始龀㉒，跳往助之，寒暑易节㉓，始一反焉㉔。

河曲智叟笑而止之㉕，曰："甚矣，汝之不惠㉖! 以残年余力，曾不能毁山之一毛，其如土石何?"北山愚公长息曰："汝心之固㉗，固不可彻㉘，曾不若孀妻弱子。虽我之死，有子存焉; 子又生孙、孙又生子; 子又有子，子又有孙。子子孙孙，无穷匮也㉙，而山不加增，何苦而不平㉚?"河曲智叟无以应。

操蛇之神闻之㉛，惧其不已也㉜，告之于帝。帝感其诚，命夸娥氏二子负二山㉝，一厝朔东㉞，一厝雍南㉟。自此，冀之南，汉之阴，无垄断焉㊱。

【注　释】

①太行：太行山绵亘于河北、山西、河南三省间，主峰在今山西省晋城市南。王屋：王屋山在今山西阳城县西南。②仞（rèn）：长度单位，古时八尺或七尺为一仞。③冀州：古九州之一，现今河北、山西、河南黄河以北和辽宁辽河以西的地方，古称冀州。④河阳：今河南孟州市有河阳故址，这里泛指黄河北岸地区。⑤且：将，将近。⑥惩：苦于。塞：阻塞。⑦迂：曲折，绕远。⑧聚室：把全家召集在一起。⑨毕力：竭尽全力。⑩指通：直指。豫南：豫州南部。豫州，古九州之一，包括今河南省大部分和山东、湖北小部分地区。⑪汉阴：汉水以南（水南岸叫阴，北岸叫阳）。⑫杂然：纷然，众人说话没有次序的样子。⑬献疑：提出疑问。⑭曾：竟，乃。魁父：小山名，在今河南省开封市境内。⑮焉置：哪里安置。⑯渤海之尾：指渤海边上。⑰隐土：传说中的地名。⑱子孙荷担者：子孙中能挑担子的，即子孙中有劳动能力的。荷：肩负，挑。⑲箕畚（běn）：土箕，土筐。这里指用箕畚运土。⑳京城：姓。孀妻：寡妇。㉑遗男：遗腹子。㉒始龀（chèn）：刚七八岁。始：才，刚。龀，小孩换牙叫龀。㉓寒暑易节：季节变换，冬夏换季。㉔反：同"返"。㉕河曲：黄河转弯处，指山西芮城县西风陵渡一带。㉖惠：同"慧"，聪明。㉗固：顽固。㉘彻：通。㉙匮（kuì）：竭，尽。㉚何苦：何患，哪愁。㉛操蛇之神：山神。神话里的山神手持蛇。操：持，拿。㉜已：止，停。㉝夸娥氏二子：两个大力神。㉞厝（cuò）：同"措"，放置。朔东：朔方的东部。朔方在今山西北部。㉟雍南：雍州南部。雍州，在今陕西、甘肃一带。㊱垄断：山丘阻隔。

【赏　析】

本文选自《列子·汤问篇》，是一则颇有影响的动人的寓言故事。年近九十的愚公率领子孙立志挖掉太行、王屋两座大山，虽被智叟嘲笑，依然毫不动摇，其至诚感动上帝，他派两位神仙背走了大山。"'愚公移山'原意在于打破世人急功近利眼光，应像愚公那样忘怀以造事，无心而为功。"（严北溟《列子译注》）不难看出，大智若愚的愚公是个带有浓厚的道家色彩的形象，在他身上体现着道家的绝圣弃智的主张。这篇寓言的客观意义远远地超出了它的本旨。首先，它具有人定胜天的思想，在天人关系上，重人轻天的倾向十分鲜明。其次，愚公在批驳智叟时，关于山与人的关系的分析，实际上蕴含着进步的哲学思想，讲的是在一定条件下事物之间的关系可以发生转化的道理。

从文学描写的角度看，叙次井然，首尾呼应，情节完整，对话生动。愚公与智叟两个人物思想主张的矛盾冲突，借人物语言作了透彻的表达。毕肖声口，符合个性的对白对于推动故事情节的发展也起了重要作用。

晏子将使楚

《晏子春秋》①

晏子将使楚。楚王闻之，谓左右曰："晏婴，齐之习辞者也②。今方来③，吾欲辱之，何以也④？"左右对曰："为其来也⑤，臣请缚一人，过王而行。王曰，'何为者也？'对曰，'齐人也。'王曰，'何坐⑥？'曰，'坐盗。'"

晏子至，楚王赐晏子酒，酒酣，吏二缚一人诣王⑦。王曰：

"缚者曷为者也⑧？"对曰："齐人也，坐盗。"王视晏子曰："齐人固善盗乎⑨？"晏子避席对曰⑩："婴闻之，橘生淮南则为橘，生于淮北则为枳⑪，叶徒相似，其实味不同⑫。所以然者何？水土异也。今民生长于齐不盗，入楚则盗，得无楚之水土使民善盗耶⑬？"王笑曰："圣人非所与熙也⑭，寡人反取病焉⑮。"

【注　释】

①《晏子春秋》：记载春秋末期齐相晏婴思想言行的著作。全书分为《内篇》、《外篇》，共二百一十五章。作者已不可考。晏婴连任齐灵公、庄公、景公三朝正卿，执政五十余年。以节俭力行、谦恭下士著称于时。注意政治改革，执政业绩卓著。《晏子春秋》旧题晏婴撰，实为后人撮集而成。书中多半记载晏婴的生活、思想和行为，其中许多轶事具有无神论色彩，富有幽默诙谐的趣味。其文多为短章，但首尾完整。语言简练生动，风格明快畅达。②习辞：善于辞令，很会说话。③方：将要。④何以：用什么办法呢？以，用。⑤为其来也：在他来的时候。为这里相当于"于"。⑥何坐：犯了什么罪。因某事犯罪，或者犯了某种罪，文言中说"坐……"。⑦诣（yì）：到（指到尊长处）。⑧曷：何。⑨固：本来，原来。⑩避席：离开座位。这是表示郑重和严肃。⑪橘生淮南则为橘，生于淮北则为枳（zhǐ）：橘树生长在淮河以南就是橘树，生长在淮河以北就是枳树。按：橘和枳是不同种的，橘化为枳的说法不符合科学，只是古人的一种误解。⑫实：果实。⑬得无：莫非。⑭圣人非所与熙也：圣人是不可同他开玩笑的。熙：同"嬉"，戏弄的意思。⑮病：辱。

【赏　析】

本文选自《晏子春秋》第六卷，原题为《楚王欲辱晏子指盗者为齐人晏子对以橘》。

文章记述的是晏子出使楚国，用辞令战胜楚王，从而维护了齐国的尊严的故事。汉人刘向在《晏子》叙录里说，晏子"及使诸侯，莫能诎其辞。其博通如此。"可见，故事所记内容是有历史事实为依据的，不一定完全出于艺术虚构。文章着重记述了晏子同楚王面对面的、针锋相对的斗争，表现了晏子过人的机智与卓越的辩才。同时，这则故事也生动地反映了春秋战国时期，各诸侯国延揽外交人才，重视外交辞令的社会政治风气。

从写作上看，前后紧密照应，详略处理得当是本文突出的特点。

晏子谏杀烛邹

《晏子春秋》

景公好弋①，使烛邹主鸟②，而亡之③。公怒，诏吏杀之④。晏子曰："烛邹有罪三，请数之以其罪而杀之⑤。"公曰："可。"于是召而数之公前，曰："烛邹！汝为吾君主鸟而亡之，是罪一也；使吾君以鸟之故杀人，是罪二也；使诸侯闻之，以吾君重鸟而轻士，是罪三也。"数烛邹罪已毕，请杀之。公曰："勿杀，寡人闻命矣⑥。"

【注　释】

①景公：春秋时期齐国国君。好弋（yì）：喜欢打鸟。②主鸟：掌管养鸟的事。③亡之：丢失了它（鸟）。④诏：命令。⑤请数（shǔ）之以其罪：让我把他的罪状数落出来。数，一项一项地列举。⑥寡人：古时君主

自称。闻命：这里是"受教"的意思。

【赏　析】

本文选自《晏子春秋》第七卷，原题是《景公使烛邹主鸟而亡之公怒将加诛晏子谏》。

在古代，君王大权专擅，生杀予夺，惟其所欲。因此，君王身边的臣子多不敢直言强谏。事实上，犯颜力争的结果，不是导致谏臣被黜、被杀，就是反而使君王更加冥顽不化、一意孤行。鉴于此，富有政治智慧与规谏技巧的辅臣，往往采用迂回婉转之策、旁敲侧击之法，达到谏止君王恶行的目的。这则小故事就是一个典范。

景公意气用事，妄动杀机；晏子以静制动，顺水推舟。看似列举主鸟官烛邹之罪状，实则警示杀烛邹必然产生的不利于国君的严重后果，可谓语语中的，发人深省。因而，晏子的一番谏辞收到了"勿杀，寡人闻命矣"的预期之效。

杜蒉扬觯

《礼记》

知悼子卒①，未葬，平公饮酒②，师旷、李调侍③，鼓钟④。杜蒉自外来⑤，闻钟声，曰："安在?"曰："在寝⑥。"杜蒉入寝，历阶而升⑦，酌曰："旷，饮斯!"又酌曰："调，饮斯!"又酌，堂上北面坐饮之⑧，降，趋而出⑨。平公呼而进之，曰："蒉! 曩者尔心或开予⑩，是以不与尔言。尔饮旷，何也？"曰："子、卯不乐⑪！知悼子在堂⑫，斯其为子、卯也大矣⑬！旷也，太师也⑭。不以诏⑮，是以饮之也⑯。""尔饮调，何也？"曰："调也。君之亵臣也⑰。为一饮一食，忘君之疾，是以饮之也！""尔饮，何也？"曰："蒉也，宰夫也⑱。非刀匕是共⑲，又敢与知防⑳，是以饮之也。"平公曰："寡人亦有过焉，酌而饮寡人。"杜蒉洗而扬觯㉑。公谓侍者曰："如我死，则必毋废斯爵也㉒！"至于今，既毕献㉓，斯扬觯，谓之"杜举"。

【注　释】

①知（zhì）悼子：晋国大夫，即荀盈，也称知莹。卒于鲁昭公九年（公元前 533 年）。②平公：晋平公，晋国国君，公元前 557 年至公元前 532 年在位。③师旷：晋国著名乐师。李调：晋平公的宠臣。④鼓：敲击。⑤杜蒉（kuì）：晋平公的厨师，也叫屠蒯。⑥寝：内室。⑦历阶：登阶。升：上。⑧北面：面朝北。坐：跪。古人席地而坐，坐姿如跪。⑨趋：快步走。⑩曩（nǎng）者：过去，从前。这里指方才，刚才。开：启发，开导。⑪子、卯不乐（yuè）：子日、卯日不应作乐。相传商纣死于甲子日，夏桀死于乙卯日，因此"甲子"、"乙卯"成为忌日，不用音乐。⑫在堂：停灵在堂，尚未安葬。⑬斯其为子、卯也大矣：这件事比子、卯忌日更为重要。⑭太师：乐官。⑮诏（zhào）：告知、禀告。⑯饮之：这里意谓罚他饮酒。⑰亵（xiè）臣：宠信的近臣。⑱宰夫：厨师。⑲匕（bǐ）：羹匙。共（gōng）：通"供"，供应。⑳与：通"预"，参与。知防：了解和防止。以上两句意谓，我没有专一供应餐具，却敢于参与了解和防止违礼之事。㉑扬：举。觯（zhì）：古代一种饮酒器具。㉒爵：古代酒器。㉓献：敬酒。

【赏　析】

晋国大夫知悼子死而未葬，晋平公就与乐师、宠臣一起饮酒作乐。厨师杜蒉因君臣违礼而委婉进谏，晋平公能欣然接受一个厨师的批评，表现出从谏如流的品质，是难能可贵的。

　　文章对杜蒉进谏方式的记述颇为具体，对他的言谈举止的描绘也很生动。杜蒉没有犯颜直谏，面斥其非，而是巧妙地借着喝酒之机表达了自己的看法。先是分别给师旷与李调各斟酒一杯，再自己跪饮一杯，以狡黠的行动引起平公的猜疑与追问，在被动的回答中陈述出自己的批评意见，终使平公认识到自身的违礼，承认"寡人亦有过焉"。这种独特的讽谏方式，跟杜蒉身为厨师，人微言轻的地位密切相关。杜蒉机智、幽默、干练、精明的性格特点，通过这段故事得到完美的显现。

苛政猛于虎

《礼记》

　　孔子过泰山侧。有妇人哭于墓者而哀。夫子式而听之①，使子路问之，曰："子之哭也，壹似重有忧者②。"而曰③："然。昔者吾舅死于虎④，吾夫又死焉⑤，今吾子又死焉。"夫子曰："何为不去也⑥？"曰："无苛政。"夫子曰："小子识之⑦：苛政猛于虎也！"

【注　释】

　　①夫子：先生，老师，指孔子。式：同"轼"，车前的横木。古时男子乘车取站姿。在车上表敬意时，就低下身子用手扶轼。这里孔子扶轼，

是对妇人之哭表示关注。②壹：的确；确实。重（chóng）有忧：有多重的忧痛，即连着有好几件悲痛的事。似……者，像……的样子。③而：乃，就。这里是一种特殊用法。④舅：公公，丈夫之父。⑤焉：于此，指虎。⑥去：离开。⑦小子：年轻人，年长者对晚辈的称呼。识（zhì）：同"志"，记载。

【赏 析】

本文选自《礼记·檀弓下》。

儒家主张"为政以德"（《论语·为政》），认为"行仁政而王，莫之能御也"（《孟子·公孙丑上》）。出于这种理念，针对各诸侯国统治者对百姓实施的征敛无度、严刑苛法的虐政，儒家往往能较为激烈地予以抨击。这篇著名的小故事，用猛虎比喻苛政，恰当深刻，语中要害，有力地揭露和鞭挞了当时统治者对人民的残酷剥削和压迫。

文章通过一个家庭悲惨遭遇的典型事例揭示苛政杀人的主题，以具体的人物形象诉诸读者的情感与良知，收到打动人心的艺术效果。妇人之哭哀戚之至，令人同情；一家三代人惨死于虎口仍不愿离开这个苛政达不到的地方，更把苛政之害民暴露无遗。反对苛政应该说是个严肃的大题目，而"孔子过泰山侧"只是一篇简短的小故事。小故事中没有一句正面议论苛政，而苛政之荼毒百姓的罪恶本质却昭然若揭，这正是文章妙处之所在。

上书自荐

东方朔[1]

臣朔少失父母，长养兄嫂。年十二学书，三冬，文史足用。十五学击剑。十六学诗书，诵二十二万言。十九学孙吴兵法[2]，战阵之具，钲鼓之教[3]，亦诵二十二万言。凡臣朔固已诵四十四万言。又常服子路之言[4]。臣朔年二十二；长九尺三寸。目若悬珠，齿若编贝；勇若孟贲[5]，捷若庆忌[6]，廉若鲍叔[7]，信若尾生[8]。若此，可以为天子大臣矣。臣朔昧死[9]，再拜以闻。

【注　释】

①东方朔（前154—前98），字曼倩，西汉平原厌次人，官至太中大夫，以奇计俳辞而被汉武帝亲近，以诙谐滑稽著名。本文选自《汉书》。②孙吴兵法：指《孙子兵法》、《吴子》，孙、吴二人都是战国时期著名军事家。③钲鼓：战阵上用于指挥军队进退的乐器。④子路：孔子的弟子，以勇力闻名。⑤孟贲：古时勇士。⑥庆忌：春秋时吴王之子公子庆忌，以勇捷闻名。⑦鲍叔：鲍叔牙，齐桓公臣，早年与管仲一道做买卖，分财时，总取少的那部分。⑧尾生：传说中守信用的人，他与女子约定在桥下相会，水来不去，终于抱着桥柱子被淹死。⑨昧死：臣下给君王上书常用套语，冒死。

【赏　析】

汉武帝由于内兴建制，外兴武功，所以急需人才，他一再下诏令郡国举荐人才，同时也鼓励士人直接上书自荐。东方朔的这篇奏疏便是在这一情况下创作出来的。

初看这封奏疏，给人突出的印象便是极度狂妄。你看，他开口自夸才学过人：才二十出头便已精通书写、击剑、诗书、战阵……文的和武的全都深有研究，看似大言不惭。而论及自己的美德，就更不得了！"长九尺三寸，目若悬珠，齿若编贝，勇若孟贲，捷若庆忌，廉若鲍叔，信若尾生"，世上美德让他占了个全。

很显然，这些都是大话。

但考之《汉书》，我们又可以发现他也的确有超越常人之处：当他还是个皇室小官时，便以机变压过了受武帝宠幸的"滑稽不穷"的郭舍人；当武帝要扩建上林苑时，群臣束手，又是他舍生忘死地进谏才使武帝理屈，并把他擢拔为中大夫……他才学的广博、政治识见的卓远与奋不顾身的勇气，看来又不是瞎吹的。

这样看来，他的上书看似发疯，其实只是一个非同常人的贤才对自己能力的如实评价而已，从这篇文章中所透露出来的，正是武帝时代大批人才渴望担负政治重担，壮伟而充满自信的人生意气！

而武帝在读了这样一篇会被别的皇帝视为不逊、狂妄的上书后，不但不加怪罪，反而"伟"其意气，正体现了一代雄主的心胸与气度。有这样的帝王，有这样的臣下，汉帝国在武帝治下臻于极盛也就不足为怪了。

项羽本纪赞

司马迁

太史公曰：吾闻之周生曰①，"舜目盖重瞳子"②，又闻项羽亦重瞳子。羽岂其苗裔邪③？何兴之暴也④！夫秦失其政，陈涉首难⑤，豪杰蜂起，相与并争，不可胜数⑥。然羽非有尺寸⑦，乘势起陇亩之中⑧，三年，遂将五诸侯灭秦⑨，分裂天下而封王侯，政由羽出，号为霸王。位虽不终，近古以来⑩，未尝有也。及羽背关怀楚⑪，放逐义帝而自立⑫，怨王侯叛己，难矣。自矜功伐⑬，奋其私智而不师古，谓霸王之业⑭，欲以力征经营天下，五年，卒亡其国，身死东城⑮，尚不觉寤⑯，而不自责，过矣⑰。乃引"天亡我，非用兵之罪也⑱"，岂不谬哉！

【注　释】

①周生：西汉一位姓周的书生。②重瞳（chóng tóng）子：每只眼睛有两个瞳孔相重叠。③苗裔（yì）：后代。④兴：兴起，发迹。暴：突然，迅速。⑤陈涉：即陈胜，秦末农民起义领袖。首难：首先发难，指陈胜率先起义反秦。⑥蜂起：如蜂群般飞起，一时并作。胜（shēng）数：尽数，算得清楚。⑦尺寸：指尺寸之地，极小的地盘。⑧陇亩：田野，这里指民间。⑨五诸侯：指战国时齐、赵、韩、魏、燕五个诸侯国。⑩近古：这里指春秋、战国以来的历史时期，距离汉代很近。⑪背：此指放弃。关：指关中，战国时期的秦地。楚：战国时期楚国旧地。⑫义帝：楚怀王孙熊

心，公元前 208 年项梁立他为楚君，仍称怀王，后改称义帝。公元前 205 年，项羽把义帝从彭城（今江苏徐州）放逐到彬县（今属湖南），途中派人把他杀死。⑬自矜（jīn）：自我夸耀。功伐：功劳。⑭师古：师法古代。谓：认为。⑮东城：在今安徽定远县东南，项羽最后在那一带兵败身亡。⑯寤：觉悟、醒悟。寤：通"悟"。⑰过：错误、荒谬。⑱引：援引，作为理由和根据。

【赏　析】

《项羽本纪》是《史记》的名篇，项羽是司马迁浓墨重彩加以刻画的人物，这篇赞语作为《项羽本纪》的结尾，用极其简练的文字对项羽的一生作了历史的总结，带有盖棺定论的性质。

项羽是一位传奇型人物，因此，司马迁的这篇赞语也就从项羽的特殊之处入手，突出他的非同寻常之处。虞舜和项羽没有血统关系，但是，两个人都是双重瞳孔，司马迁抓住两人在相貌上的这种共同特征，把项羽和虞舜联系起来，提出自己的疑问：难道项羽是虞舜的后代子孙吗？这就使得项羽这个人物带有神秘的色彩，笼罩在灵光之冲。

在追述项羽的光辉业绩时，司马迁一方面强调他创业的艰难，同时又突出他发迹的迅速、他在历史上的重要地位。秦末豪杰蜂起，逐鹿天下，项羽无尺寸之地，却在短短的三年时间里成为天下的霸主，向各诸侯发号施令，成为天下实际的统治者，确实是历史的奇迹，是几百年来没有出现的英雄人物。正因为如此，尽管项羽没有履践天子之位，但司马迁还是把他列入专为帝王设置的本纪中。司马迁虽然没有过多论述项羽暴兴的原因，但从字里行间可以看出，司马迁认为他顺应了历史的潮流，抓住了机遇；同时又具有杰出的才能。这两方面结合在一起，成就了项羽的丰功伟业。

项羽用三年时间完成了他灭秦称霸的大业，但是，仅仅过了五年，他就败在刘邦手下。他的兴起极其迅速，他的败亡也土崩瓦解，经历的时间很短暂。司马迁从两个方面分析项羽兵败如山倒的原因：一是他不以仁义治天下，杀义帝而自立，结果众叛亲离；二是奋其私智而不取法古代。司马迁对项羽失败原因找得并不十分准确，但从中可以看出他的政治理想。

这篇赞语前后两部分对照鲜明，形成大起大落的文势。"何兴之暴也"、"未尝有也"、"过矣"、"岂不谬哉"等评语的运用，使文章起伏多变，韵味悠长。

孔子世家赞

司马迁

太史公曰：《诗》有之①，"高山仰止②，景行行止③。"虽不能至，然心乡往之④。余读孔氏书⑤，想见其为人。适鲁⑥，观仲尼庙堂、车服、礼器，诸生以时习礼其家，余低回留之，不能去云。天下君王至于贤人众矣，当时则荣，没则已焉。孔子布衣，传十余世，学者宗之。自天子王侯，中国言六艺者折中于夫子⑦，可谓至圣矣！

【注　释】

①《诗》：指《诗经》。②高山仰止：引自《诗经·小雅·车辖》，意

谓高山令人仰望。止，句尾语气词。③景行（háng）行止：出处同上，意谓宽广的大道吸引人前来行走。景行，宽广的大道。④心乡往之：心驰神往。乡，通"向"。⑤孔氏书：指孔子的著作。⑥适鲁：到鲁国去。鲁，在今山东曲阜。⑦六艺：指《易》、《礼》、《乐》、《诗》、《书》、《春秋》，也称六经。折中：裁决，判断，取正。夫子：这里指孔子。

【赏　析】

司马迁在阅读孔子著作的时候，已经在心灵深处和这位圣人沟通。孔子在司马迁心目中是一座巍峨的高山，令人仰慕；他的学说犹如宽广的大道，吸引司马迁沿着它前行。来到孔子故居以后，他对自己的仰慕对象有了更深的理解，向往之情得到进一步强化。司马迁在孔子故居见到了什么呢？他见到了孔子的庙堂、车服、礼器。睹物思人，如果说他以前在读孔子的著作时还只是"想见其为人"，那么，他见到这些和孔子密切相关的器物之后，仿佛孔子就在自己的眼前，出现的是活生生的圣人形象。司马迁在孔子故居还见到"诸生以时习礼其家"，孔子的遗教犹存，儒生习礼是那样虔诚，孔子思想巨大的精神魅力由此可见一斑。司马迁被吸引、陶醉了，以至于不愿意离开这块圣地。他从孔子故居诸生以时习礼的场面联想到孔子学说的深远影响，天下言六经者都要以孔子的说法为准则，用它来裁定是非。他在孔子故居领悟到什么是真正的人生价值，他所感受到的不是有限的存在，而是不朽的人生；不是时间流逝所造成的破坏性，而是随着历史绵延依然保持着的往日辉煌。由于身在孔子故居，司马迁感到自己和这位圣人似乎不再存在空间距离；沐浴着礼乐文化的和风，似乎自己和孔子的时间距离也已经消失。司马迁拜谒孔子故居是精神上的一次升华，是人格的进一步完善，是在至善境界遨游。

这篇文章是《史记·孔子世家》的结束语。孔子不是王侯将相，但司马迁却把他列入世家，司马迁具有远见卓识，不是完全按照官本位来处理历史人物，他把孔子作为精神领袖看待。

这篇文章由虚入实，又由实返虚。开篇引《诗经》话语，抒发自己的感慨，是凭虚而起。中间部分叙述在孔子故居的见闻感受，处处有着落。结尾部分一锤定音，蕴含绵绵情思，仿佛观海难以尽言，引起人的无限遐想。

楚庄绝缨①

刘 向②

楚庄王赐群臣酒。日暮酒酣，灯烛灭。乃有人引美人之衣者③，美人援绝其冠缨④，告王曰："今者烛灭，有引妾衣者，妾援得其冠缨持之。趣⑤火来上，视绝缨者。"王曰："赐人酒，使醉失礼。奈何欲显妇人之节，而辱士乎！"乃命左右曰："今日与寡人饮，不绝冠缨者不欢！"群臣百有余人，皆绝去其冠缨而上火。卒尽欢而罢⑥。

居三年，晋与楚战。有一臣常在前，五合五奋首却敌⑦，卒得胜之。庄王怪而问曰："寡人德薄，又未尝异子⑧。子何故出死不疑如是⑨？"对曰："臣当死，往者醉失礼，王隐忍不加诛也。臣终不敢以荫蔽之德，而不显报王也！常愿肝脑涂地，用颈血湔⑩敌久矣。臣乃夜绝缨者也。"遂败晋军，楚得以强。此有阴德者必有阳报也。

【注　释】

①楚庄王：春秋中期楚国国君，名旅，五霸之一。绝：断绝。缨：冠缨。②刘向（公元前77？—公元前6年），原名更生，字子政，西汉王室后代，成帝时，官至光禄大夫，是西汉时代著名文人、学者。编有《新序》、《说苑》、《列女传》、《洪范五行传论》等。③美人：指楚庄王的美人。④援：抓住。冠缨：用以系住帽子的缨带。⑤趣（cù）：同"促"，赶快。⑥卒：终于。⑦合：战阵交合。⑧异子：特别地优待你。⑨如是：如此，这样。⑩溅（jiàn）：溅洒。

【赏　析】

本文选自刘向编的《说苑》，作者通过生动的描述，展示了一代雄主楚庄王尊重爱护人才的难能可贵的品质。

楚庄王夜宴群臣，灯火突然熄灭。这时有一个臣下大概喝多了酒，竟敢调戏庄王爱姬。面对爱姬的告状，庄王只要点点头，点亮灯烛，马上便会水落石出。但他的反应却大出众人意料，他不但不点灯，反而命每个人都自动扯去帽缨。这样，当灯烛重新点燃时，自然分不清谁犯了过失了！

接下来，故事转到了三年之后的战场上。晋楚争战中总有一个人挡在庄王前面，奋不顾身地狠斗，是谁呢？竟然是那个醉酒调戏宠姬的臣下！

至此，故事戛然而止。

刘向记载这则小故事，本意是要阐述"有阴德者必有阳报"的道理，但平心而论，楚庄王当初赦宥那个无礼于宠姬的臣下时，本心应是出于对人才的爱重。在决定是惩是赦的一刹那，庄王先检讨了自己"赐酒使醉"以致"失礼"的过错，而不是怨怒臣下的"越轨"行为。他不愿为一妇人而羞辱勇士，这便是他爱才重士的最佳体现。

庄王的可敬可爱，在于他能够设身处地地真心体谅他人，以"恕"道待人，尊重臣子的人格尊严，所以才会有士人为他拼命，因为"士为知己者死"是古人的美德。

责髯奴辞

王　褒

我观人髯，长而复黑，冉弱而调①。离离若缘坡之竹，欝欝若春田之苗②。因风披靡，随风飘摇。尔乃附以丰颐，表以蛾眉，发以素颜，呈以妍资。约之以绁线③，润之以芳脂。莘莘翼翼，靡靡曷曷④。振之发曜，黝若玄珪之垂。于是摇须奋髭，则论说唐虞；鼓髯动鬣，则研核⑤否臧。内有铺形，外阐宫商⑥。相如以之闲都，颛孙以之堂堂。

岂若子髯，既乱且赭。枯槁秃瘁，劬劳辛苦。汗垢流离，污秽泥土。伧喝穰舘⑦，与尘为侣。无素颜可依，无丰颐可怙。动则困于醮灭⑧，静则窘于囚虏。薄命为髭，正著子颐。为身不能庇其四体，为智不能饰其形骸。癫须痍面⑨，常如死灰。曾不如犬羊之毛尾，狐狸之毫氂⑩。为子之髯，不亦难乎！

【注　释】

①冉弱：柔弱。调：转动。王褒，字子渊，西汉中期人，宣帝时官至谏大夫，是当时著名的辞赋家。②离离、欝欝（yù yù）：均指纷披、繁盛

的样子。欝欝，即"郁郁"。③绁（xiè）：束缚用的线、绳。④莘（shēn）莘翼翼：众盛貌。靡靡曷曷：柔美飘垂貌。⑤研核：查验。⑥内：内在资质。瑰：即"瑰"，美石。外：发于外的音声。宫商：五音之调，分宫、商、角、徵、羽。⑦伧喽：粗陋。穰簃（rǎng rǔ）：纷乱、沾染貌。⑧困于鹪灭：困迫的样子。⑨癞：疮。瘐（yǔ）：病。⑩氂（máo）：长毛，也指干硬而卷曲的毛。

【赏　析】

这是一篇嬉笑调侃的游戏文字。题目是"责髯奴辞"，似乎是对一个叫髯奴的仆人加以责罚，仔细一看却令人哑然，原来是调侃髭须长得不美观而已！

在责自己髯之前，作者先把别人脸上的胡须一顿夸奖，别人的胡须都可以附生在腴肥的脸颊上，有秀美的眉毛衬托，有洁白的脸庞儿映照，再用丝绳一束，用脂膏润泽，简直神气得不得了！有了这样美丽而威风的胡须，主人自然大觉有面子，说起话来也仪态不凡！

夸完了别人的髭须，作者笔锋一转，开始训斥起自己那不争气的胡须来。有了人家的好胡须，主人倍觉自己的胡子丢面子，它们肮脏而邋遢，又枯干又满是汗污泥垢。至于它所附生之处，更别提了！"癞须瘐面"，这真不是好胡子该待的地方，所以它"动则困于鹪灭，静则窘于囚房"也就不足为奇了。

作者以调侃嘲弄的语气和先扬后抑的行文，一步步地把丢人现眼的"髯奴"逼入窘境，他这时再以"为子之髯，不亦难乎"作结，髯奴真该找个地缝钻进去算了。

这纯是一篇游戏文字，立意并不深，有人认为它是借写贵者之髯与髯奴而写人生贵贱之不公，怕是上纲上线了。其实，作者的这篇文章只是流行于西汉中期与南朝时代众多嘲戏文字中的一篇，它立意虽然不深，但作者以轻松之笔调侃游戏，不经意间为我们勾勒出了一幅令人捧腹的漫画，这便是此类文字的价值。它是自娱与娱人的。

酒 箴

扬 雄①

子犹瓶矣②。观瓶之居，居井之眉③。处高临深，动常近危。酒醪不入口④，臧水满怀⑤。不得左右，牵于缰徽⑥。一旦舥碍⑦，为甍所辐⑧，身提黄泉⑨，骨肉为泥。自用如此，不如鸱夷⑩。

鸱夷滑稽⑪，腹大如壶。尽日盛酒，人复借酤⑫。常为国器⑬，托于属车⑭。出入两宫⑮，经营⑯公家。由是言之，酒何过乎？

【注 释】

①扬雄（前53—后18），字子云，蜀郡成都人，有口吃，不善言谈，但文名极大。代表作有《太玄》、《法言》等。②瓶：古时汲水用的器具，是陶制的罐子。③眉：边缘。④醪（láo）：一种有渣滓的醇酒。⑤臧：同藏。⑥缰徽（mò huī）：原意为捆囚犯的绳子，此处指系瓶的绳子。⑦舥（zhuān）碍：绳子被挂住。舥，悬。⑧甍（dāng）：井壁上的砖。辐（léi）：碰击。⑨提：抛掷。⑩鸱夷（chī yí）：装酒的皮袋。⑪滑稽（gǔ jī）：古时一种圆形、可转动的注酒酒器。此处借喻圆滑。⑫酤（gū）：买酒。⑬国器：贵重之器。⑭属车：皇帝出行时随从的车。⑮两宫：指皇帝

及太后的宫。⑯经营：奔走谋求的意思。

【赏　析】

这是一篇警戒讽刺的游戏文字。

作者在这里写了两种器物。一个是用来汲水的陶制水瓶，它勤劳朴实，勇于一次次地下井汲水为人解渴，但却随时有撞上井壁，粉身碎骨的危险。一个是用以盛酒的革制鸱夷，它大小随意，圆转柔顺，出入宫殿，尽享荣华。两种器物，由于二者质料与用途的不同，际遇也迥然不同。应该注意的是，这只是作者描写的表象，里面其实蕴含着丰富的哲理。

作者在这里是托物寓志，以物喻人，采用的是不易觉察的反讽手法。

全文假设为一个纵酒者与一个正直人士的对话，却有问而无答。有些话是酒徒的看法，不是作者的本意，这便是具有讽刺意味的反话，如"自用如此，不如鸱夷"，"由是言之，酒何过乎？"等等。作者的本意是颂美那些廉洁正直，刚直不阿而被君王疏远猜忌的君子；讽刺那些追名逐利，丧家亡国的小人。很显然，扬雄的这些意见，是针对西汉末期腐朽的政治与污浊的官场而发的。

扬雄的这篇小文，开启了后代托物寓志小文的先河。唐代的柳宗元对他的这篇文章极为欣赏。但柳又嫌他的文章含意太隐晦，于是在此基础上又写了一篇《瓶赋》，从正面补充推阐扬雄本文的良苦用心，成为又一篇名作。

诫兄子严敦书

马 援

援兄子严、敦并喜讥议①，而通轻侠客。援前在交阯②，还书诫之曰：

"吾欲汝曹闻人过失，如闻父母之名，耳可得闻，口不可得言也。好议论人长短，妄是非正法，此吾所大恶也，宁死不愿闻子孙有此行也。汝曹知吾恶之甚矣，所以复言者，施衿结缡③，申父母之戒，欲使汝曹不忘之耳。

"龙伯高敦厚周慎④，口无择言，谦约节俭，廉公有威。吾爱之重之，愿汝曹效之。杜季良豪侠好义⑤，忧人之忧，乐人之乐，清浊无所失，父丧致客，数郡毕至。吾爱之重之，不愿汝曹效也。效伯高不得，犹为谨敕之士，所谓'刻鹄不成尚类鹜'者也⑥；效季良不得，陷为天下轻薄子，所谓'画虎不成反类狗'者也。讫今季良尚未可知，郡将下车辄切齿⑦，州郡以为言，吾常为寒心，是以不愿子孙效也。"

【注　释】

①严、敦：指马严、马敦。二人是马援的哥哥马余的儿子。②交阯：汉郡名，辖境在今越南北部。公元42年，光武帝派马援远征交阯。③施衿(jīn)结缡(lí)：古代女子出嫁，母亲要亲自为她系上带子、系上佩巾，并反复告诫。衿，系衣裳的带子。缡，妇女的佩巾。④龙伯高：名述，当

时任山都（治所在今湖北襄阳西北）长。⑤杜季良：名保，当时任越骑校尉。⑥鹄（hú）：天鹅。鹜（wù）：鸭子。⑦郡将：即郡守。

【赏　析】

东汉建武十八至十九年（公元 42—43 年），马援任伏波将军，率兵远征交航。他在交航期间给两个侄儿马严、马敦写了这封信，载于《后汉书·马援列传》。

马援是东汉初年名将，拜新息侯、伏波将军，马氏是京城高门望族。马严、马敦在这样的家族中长大，难免有贵族子弟的优越感，横议是非，臧否人物，口无遮拦，不存顾忌。马援是东汉名将，屡建奇功，马严、马敦作为将门子弟，又好侠尚义，和侠客多有交往。马援深知两个侄儿的上述致命弱点，远征期间仍然放心不下，所以，万里投书，对他们进行谆谆教诲。

这封家信对两个侄儿的弱点逐一加以剖析，提出批评。首先向他们表明，喜欢议论别人的长短，讥刺时政，这是自己深恶痛绝的，不希望子孙有这种行为。马援不否认世人存在过失，但他希望子孙不要对此妄加评论，就像对待父母的尊姓大名一样，止于耳闻，不能用口说出，应该讳莫如深。为此，马援为侄儿介绍一个人物，把他作为效法的榜样，这就是龙伯高，他是谨于言而慎于行的模范人物。针对马严、马敦重义尚侠的倾向，马援把杜季良作为反面典型来警示他们，不希望后辈效仿。虽然马援本身对杜季良很敬重，但他不愿意子孙成为豪侠义士。

马援身处高官显位，但他有一种危机感和忧患意识，唯恐子孙的不法行为给家族带来祸患，这类例子在历史上实在太多，令马援难以忘怀。马援为后代设计的是一条风险最小的人生道路，尽量避免招惹不必要的麻烦。他用形象的比喻来说明自己为子孙所做的人生选择的正确性："效伯高不得，犹为谨敕之士，所谓刻鹄不成，尚类鹜者也。效季良不得，陷为天下轻薄子，所谓画虎不成，反类狗者也。"他期待子孙成为美丽的天鹅，而不要成为凶恶的猛虎。即使成不了天鹅，变成鸭子也于人无害。相反，如果成不了老虎，就会变成到处咬人的狗，那是相当可怕的。比喻新奇，寓意深刻，马援尽量使儿孙远离风险，同时也预示马氏家族将由尚武向崇文方面转变。

经叔父一番教诲，马严、马敦都专心学习，一改前行，深受时人称颂，号为"钜下二卿"，事见《后汉书·马援列传》。

归田赋^①

张 衡^②

游都邑以永久^③，无明略以佐时^④，徒临川以羡鱼，俟河清乎未期^⑤。感蔡子之慷慨，从唐生以决疑^⑥。谅天道之微昧^⑦，追渔父以同嬉^⑧。超埃尘以遐逝^⑨，与世事乎长辞。

于是仲春令月^⑩，时和气清。原隰郁茂^⑪，百草滋荣。王雎鼓翼^⑫，鸧鹒哀鸣^⑬。交颈颉颃^⑭，关关嘤嘤^⑮。于焉逍遥，聊以娱情。

尔乃龙吟方泽，虎啸山丘^⑯。仰飞纤缴，俯钓长流。触石而毙，贪饵吞钩。落云间之逸禽，悬渊沉之鲔鰡^⑰。

于时曜灵俄景，继以望舒^⑱，极般游之至乐^⑲，虽日夕而忘劬^⑳。感老氏之遗诫^㉑，将回驾乎蓬庐^㉒。弹五弦之妙指，咏周孔之图书㉓；挥翰墨以奋藻㉔，陈三皇之轨模㉕。苟纵心于物外，安知荣辱之所如㉖！

【注　释】

①本文选自《文选》卷十五。归田：辞官回乡。②张衡（78—139），字平子，南阳（今河南省南阳市）人，东汉时著名文学家、科学家。曾任太史令，后受宦官排挤，出任河间王相，有《张河间集》。③都邑：都城，此处指当时京城洛阳。④明略：高明的谋略。时：指当时的国君。⑤临川羡鱼：《淮南子·说林》："临河而羡鱼，不如归家织网。"比喻徒有愿望而无法实现。河清：指黄河清。古人认为黄河变清是天下大治的征兆。⑥蔡子：即蔡泽，战国时的策士。唐生：即唐举，战国时魏人，当时的相士。据《史记·范雎蔡泽列传》：蔡泽游说诸侯，却不被信用，于是找唐举相面。唐举熟视良久，认为他不会出息，蔡泽不以为忤，笑谢而去。慷慨：此处是烦闷的意思。⑦微昧：微妙幽暗，不易捉摸。⑧"追渔父"句：用《楚辞·渔父》篇意，有避世隐身之意。嬉：游乐。⑨埃尘：比喻世俗的污浊。邈：远。逝：离去。⑩仲春：农历二月。令：吉，好。令月，天气好的月份。⑪原：高而平的地。隰（xí）：潮湿的低地。郁茂：树木丛密的样子。⑫王雎（jū）：又名"王鸠"，即雎鸠。鼓翼：鼓动翅膀，指飞翔。⑬鸧鹒（cāng gēng）：黄鹂。⑭颉颃（xié háng）：鸟上下飞的样子。⑮关关嘤嘤：鸟和鸣声。⑯尔乃：那么就……。龙吟、虎啸：是说自己从容吟啸，像龙和虎。方泽：大泽。⑰仰飞：此处指向上射。缴（zhuó）：系生丝线的箭。逸禽：指鸿雁。悬：钓起。鲨鰡（shā liú）：都是鱼名。⑱曜灵：太阳。俄：斜。景：日光。望舒：古代神话中给月亮赶车的神，这里指代月亮。两句谓日已斜而月继出，即到黄昏时分。⑲般（pán）游：般，乐。般游，欢乐地游玩。⑳劬（qú）：疲劳。㉑老氏：即老子。遗诫：指老子对于人嬉游过度的告诫，见《老子》十二章。㉒驾：车。蓬庐：草屋。㉓五弦：指琴，古时有五弦琴。指：同"旨"。妙指：精妙的道理。周孔：周公与孔子。㉔翰：指笔。藻：文采。奋藻，发挥文采。㉕三皇：

一般指伏羲、神农、黄帝，此处指代古时圣王。轨模：轨迹，模范，此处指遗法。㉖物外：世外。所如：所往，所归，所在。

【赏　析】

这篇文章仅有二百余字，一般认为它是东汉抒情小赋的第一篇。

作者对世道是有不平之气的，但他正话反说，不说统治者不识才不爱才，反说自己才略不足以辅佐明主，反讽意味是很强烈的。与前代怀才不遇者强烈的愤慨不同的是，作者的不平显得较为冲淡，他对于宦海风波早已见怪不惊了。现实不相容，于是他要退而与渔父等隐士、与鱼鸟同乐了。

既不能"达"以兼济天下，作者于是要与污浊仕途告别，要"穷"而独善其身了。这时，他自然而然地想到了以谦退不争为标榜的老子一派上去了。弹弹琴、读读书、射鸟钓鱼，何其自适！

但作为封建时代的士人，他是不可能真正忘情于政治的，归隐只是一个不得已的选择，安邦定国才是他的真正心愿。所以他还是流露出了一丝隐忧，偶尔提笔，仍不能忘怀铺陈三皇贤王的统治正道。

末句"苟纵心于物外，安知荣辱之所如"，作者努力要抛却尘世俗想，又要走向林泉之下了。

在艺术方面，这篇小赋一扫西汉大赋的陈旧模式，开门见山地点出咏志主旨，通过简洁的语言与鲜明的形象寄托了自己的忧思。并且注意到了句式的四六对仗，声谐调美，又开了六朝骈文的先河。

刺世嫉邪赋①

赵 壹

伊五帝之不同礼②，三王亦又不同乐③；数极自然变化④，非是故相反驳⑤。德政不能救世溷乱⑥，赏罚岂足惩时清浊⑦？春秋时祸败之始，战国愈复增其荼毒⑧。秦汉无以相逾越⑨，乃更加其怨酷⑩。宁计生民之命⑪，惟利己而自足⑫。

于兹迄今⑬，情伪万方⑭。佞谄日炽⑮，刚克消亡⑯。舐痔结驷⑰，正色徒行。妪媮名势⑲，抚拍豪强⑳，偃蹇反俗㉑，立致咎殃㉒。捷慑逐物㉓，日富月昌㉔。浑然同惑，孰温孰凉㉕？邪夫显进，直士幽藏㉖。

原斯瘼之攸兴㉗，实执政之匪贤㉘。女谒掩其视听兮㉙，近习秉其威权㉚。所好则钻皮出其毛羽，所恶则洗垢求其瘢痕㉛。虽欲竭诚而尽忠，路绝险而靡缘㉜。九重既不可启，又群吠之猜猜㉝。安危亡于旦夕，肆嗜欲于目前㉞。奚异涉海之失柁㉟，坐积薪而待燃。荣纳由于闪榆㊱，孰知辨其蚩妍㊲？故法禁屈挠于势族㊳，恩泽不逮于单门㊴。宁饥寒于尧舜之荒岁兮，不饱暖于当今之丰年㊵。乘理虽死而非亡，违义虽生而匪存㊶。

有秦客者㊷，乃为诗曰：河清不可俟㊸，人命不可延。顺风激靡草㊹，富贵者称贤㊺。文籍虽满腹㊻，不如一囊钱㊼。伊优北堂上㊽，抗脏倚门边㊾。鲁生闻此辞，系而作歌曰㊿：势家多所宜51，咳唾自成珠52。被褐怀金玉53，兰蕙化为刍54。贤者虽独悟，所困在群愚⑤。且各守尔分⑯，勿复空驰驱⑰，哀哉复哀哉，此是命矣夫！

【注　释】

①本文选自《后汉书·赵壹传》。刺世疾邪，即讥刺世俗、憎恨邪恶的意思。作者赵壹（生卒年不详），字元叔，汉阳西县（今甘肃天水西南）人，生活在东汉后期，出身微贱，性情耿直，终身不仕。②伊：发语词。不同礼：指礼制不同。③不同乐：指三王所用音乐各不相同。④数（shù）：气运。极：顶点。⑤"非是"句：非和是本来是互相排斥的。故：本为。⑥溷（hùn）乱：浊乱。⑦赏罚：指赏善罚恶的法治。在这里，"赏罚"与"清浊"都是偏义副词，偏指刑罚和混浊。⑧荼（tú）毒：喻苦难。荼，苦菜；毒，毒虫。⑨相：指代春秋战国。⑩乃：却。怨酷：怨毒酷虐。⑪宁：岂。计：考虑。⑫"惟利"句：专门自私自利，从而满足自己的个人私欲。⑬于兹迄（qì）今：（从春秋开始）直到今天。兹，现在。迄，至。⑭情伪：诚与伪。万方：形形色色，极言其多。⑮佞（nìng）：有口才。炽：势盛。佞谄日炽：能说会道而又善拍马屁的人一天天得势。⑯刚克：指有刚强正直品格而又能立事的人。⑰舐（shì）痔结驷：典故出自《庄子·列御寇》，秦王有病召医，肯为他舐痔疮的人可以得到五辆车。这里用以讽刺那些干下贱勾当以取悦权贵的小人权势很盛。舐，舔。结驷，车马连接成群。驷，一车四马。⑱正色：指正直的人。徒行：步行。贵族乘车而行，不步行。⑲妪（yù）㑡（qū）名势：卑躬屈节地奉承名高势大的人。妪㑡，通"伛偻"，用作动词，屈背弯腰，这里用以指人弯腰鞠躬。⑳抚拍：形容巴结献媚的样子。㉑偃蹇（jiǎn）：高傲。反俗：与世俗风气背道而驰。㉒致：招来。咎：罪过。㉓捷慑（shè）逐物：又快又小心地追逐名利。慑，小心恐惧的样子。㉔昌：指得势。㉕浑然：浑然一体。温，凉：指好坏与善恶。㉖"邪夫"两句：奸邪小人荣显升官，正直之士反被埋没。㉗原：追本溯源。斯：这。瘼（mò）：病。攸兴：所兴。㉘执政：这里指代皇帝。匪：同"非"。㉙女谒（yè）：指宫中受皇帝宠爱

而乱政的妃嫔。㉚近习：指皇帝身边的近臣，如宦官。习，习见。㉛"所好"两句：大意是说皇帝对所宠幸的人不断加官，而对所憎恶的人则不断地吹毛求疵。㉜靡缘：没有道路可以攀缘。㉝九重：指帝王所居之地。启：开。猎（yín）猎：狗叫声。㉞肆嗜欲：放纵贪欲。㉟奚：何。柁：同"舵"。㊱"荣纳"句：荣耀地受到君主的重用，是由谄媚获得的。闪榆（shū）：邪佞的样子。㊲蚩：同"嬃"，丑陋。妍：美好。㊳屈挠：屈服。㊴恩泽：指皇帝给予的恩惠。逮：及。单门：单薄寒微的人家。㊵"宁饥寒"二句：宁可在尧舜时代的荒年下挨饿受冻，不愿为求温饱而生在今世。㊶"乘理"二句：依顺正理行事，虽死犹生；如果违背道义，虽生犹死。㊷秦客：与下文"鲁生"都是假托的人物。㊸河清不可俟（sì）：太平盛世等不到了。古人以黄河变清来表示政治清明。㊹"顺风"句：借着风势冲击细小的草，比喻世俗的趋炎附势。靡草：小草，比喻随风倒的小人们。㊺"富贵"句：富贵的人就被称为贤人。㊻文籍：文章书籍，指代学问。㊼囊：袋。㊽伊优：指代卑躬屈膝的人。北堂：即高堂，正堂。坐北朝南的房子，一般以北堂为正堂，是主人招待贵宾之处。㊾抗脏：指代高尚正直的人。倚门边：指不得升堂入室受重用。㊿系：连续，接着。○51势家：有权势的豪门贵族。○52咳唾自成珠：连随口吐的唾沫都被人视为珍宝。○53被褐（hè）怀金玉：指代贤人。被，同"披"。褐，兽毛或粗麻织成的短衣，贫者所穿。怀金玉，喻具有才德。○54兰、蕙：都是香草名，喻有才德者。刍：喂牲口的草。○55"贤者"二句：贤人虽然独自醒悟，但被蠢人所困。○56尔分：你自己的本分。○57驰驱：这里指为挽救国家危难而积极奔走。

【赏　析】

东汉桓、灵二帝统治时期，社会极其混乱，外戚与宦官争权夺利，禁锢正直的读书士人，迫害有正义感的人士，权贵们横行不法，广大民众生活在水深火热之中……

赵壹作为这个时代的见证人，怀着极大的愤慨创作了这篇

《刺世疾邪赋》，用以揭露当时社会的黑暗，批判执政昏庸、小人得志而贤士失位的不公正现象，表现了作者愤世嫉俗而又傲岸狷介的个性。

从开篇至"惟利己而自足"一段，尖锐地揭示了当时政治的腐败黑暗，一针见血地指出历代统治者莫不利己而害民，一代比一代糟糕。

从"于兹迄今"至"直士幽藏"一段，则列举当时社会风气的败坏，奸人在职而贤士无位的现象，批判时弊、讽刺现实。

从"原斯瘼之攸兴"至"坐积薪而待燃"一段，则重在揭示社会弊病和一切邪恶的根源，警告统治者火山即将喷发！

从"荣纳由于闪榆"至"违义虽生而匪存"一段，作者抒写了对社会黑暗、奸邪横行的感慨愤激之情。

最后一段则设两个虚构人物：秦客鲁生作诗来刺世嫉邪，全文以诗作结，重申主旨，把自己的一腔幽愤倾诉出来。

与汉代大赋歌功颂德不同，这篇小赋无论在揭露社会问题的深刻上，还是在情感的激烈上都是汉赋作者中的第一人。

论盛孝章书

孔　融

岁月不居①，时节如流。五十之年，忽焉已至②。公为始满③，融又过二。海内知识④，零落殆尽⑤，惟会稽盛孝章尚存⑥。其人困于孙氏⑦，妻孥湮没⑧，单子独立⑨，孤危愁苦。若使忧能伤人⑩，此子不得永年矣⑪。

《春秋传》曰："诸侯有相灭亡者，桓公不能救，则桓公耻之⑫。"今孝章实丈夫之雄也，天下谈士⑬，依以扬声⑭，而身不免于幽絷⑮，命不期于旦夕⑯，是吾祖不当复论损益之友⑰，而朱穆所以绝交也⑱。公诚能驰一介之使⑲，加咫尺之书⑳，则孝章可致㉑，友道可弘矣㉒。

今之少年，喜谤前辈，或能讥评孝章。孝章要为有天下之名㉓，九牧之人㉔，所共称叹。燕君市骏马之骨㉕，非欲以骋道里㉖，乃当以招绝足也㉗。惟公匡复汉室㉘，宗社将绝㉙，又能正之㉚。正之之术，实须得贤。珠玉无胫而自至者，以人好之也㉛，况贤者之有足乎！昭王筑台以尊郭隗㉜，隗虽小才，而逢大遇㉝，竟能发明主之至心㉞，故乐毅自魏往㉟，剧辛自赵往㊱，邹衍自齐往㊲。向使郭隗倒悬而王不解㊳，临溺而王不拯㊴，则士亦将高翔远引，莫有北首燕路者矣㊵。凡所称引，自公所知，而复有云者，欲公崇笃斯义也㊶。因表不悉㊷。

【注　释】

①居：停留。作者孔融（153—208），字文举，鲁国（今山东曲阜）人，孔子二十世孙，"建安七子"之一，当时名士。后归顺曹操，因违忤曹操而被杀害。②忽焉：忽然，形容时光流逝之快。③公：指曹操。始满：刚满五十。④知识：相知相识，指相识的友人。⑤零落：死亡。殆：几乎。⑥盛孝章：名宪，会稽（今浙江绍兴）人。当时吴地名士，孙策平定吴地后，他被猜疑而入狱，并在不久之后被杀害。⑦其人，指盛孝章。孙氏：指孙策。⑧妻孥（nú）：妻与子。湮灭：丧亡。⑨单孑（jié）：孤单。独立，独自存活。⑩若使：假使。⑪此子：这个人。永年：长寿。⑫原文见《春秋公羊传·僖公元年》。狄人侵入邢国，当时周王无权，齐桓公作为诸侯之长却坐视不救，以至邢亡国，这是齐桓公的耻辱。作者在

这里是以齐桓公比曹操，说曹应救盛孝章。⑬谈士：清谈之士。⑭扬声：发扬声誉。⑮幽絷（zhí）：囚禁。絷，束缚。⑯不期：料不定，保不住。期：预料。且夕：早晚。⑰吾祖：指孔子。论损益之友：孔子曾论及三类有益的朋友和三类有损的朋友，原文见《论语·公冶长》。⑱朱穆：字公叔，东汉人。绝交：朱穆有感于当时人情浇薄，于是愤而作《绝交论》抨击这一风气。⑲一介之使：一个使者。介，通"个"。⑳咫尺之书：短信。咫，八寸。㉑致：招致。㉒弘：光大，发扬。㉓要：总之。㉔九牧：九州的长官，这里指九州即全国。㉕燕君市骏马之骨：事见《战国策·燕策一》。市，买。㉖骋道里：跑远路。㉗绝足：跑得最快的马。绝，独一无二的意思。这里意谓：即使盛孝章不属十分有才的人，如果你救了他，可以收到好贤的美名，绝顶的贤能之士也必要风闻而来了。㉘匡复：匡正恢复。㉙宗社：宗庙社稷，指国家政权。绝，灭亡。㉚正：匡正。㉛珠玉二句：语见《韩诗外传》曰"盖胥谓晋平公曰：'珠出于海，玉出于山，无足而至者，好之也。士有足而不至者，君不好也。'"胫：小腿，这里指足。㉜昭王筑台以尊郭隗：事见《战国策·燕策一》。昭王听了郭隗讲的千金市马骨寓言后，便为郭隗修造了一座宫殿，并待之以师礼。以后，一大批贤士来到了燕国。㉟大遇：隆重的待遇。㉞发：表明，表示。至心：诚意。㉟乐毅：魏人，燕昭王拜他为上将军伐齐，破七十余城，仅莒与即墨未下，封昌国君。㊱剧辛：与乐毅一同仕燕，多计谋。㊲邹衍：齐人，阴阳家，燕昭王曾以师礼待他。㊳倒悬：倒挂着，比喻处境极为艰苦。㊴溺：淹没。拯：搭救。㊵北首：向北。首，向。㊶崇笃斯义：重视这道理。崇笃，重视。斯，此。斯义，即招纳贤士之义。㊷因表不悉：就着上面的事表白我的意见，不再一一细说了。不悉，写信的客套用语。

【赏　析】

这是一封孔融写给曹操的书信。

孙策平定吴地后，对当地英雄豪杰大肆屠杀。盛孝章是当地名士，生命因而受到极大威胁，孔融得知消息后作此书给曹操，希望他能搭救盛孝章。曹操接受了孔融的荐举，以朝廷的名义征召盛孝章为骑都尉，但诏令到吴地时，盛已被孙权杀害了。

作为一封举荐人才的书信，为了使被举荐人能被对方接受，往往要说一些溢美之词，但这封荐书则与此不同。

从开头至"此子不得永年矣"一段，从时光流逝说起，目的是引出盛孝章。海内才俊多零落了，唯有盛一人在，才更显出此人可贵，接着又说明了他的困境，能从感情上打动曹操。

从"《春秋传》曰"至"友道可弘矣"一段，则从友道的角度立说。在这里，作者把齐桓公与曹操作比拟，投合了曹操的雄心壮志。接着，则指出如果无人救助盛，则"友道"断绝；如果曹肯救盛，则"友道"兴。

余下为第三段，则从召辟盛对曹操事业的重要意义来说明自己为什么要举荐盛孝章。

孔融在这里原只是要举荐一个人，但却讲出了一番堂堂正正的大道理。他在信中没有一字一句哀求乞怜，而把大道理加在此事上，使曹操不得不听从他的举荐。

祀故太尉桥玄文

曹 操

故太尉桥公①，诞敷明德②，泛爱博容③，国念明训，士思令谟④。灵幽体翳，邈哉晞矣⑤！吾以幼年逮升堂室⑥，特以顽鄙之姿，为大君子所纳⑦。增荣益观，皆由奖助，犹仲尼称不如颜渊⑧，李生之厚叹贾复⑨。士死知己，怀此无忘。又承从容约誓之言："殂逝之后⑩，路有经由，不以斗酒只鸡过相沃酹⑪，车过三步，腹痛勿怪。"虽临时戏笑之言，非至亲笃好⑫，胡肯为此辞乎⑬？匪谓灵忿⑭，能诒己疾⑮，旧怀惟顾⑯，念之凄怆⑰。奉命东征，屯次乡里⑱，北望贵土，乃心陵墓。裁致薄奠⑲，公其尚飨⑳！

【注　释】

①太尉：掌全国军事大权。东汉时和司徒、司空并称三公。作者曹操（155—220），字孟德，沛国谯（今安徽亳县）人。东汉末年政治家、军事家、文学家。有《魏武帝集》传世。②诞：大。敷：传布。③泛爱：广泛地对人慈爱。博容：胸怀宽大，能广容事物。④令：美好。谟（mó）：谋略。⑤灵：灵魂。幽：指阴间。翳：埋藏。邈：远。晞：露水干，指死。⑥逮：及。升堂室：升堂入室，指亲近。⑦大君子：对桥玄的敬称。⑧仲尼：孔丘的字。《论语·公冶长》孔子问子贡说："你与颜渊谁好一些？"子贡说："我哪能与回（颜渊）相比呢？"孔子说："不如啊，我与你都不如他啊。"⑨贾复：汉代人。据《后汉书·贾复传》：他少年好学，向舞阳（今河南沁阳市）李生学习。李生认为他与一般人不同，李生对他的学生说："凭贾君的容貌和志气而又这样勤学，将来是将相的才干啊。"⑩殂（cú）逝：死去。⑪斗：盛酒的器具。沃酹（lèi）：把酒洒在地上表示祭奠。⑫笃好：忠诚的好友。⑬胡：怎么。⑭匪：同"非"。⑮诒（yí）：给予。⑯旧怀：旧友情。惟顾：思念。⑰凄怆（chuàng）：悲伤。⑱屯次：军队驻扎。乡里：曹操的家乡谯县。⑲裁致：备送。薄奠：微小的祭品。⑳尚飨（xiǎng）：还是来享用祭品。尚：还，表希望。飨：享用。

【赏　析】

一代枭雄曹操在年轻时，喜好任侠放荡，所以为一般士大夫所不齿。但当时名士桥玄却慧眼识英才，认为他是安定天下的不世奇才。他慨叹自己年纪衰老，看不到曹操大展雄风的一天，于是把妻子儿女的未来托付给曹操，曹操由此声名鹊起，他也因此而感激桥玄的知遇之恩。

汉献帝建安七年，刘备在下邳大败，袁绍也在官渡之战中被自己击垮，曹操志得意满，班师凯旋。当率军经过故乡谯后，他派人去桥玄的墓地加以祭祀，这篇文章便是他对有恩于自己的恩人的祭文。

文章写得简短，这是他一贯的风格，中心则在倾诉知己之感。曹操之所以能功成名就，他自己的天分与努力是一部分原因，但在汉末，光有这些并不能保证成功。桥玄对自己的赞语使自己名声大振是他成功的一大重要原因，所以他对故去的知音特别感激。他又在文中重提桥玄的言语，认为这是死者对自己的信任与亲近，申明设奠是为了不忘故人，不忘故人是由于死者是自己的知音。虽然死生异路，但这隔不断作者与桥玄的知己之情。

这篇文章短小精悍，绝无一句赘语，且情真意切，文气十足。语言则质朴清新，实在是曹操散文作品中的佳作。

诫子书

诸葛亮

夫君子之行，静以修身①，俭以养德，非澹泊无以明志②，非宁静无以致远③。夫学须静也，才须学也，非学无以广才，非志无以成学。滔慢则不能励精④，险躁则不能治性⑤。年与时驰，意与日去，遂成枯落⑥。多不接世⑦，悲守穷庐，将复何及！

【注　释】

①静：指一种除去杂念而安定专一的精神状态。修身：努力提高道德修养。②澹泊明志：恬淡寡欲以显明志趣。③宁静致远：心境安定冷静，才能考虑深远。④滔（tāo）慢：轻浮，漫不经心。⑤险躁：心绪坏而烦躁。治性：修治性情。⑥枯落：借喻人缺乏知识而导致思想贫乏。⑦接世：合于世用。

【赏　析】

这其实是一篇家训。

诸葛武侯一生为国，鞠躬尽瘁，死而后已，但无情未必真豪杰，他对自己的儿子也是怀着慈父的眷爱的，这可以从这篇《诫子书》中看到。

诸葛亮一生仅有一子诸葛瞻。他为了蜀的事业日夜操劳，顾不上亲自教育儿子，于是写了这封书信告诫诸葛瞻，要"澹泊"自守，"宁静"自处，鼓励儿子勤学立志，从"澹泊"与宁静的自身修养上狠下功夫，而切忌心浮气躁，举止荒唐。在书信的后半部分，他则以慈父的口吻谆谆教导儿子：少壮不努力，老大徒伤悲！

这些话初看不过是老生常谈罢了，但它是慈父教诲儿子的，情况于是便大不一样了。诸葛武侯的这封信极为简短，这固然与他戎马生涯时间紧迫有关，更因为他是一个不爱说废话、谈大道理的实干家。他的话语虽少，但字字句句是他的心中真话，是他人生的总结，因而格外令人珍惜。

另外，文章精短小巧，文字清新雅正，不事雕缛，说理平易近人，这些都是本文的特出之处。

值得一提的是，诸葛亮这样注意教子，诸葛瞻果然也不负老父教诲。武侯死后，魏国邓艾伐蜀，一路势如破竹，成都危在旦夕。危难之际，诸葛瞻临危受命，督率蜀军迎敌，不幸失败，邓艾给他去信劝他投降，许诺封他为琅邪王，诸葛瞻不为利禄所动，斩杀了信使，最后在战场上杀身殉国，年仅三十七岁。他不愧是武侯的儿子。

陈情表

李　密

臣密言①：臣以险衅②，夙遭闵凶③。生孩六月，慈父见背④。行年四岁⑤，舅夺母志⑥，祖母刘，愍臣孤弱⑦，躬亲抚养。臣少多疾病，九岁不行，零丁孤苦，至于成立⑧。既无叔伯，终鲜兄弟⑨。门衰祚薄⑩，晚有儿息⑪。外无期功强近之亲⑫，内无应门五尺之童⑬，茕茕孑立⑭，形影相吊⑮。而刘夙婴疾病⑯，常在床蓐⑰。臣侍汤药，未尝废离⑱。

逮奉圣朝⑲，沐浴清化⑳。前太守臣逵㉑，察臣孝廉㉒。后刺史臣荣㉓，举臣秀才㉔。臣以供养无主㉕，辞不赴命。诏书特下，拜臣郎中㉖，寻蒙国恩㉗，除臣洗马㉘。猥以微贱㉙，当侍东宫㉚，非臣陨首所能上报㉛。臣具以表闻㉜，辞不就职。诏书切峻，责臣逋慢㉝，郡县逼迫，催臣上道。州司临门㉞，急于星火。臣欲奉诏奔驰，则以刘病日笃㉟，欲苟顺私情，则告诉不许㊱。臣之进退，实为狼狈㊲。

伏惟圣朝以孝治天下㊳，凡在故老㊴，犹蒙矜育㊵，况臣孤苦，特为尤甚。且臣少事伪朝㊶，历职郎署㊷，本图宦达㊸，不矜名节㊹。今臣亡国贱俘，至微至陋，过蒙拔擢㊺，岂敢盘桓㊻，有所希冀？但以刘日薄西山，气息奄奄，人命危浅㊼，朝不虑夕。臣无祖母，无以至今日，祖母无臣，无以终余年。母孙二人，更相为命，是以区区不能废远㊽。臣密今年四十有四，祖母刘今年九十有六，是臣尽节于陛下之日长，报刘之日短也。乌鸟私情㊾，愿乞终养。

臣之辛苦，非独蜀之人士及二州牧伯所见明知㊿，皇天后土，实所共鉴。愿陛下矜愍愚诚(51)，听臣微志。庶刘侥幸，卒保余年，臣生当陨首，死当结草(52)。臣不胜犬马怖惧之情，谨拜表以闻。

【注　释】

①本文选自《昭明文选》卷三十七，又见于《三国志·杨戏传》注引《华阳国志》及《晋书·李密传》。密：李密，字令伯，一名虔，晋代犍为郡武阳县（今四川省彭山县东）人。父早亡，母改嫁，由祖母抚养长大。师事著名学者谯周，仕蜀为郎，迁大将军主簿，太子洗马等职。晋武帝泰始初年，征李密入朝任太子洗马。诏书屡下，李密因奉养祖母上表固辞。祖母去世后，入晋为温县县令，汉中太守等。②险衅（xìn）：此指坎坷多难的命运。③夙（sù）：早。闵（mǐn）凶：此指忧患凶丧之事。④见背：犹言“弃我”。见，指代性副词。背，背弃。本句谓慈父弃我而逝。⑤行年：犹“生年”。行，运行，经历。⑥舅夺母志：指李密的舅舅逼迫李密的母亲何氏改变初衷另嫁他人。⑦愍（mǐn）：同“悯”，怜悯，哀怜。⑧成立：长大成人。⑨终：犹“既”，与上句“既”字构成近似“既……既……”的句式，这样的句式现代多改为“既……又……”。鲜：少。⑩门衰祚（zuò）薄：家门衰微，福祚浅薄。⑪儿息：儿子。二字为同义

连用。息，儿子。⑫期（jī）功强（qiǎng）近之亲：指五服之内的较为亲近的亲戚。期，指丧事时需要服丧一年的亲属。功，大功与小功，分别指丧事时需要服丧九个月或五个月的亲属。强，勉强。⑬应门：照应门户。童：童仆。⑭茕茕（qióng）：孤单貌。孑（jié）立：孤身独立。⑮形影相吊：身体和影子相互安慰。吊，安慰。⑯夙婴疾病：多年患病。婴，缠绕。⑰蓐：通"褥"。⑱废离：废养而离弃。⑲逮：及，到了。奉：敬辞。圣朝：对晋朝的敬称。⑳清化：清明的政治与教化。㉑太守：郡的长官。逵：太守之名，其姓不详。㉒察：察举，考察而荐举。孝廉：孝顺而廉洁，为当时选拔人才的科目之一。㉓刺史：州的长官。荣：刺史之名，其姓不详。㉔举：荐举。秀才：秀异之才，为当时选拔人才的科目之一。㉕供养无主：谓供养祖母之事无人主持。㉖拜：授官。郎中：官名，晋时为尚书诸曹之长。㉗寻：不久。㉘除：任命官职。洗（xiǎn）马：官名，为太子的属官，故又称太子洗马。㉙猥：鄙辱，为自谦之词。㉚东宫：太子居住的地方，此代指太子。㉛陨首：杀头，丧命。㉜表：文体名，为臣下禀告君上的奏章。㉝逋（bū）慢：拖延怠慢。逋，迟缓，拖延。㉞州司：州里的官员。㉟日笃：一天天加重。㊱告诉：向上申诉。㊲狼狈：为联绵词，形容尴尬，窘迫，左右为难。㊳伏惟：伏首自思，为古时下级对尊长的敬语。㊴故老：多历旧事的老人。㊵矜育：怜悯养育。㊶伪朝：此指三国时刘备建立的蜀汉。㊷郎署：郎官的办公处。李密在蜀汉曾任郎官。㊸宦达：官位显达，仕途亨通。㊹矜：自夸。㊺过：过分，此有自谦之意。拔擢（zhuó）：提拔。㊻盘桓：迟疑不前。㊼危浅：垂危短浅。㊽区区：感情恳切之状。废远：废弃孝养而远离祖母。㊾乌鸟：乌鸦，古人视之为孝鸟。㊿二州：指益州与梁州，二州原为蜀国地。牧伯：州郡长官的敬称，此指太守逵与刺史荣。51矜愍：怜悯。愚诚：愚拙而至诚之心。52死当结草：谓我死后也将在冥冥之中像结草老人那样报答陛下之恩。当，将要。结草，此处用《左传》所云结草报恩的典故。据《左传·宣公十五年》，晋国大夫魏武子病重，嘱其子魏颗将其爱妾嫁人；病危之际，又嘱魏颗将爱妾殉葬。魏武子死后，魏颗按武子神志清醒时的嘱托，将武子爱妾嫁人。后来，魏颗与秦军交战，魏颗看到一位老人把草打成结来遮拦秦国力士杜回，将杜回绊倒，被晋军俘获。夜里，老人托梦魏颗，自称是武子爱妾之父，为报答魏颗之恩，故助成魏颗之功。

【赏　析】

　　本文是为委婉回绝晋武帝征召而作。回绝的理由，是九十六岁的祖母在世，自己要为其送终。为亲人尽孝与为国家出力，是不能兼顾的两个问题，作为蜀汉旧臣，李密更感到左右为难。本文从个人身世入笔，依次陈述祖母抚养的鸿恩，祖母婴病的现状，难应诏命的困窘，侍奉祖母的志愿，以及祖母过世之后，"生当陨首，死当结草"的报效之情。全篇文思流畅不加矫饰，直写实感，直述衷情，言辞哀婉真切，情义浓重动人。难怪晋武帝阅此文后，不但没有怪罪李密，反而"嘉其诚款，赐奴婢二人，下郡县供养其祖母奉膳"。

兰亭集序

王羲之

　　永和九年①，岁在癸丑②。暮春之初，会于会稽山阴之兰亭③，修禊事也④。群贤毕至，少长咸集。此地有崇山峻岭，茂林修竹。又有清流激湍⑤，映带左右⑥，引以为流觞曲水⑦。列坐其次⑧，虽无丝竹管弦之盛⑨，一觞一咏⑩，亦足以畅叙幽情。是日也，天朗气清，惠风和畅⑪。仰观宇宙之大，俯察品类之盛⑫，所以游目骋怀，足以极视听之娱，信可乐也⑬！

夫人之相与⑭，俯仰一世⑮。或取诸怀抱⑯，晤言一室之内⑰；或因寄所托⑱，放浪形骸之外⑲。虽取舍万殊，静躁不同，当其欣于所遇，暂得于己⑳，快然自足，曾不知老之将至。及其所之既倦㉑，情随事迁，感慨系之矣㉒。向之所欣，俯仰之间，已为陈迹，犹不能不以之兴怀，况修短随化，终期于尽㉓。古人云"死生亦大矣㉔"，岂不痛哉！

每览昔人兴感之由，若合一契㉕，未尝不临文嗟悼，不能喻之于怀㉖。固知一死生为虚诞㉗，齐彭殇为妄作㉘。后之视今，亦犹今之视昔，悲夫！故列叙时人，录其所述。虽世殊事异，所以兴怀，其致一也㉙。后之览者，亦将有感于斯文。

【注　释】

①本文作者王羲之，字逸少，东晋琅琊临沂（今山东省临沂市）人。为晋司徒王导从子，历任秘书郎、征西将军参军、江州刺史、右军将军、会稽内史等职，是我国著名的书法家。永和九年：为公元353年，永和为东晋穆帝的年号。②癸丑：干支纪年法的癸丑年。③会（kuài）稽：郡国名，位于今江苏省东部及浙江省西部，历代辖境屡有盈缩，时司马昱为会稽王，王羲之为会稽内史，主掌郡国民政。山阴：县名，在今浙江省绍兴市，时为会稽国的治所。兰亭：古亭名，在今浙江省绍兴市西南的兰渚山上。④修禊（xì）事：从事禊祭之事。古人称三月初三临水洗濯、祓除不祥的祭祀活动为禊祭。⑤激湍：水流激急而萦回。⑥映：河流在阳光照耀下波光闪烁貌。带：环绕。⑦引：取用。流觞（shāng）曲水：顺波流放酒杯的环曲之水。修禊事时，人们于环曲的水流旁宴集，在水的上游放置注满酒的酒杯，任其顺流而下，杯停在谁的面前，谁便或赋诗，或饮酒，故而需要有"流觞曲水"。觞，盛满酒的杯。⑧次：近旁。⑨丝竹管弦：代指各种乐器。盛：此指乐曲之壮美。⑩一觞一咏：谓或举杯饮酒，或赋

诗咏怀。⑪惠风：和风。⑫品类：万物。⑬信：果真，确实。⑭相与：相处，相交往。⑮俯仰：低头和抬头，比喻时间短暂。⑯取诸怀抱：谓于自己的内心悟得真理。⑰晤言：晤谈，对谈。⑱因寄所托：因为寄情于托兴之物。⑲放浪形骸之外：放纵形迹于广阔天地。形骸，身体。之，于。⑳暂得于己：谓一己之意暂时得到满足。㉑所之既倦：谓对所追求的事物已感厌倦。㉒感慨系之矣：谓感慨之情便会紧接而来。系，接续。㉓况修短随化，终期于尽：何况人的寿命长短随着造化安排，最终都会归于一死。修，长。化，造化，指天。期，当，合。㉔此为《庄子·德充符》引孔子语，谓死与生是人生极为重要的事情。㉕若合一契：好像有同一契合，指对人生的哀乐、寿夭、生死感慨的共鸣。㉖喻：知晓，明白。㉗一死生：用相同的态度看待死与生。此观点见于《庄子·齐物论》。㉘齐彭殇（shāng）：用同样的态度看待彭祖的长寿与殇子的短命。此观点亦见于《庄子·齐物论》。彭：指古仙人彭祖，相传活到八百岁。殇，指未成年而死的人。㉙其致一也：谓众人的情感归趋是一致的。致：此指情感的归趋所向。

【赏　析】

本文是王羲之为众文士兰亭修禊赋诗所做的序文。此次盛会，环境优雅，名士云集，"一觞一咏"，"畅叙幽情"。即兴之余，众人推王羲之写下此文。文中紧扣兴怀咏叹之事，由眼前的佳境欢情起笔，转入寿夭无常的人生感叹，最后以"知一死生为虚诞，齐彭殇为妄作"的敢于直面人生的豪情结束。言辞之中，饱含着作者历经宦海尘世的诸多感受，文思委婉而底蕴苍劲，文辞平直且颇有真情，是王羲之诗文的代表作。

归去来辞

陶渊明

归去来兮①，田园将芜，胡不归②！既自以心为形役，奚惆怅而独悲③！悟已往之不谏，知来者之可追④。实迷途其未远，觉今是而昨非⑤。舟摇摇以轻扬⑥，风飘飘而吹衣。问征夫以前路⑦，恨晨光之熹微⑧。乃瞻衡宇⑨，载欣载奔⑩。僮仆欢迎，稚子候门。三径就荒⑪，松菊犹存。携幼入室，有酒盈樽⑫。引壶觞以自酌⑬，眄庭柯以怡颜⑭。倚南窗以寄傲⑮，审容膝之易安⑯。园日涉以成趣⑰，门虽设而常关。策扶老以流憩⑱，时矫首而遐观⑲。云无心以出岫⑳，鸟倦飞而知还。景翳翳以将入㉑，抚孤松而盘桓。

归去来兮，请息交以绝游。世与我而相违㉒，复驾言兮焉求㉓？悦亲戚之情话，乐琴书以消忧。农人告余以春及，将有事于西畴㉔。或命巾车㉕，或棹孤舟㉖。既窈窕以寻壑，亦崎岖而经丘㉗。木欣欣以向荣，泉涓涓而始流㉘。羡万物之得时，感吾生之行休㉙！

已矣乎㉚！寓形宇内复几时㉛，曷不委心任去留㉜？胡为遑遑欲何之㉝？富贵非吾愿，帝乡不可期㉞。怀良辰以孤往㉟，或植杖而耘耔㊱。登东皋以舒啸㊲，临清流而赋诗。聊乘化以归尽㊳，乐夫天命复奚疑㊴！

【注　释】

①本文作者陶渊明，名潜，一说名渊明，字元亮，东晋灭亡后更名潜。浔阳柴桑（今江西省九江市）人。他的先世原是官宦之家，曾祖陶侃是东晋大司马。其后家道中落，父亲早逝，家境贫困。渊明早年有济世之志，曾任江州祭酒、镇军参军等职。他个性孤高，不容于当时社会。任彭泽县令时，因不愿"为五斗米折腰"，决心辞官归隐，终身不仕。归去来兮：归去之意。来兮，语气词。②胡：何。③本句是说，既然自己已经是心神被身形所役使，为什么还要惆怅而独自悲伤。奚，何。④谏：规劝，挽救。追：挽回，弥补。此句本于《论语·微子》楚国隐士接舆劝孔子语："往者不可谏，来者犹可追。"谓过去的错误已无法挽救，未来的事情还来得及补助。⑤今：指此时的归隐。昨：指此前的出仕。⑥摇摇：小舟在水流中摇摆行进。轻扬：轻快地漂荡前进。⑦征夫：行旅之人。⑧熹（xī）微：光线微弱。熹，通"熙"，光明。⑨乃：始，刚刚。瞻：望见。衡宇：横木为门的简陋房屋，此指作者家乡的故居。⑩载：语助词。⑪三径就荒：谓屋前的小路已经长满了荒草。《三辅决录·逃名》："蒋诩归乡里，荆棘塞门，舍中有三径，不出，惟求仲、羊仲从之游。"后因以"三径"指归隐者的家园。⑫樽（zūn）：盛酒器。⑬引：取。觞（shāng）：酒杯。酌：斟酒。⑭眄（miǎn）：闲视。庭柯：庭院中的树木。怡颜：谓喜形于色。⑮寄傲：寄托狂放高傲的情怀。⑯审：知晓，明白。容膝：仅能容纳双膝的狭窄住房。易安：容易使人心绪安定。⑰日：每日。涉：入。成趣：谓成为快事。⑱策：拄着。扶老：手杖。流憩（qì）：漫步行游或稍事休息。⑲时：时而。矫首：抬头。遐观：远望。⑳出岫（xiù）：谓云彩从山间飘出。岫，峰峦。㉑景：日影。翳翳（yì）：晦暗不明貌。㉒相违：相违背。谓世俗与我的志向不同。㉓复驾言兮焉求：我还出游追求什么呢？驾言，本于《诗经·邶风·泉水》"驾言出游"语，此指出游。驾，驾车；言，语助词。㉔事：农事。畴（chóu）：田地。㉕或：有时。巾车：有帷幕的车子。㉖棹（zhào）：船桨，此用为动词，指划船。㉗本句谓作者行船驾车，既循着夹在山中幽深的河流而行，又经过崎岖不平的山丘。

窈窕（yǎo tiǎo），幽暗貌。壑（hè），山谷。㉘始：副词，正在。㉙行休：将要结束。㉚已矣乎：犹言"算了吧"。㉛寓形宇内：寄身天地之中。复几时：还有多少时光。㉜曷：同"何"。委心任去留：随着自己的心意决定行止。㉝胡为：为什么。遑遑：慌慌张张，心神不定。何之：何往。㉞帝乡：仙境。期：企求。㉟怀良辰：盼望有个好日子。㊱植杖：把手杖插立一旁。耔籽（zǐ）：泛指田间耕作。耔，除草；籽，培土。㊲皋（gāo）：水边高地。舒啸：放声长啸。㊳聊：姑且。乘化：顺应大自然的发展变化。归尽：走向生命的尽头，指死亡。㊴乐夫天命：安乐于上天赐予的命运。复奚疑：还有什么可疑虑的。

【赏　析】

　　本文作于陶渊明辞官将归之时。文前有小序，略陈辞官情由；正文则运用想象，描述回归家乡的喜悦与隐居生活的惬意。在作者笔下，田园生活的恬适清新令人陶醉、令人神往。同时，通过仕宦与归隐两种截然不同的精神境遇，反映了作者厌弃官场污浊，不愿"为五斗米折腰"的刚毅禀性，以及追求田园佳境，超然尘俗之外的高洁情怀。全文叙事平直真实，语言明快自然，恰为作者坦荡个性的真实写照。宋代欧阳修曾经说："晋无文章，惟陶渊明《归去来辞》一篇而已。"对本文给予了很高的评价。

桃花源记

陶渊明

　　晋太原中①，武陵人捕鱼为业②。缘溪行③，忘路之远近。忽逢桃花林，夹岸数百步，中无杂树，芳草鲜美，落英缤纷④。渔人甚异之，复前行，欲穷其林⑤。

　　林尽水源⑥，便得一山⑦。山有小口，仿佛若有光。便舍船从口入。初极狭，才通人。复行数十步，豁然开朗。土地平旷，屋舍俨然⑧，有良田、美池、桑竹之属⑨。阡陌交通⑩，鸡犬相闻。其中往来种作，男女衣著，悉如外人⑪。黄发垂髫⑫，并怡然自乐。见渔人，乃大惊，问所从来，具答之⑬。便要还家⑭，设酒杀鸡作食。村中闻有此人，咸来问讯⑮。自云先世避秦时乱，率妻子邑人来此绝境⑯，不复出焉，遂与外人间隔。问今是何世，乃不知有汉，无论魏、晋。此人一一为具言所闻，皆叹惋⑰。余人各复延至其家⑱，皆出酒食。停数日，辞去。此中人语云："不足为外人道也⑲。"

　　既出，得其船，便扶向路⑳，处处志之㉑。及郡下，诣太守㉒，说如此。太守即遣人随其往，寻向所志，遂迷，不复得路。

　　南阳刘子骥㉓，高尚士也。闻之，欣然亲往㉔。未果㉕，寻病终㉖。后遂无问津者㉗。

【注　释】

①太原：一作"太元"，东晋孝武帝司马曜的年号（公元 376—396 年）。②武陵：郡名，东晋时治所在临沅（今湖南省常德市）。③缘：沿着。④落英：初开的花朵。英，花。⑤穷：尽。此谓渔人想走到桃花林的尽头。⑥林尽水源：即桃花林终尽于溪水的源头。"水源"之前省略了"于"字。⑦得：犹"见"。⑧俨（yǎn）然：整齐貌。⑨属：类。⑩阡陌（qiān mò）：田间小路，其中南北叫"阡"，东西叫"陌"。交通：互相通达。⑪悉：完全。外人：指桃花源之外的人。⑫黄发：指老人。人老体衰，头发由黑变白，又由白变黄，故称。垂髫（tiáo）：指儿童。髫，小孩垂下来的头发。⑬具：尽，完全。⑭要（yāo）：邀请。⑮咸：都。问讯：探听消息。⑯妻子：妻与子女。邑人：同乡之人。绝境：与世隔绝的地

方。⑰叹惋：惊讶，叹息。⑱延：邀请。⑲不足：不必，不值得。⑳扶：沿着。向路：先前来时的水路。㉑志：作标记。㉒诣（yì）：拜见。太守：郡的长官。㉓南阳：郡名，治所在今河南省南阳市。刘子骥：名骥之，东晋隐士，性乐游山水。㉔亲往：一作"规往"。㉕未果：未能如愿。㉖寻：不久。㉗问津：本义为询问渡口在何处，引申为问路、寻访。津，渡口。

【赏　析】

本文是陶渊明《桃花源诗》的序言。作者借助有关素材，精心描绘了一处美好的世外仙境——武陵桃花源。在这里，环境清幽，生活富足，人人"怡然自乐"。与《归去来辞》相比，作者关注的内容，由个人情感的恬静舒适扩展到一定社会人群的安定幸福，这是认识上的一大进步。当然，在当时的历史条件下，长期维持一个完全脱离封建政权统治的自给自足、自我封闭的小社会，纯属幻想。尽管如此，作者笔下的桃花仙境，满足了人们摆脱封建统治，渴望安定自由的精神需求，同时，本文叙事直白自然，读来如临其境，真实感人，因而，成为历代传诵的佳作。

驴山公九锡文①

袁　淑

若乃三军陆迈②，粮运艰难，谋臣停算，武夫吟叹。尔乃长鸣上党③，慷慨应官，崎岖千里，荷囊致餐，用捷大勋，历世不刊④：斯实尔之功者也。音随时兴，晨夜不默，仰契玄象⑤，俯漏刻⑥，应更长鸣，毫分不忒⑦；虽挈壶著称⑧，未足此德：斯复尔之智也。若乃六合昏晦⑨，三辰幽冥⑩，犹亿天时，用不废声：斯又尔之明也。青脊绛身，长颊广额，修尾后垂，巨耳双磔⑪：斯又尔之相也。嘉麦既熟，实须精面，负磨回衡，迅若转雷，惠我众庶，神祇获荐⑫：斯又尔之能也。尔有济师旅之勋，而加之以众能，是用遣中大夫闾丘骡，加尔使衔勒大鸿胪斑脚大将军宫亭侯⑬。以扬州之庐江⑭、江州之庐陵⑮、吴国之桐庐⑯、合浦之朱庐⑰，封尔为庐山公。

【注　释】

①九锡：古代帝王尊礼大臣所给的九种器物，有衣服、朱户、纳陛，舆马、乐则、虎贲、斧钺、弓矢、秬鬯等。西汉末年王莽建立新朝前先加九锡，后来魏晋南北朝掌政大臣夺取政权、建立新朝前，都加九锡，已成为一种丑恶的例行式的演出。作者袁淑，字阳源，陈郡人。少好属文，官至左卫率，当宋文帝的儿子刘劭准备弑父时，他进行规谏，结果被刘劭杀害。②陆迈：陆上行军。③上党：郡名，晋代治所在潞城（今属山西）。春秋时为赤狄潞子国。④不刊：不磨灭。⑤玄象：天象。日月星辰，在天成像，故名。⑥漏刻：即漏壶，古时一种计时仪器。⑦忒（tè）：差误。⑧挈壶：即挈壶氏，官名。主管挈壶水以漏，以准确报时。属《周礼·夏官》之属。⑨六合：天地四方总称六合。⑩三辰：指日、月、星。⑪巨耳：长耳朵，驴的特征之一。磔（zhé）：毛发开张。⑫神祇（qí）：神灵。祇，地神。⑬大鸿胪（lú）：赞礼官。宫亭：《水经注》称庐山下有神庙，号"宫亭庙"，所以澎湖又有宫亭之称。⑭扬州：古时九州之一。《尚书·禹贡》：称淮河与大海一带为扬州。《尔雅》则称"江南曰扬州"。庐江：郡名，治所在在舒（今安徽庐江西南）。⑮江州：西晋元康元年（291），分荆、扬二州置州。治所在豫章（今江西南昌），后治所屡次变迁。东晋时辖境相当于今天江西、福建两省，及湖北、湖南的部分地区。庐陵：旧

县名，故城在今江西吉安县境。⑯吴国：指春秋、战国时的吴国或指三国时的吴国均可。桐庐：县名，在今浙江省。⑰合浦：郡名，治所在今广东合浦县东北。朱庐：也作朱卢、珠崖，朱崖，县名。故城在今广东省琼山区东南。

【赏　析】

这是一篇令人哑然失笑而又含意新警、情趣横生的幽默滑稽小品文。

首先要明了"九锡"一词。这是古时人臣所能得到的最盛大的尊荣了，但从王莽开始，曹操、司马昭等获此殊荣的人无一例外地都把它作为篡权夺位的前奏。袁淑所生活的南朝宋的开国皇帝宋武帝刘裕在篡晋前也这样干过。"九锡"听上去很荣光，但熟知内情的人都明白是怎么一回事。

有"九锡"，自然也就有了许多为此而撰写的"九锡文"，这类文字多以冠冕堂皇的字句公开为受九锡者涂脂抹粉，令人恶心。袁淑的这篇《驴山公九锡文》正是针对那些无耻政客、文人及九锡文的一种反嘲。他把这类煌煌典雅文章竟用在禽兽身上，岂不是对那些文人、政客干了一个莫大的讽刺玩笑吗？

在文中，作者寓庄于谐，看似玩世不恭，其实一针见血，他的一腔愤怒全寄寓在这篇文章中。就大而蠢而言，受九锡者与驴子并无区别。但作者并未直写驴之蠢笨，而是反写驴之精明，表面上为驴子歌功颂德，一口气为它列出了五大功勋！反讽之强烈，无以复加。

另外，作者为了切合驴音，令人捧腹地杜撰出了诸如"间丘"、"大鸿胪"、"桐庐"、"朱庐"、"庐山"等词；为了切合驴的形体特征，则以"衔勒大鸿胪斑脚大将军宫亭侯"为驴公的封号，实在是令人忍不住要大笑了。而作者尖刻的讽刺，也就含在这笑声中了。

恨 赋

江 淹

试望平原①，蔓草萦骨②，拱木敛魂③。人生到此，天道宁论④。于是仆本恨人⑤，心惊不已。直念古者伏恨而死⑥。

至如秦帝按剑⑦，诸侯西驰⑧。削平天下⑨，同文共规⑩。华山为城⑪，紫渊为池⑫。雄图既溢⑬，武力未毕，方架鼋鼍以为梁⑭，巡海右以送日⑮，一旦魂断，宫车晚出⑯。

若乃赵王既虏，迁于房陵⑰。薄暮心动⑱，昧旦神兴⑲。别艳姬与美女⑳，丧金舆及玉乘㉑。置酒欲饮，悲来填膺㉒。千秋万岁㉓，为怨难胜㉔。

至如李君降北，名辱身冤㉕。拔剑击柱，吊影惭魂㉖。情往上郡，心留雁门㉗。裂帛系书，誓还汉恩㉘。朝露溘至㉙，握手何言㉚。

若夫明妃去时㉛，仰天太息㉜。紫台稍远㉝，关山无极㉞。摇风忽起㉟，白日西匿。陇雁少飞，代云寡色㊱。望君王兮何期，终芜绝兮异域㊲。

至乃敬通见抵，罢归田里㊳。闭关却扫㊴，塞门不仕㊵。左对孺人㊶，顾弄稚子㊷。脱略公卿㊸，跌宕文史㊹。赍志没地㊺，长怀无已㊻。

及夫中散下狱，神气敫扬⑰。浊醪夕引⑱，素琴晨张。秋日萧索，浮云无光。郁青霞之奇意⑲，入修夜之不旸⑳。

或有孤臣危涕，孽子坠心㉛。迁客海上，流戍陇阴㉜。此人但闻悲风汩起㉝，血下霑衿㉞。亦复含酸茹叹㉟，销落湮沉㊱。

若乃骑叠迹，车屯轨㊲，黄尘币地㊳，歌吹四起㊴，无不烟断火绝㊵，闭骨泉里㊶。

已矣哉㊷！春草暮兮秋风惊㊸，秋风罢兮春草生。绮罗毕兮池馆尽㊹，琴瑟灭兮丘垄平㊺。自古皆有死，莫不饮恨而吞声㊻。

【注　释】

①试：若。②蔓草：蔓生的杂草。萦（yíng）：缠绕。③拱木：可用两手合围的树。《左传·僖公二十三年》："尔何知！中寿，尔墓之木拱矣！"因而也称墓旁之树为"拱木"。敛魂：聚敛魂魄。④天道：古人认为天道是支配人类命运的天神意志。宁：难道。⑤仆：淹自称。恨人：失意抱恨的人。⑥伏恨而死：含恨而死。伏，承受。⑦秦帝：指秦始皇。按剑：形容动怒。⑧西驰：指朝拜秦国。秦在西，六国诸侯在东，故言"西驰"。⑨削平天下：灭掉各诸侯国。⑩同文共规：同文共法。指一统天下。规，法。⑪城：城墙。⑫紫渊：水名，在长安北。池：护城河。⑬雄图：宏伟的战略。⑭鼋鼍（yuán tuó）：鳖和猪婆龙（鳄鱼的一种）。梁：桥。⑮巡：巡守。即帝王离开国都巡行境内。海右：海之西。古时西方称右。李周翰解此数句曰："吞一字内心犹未已，方将驾鼋鼍以为桥梁，度西海而送日入。"⑯宫车晚出：比喻皇帝死亡。也作"宫车晏驾。"⑰赵王既虏，迁于房陵：秦灭赵，虏赵王，将其流放到汉中的房陵县。李善引《淮南子》曰："赵王迁流房陵，思故乡则为山木之呕，闻者莫不陨涕。"⑱薄暮：傍晚。心动：心跳，突感不安。⑲昧旦：天将亮未亮之时。⑳艳姬：美女。艳，美色。㉑金舆、玉乘（shèng）：皆镶金缀玉、装饰华丽的车子。㉒填膺：满胸。㉓千秋万岁：婉言帝王之死。《史记·梁孝王世家》："上与梁

王燕饮，尝从容言曰：‘千秋万岁后，传于王。’”㉔胜（shēng）：尽。㉕李君：指汉代李陵。其与北方匈奴作战，力穷矢尽，投降匈奴。㉖拔剑击柱，吊影惭魂：形容李陵想到自己失败投降匈奴的不平、痛苦心情。惭魂，内心惭愧。㉗上郡、雁门：皆为汉之边塞。㉘裂帛系书：言李陵欲学苏武，报汉旧恩。《汉书·苏武传》载，武帝时，苏武出使匈奴，被留，单于胁迫他投降，苏武不从，被徙至北海，令其放羊，待公羊产子乃还。武饮冰雪，吃草籽，坚持十九年。常惠教汉使者对单于说，天子在上林苑射下一鸿雁，足系帛书，言苏武等在某泽中，单于才放回苏武。㉙朝露溘（hé）至：形容人生短暂。溘至：忽然而至。㉚握手何言：诀别之时，无话可说。潘岳《邢夫人诔》：“临命相决，交腕握手。”㉛明妃：王昭君。㉜太息：叹息。㉝紫台：紫宫。帝王所居。㉞关山无极：言离汉北去，路途遥远、艰难。㉟摇风：盘旋而上的暴风。㊱陇（lǒng）、代：皆地名。㊲芜绝：指寂寞而死。异域：异国。㊳敬通：冯衍，字敬通，汉代人。敬通才过其实，抑而不用，故归田里。见抵：被压倒、排挤。㊴闭关却扫：谓不与外界往来。㊵闭门不仕：谓不出来做官。㊶孺人：妻子。㊷稚（zhì）子：幼子。㊸脱略：轻慢。公卿：指达官贵人。㊹宕（dàng）：同“跌宕”。放纵。文史：泛指文艺和史学。㊺赍志：抱定志向，不易其节。没地：指死去。㊻长怀无已：恨情无已。李善注引冯衍《说阴就书》曰：“怀抱不指，赍恨入冥。”㊼中散：指嵇康。康官拜中散大夫，世称嵇中散。被司马昭所杀。《世说新语·雅量》：“嵇中散临行东市，神色不变，索琴而弹之。”㊽浊醪（láo）：浊酒。㊾青霞：谓志高。㊿修夜：长夜。玚（yáng）：明。以上四句描写边塞征战生活。(51)孤臣危涕，孽子坠心：李善注：“《登楼赋》曰：‘涕横坠而弗禁。’然心当云‘危’，涕当云‘坠’，江氏爱奇，故互文以见义。”孤臣，失势的远臣。孽子，非嫡妻所生之子。(52)迁客：贬谪远方。流戍：流放戍边。海上、陇阴：皆边鄙之地。(53)汩（gǔ）起：风疾的样子。(54)血下：指泣血。(55)含酸：饱含辛酸之情。茹（rú）叹：饮恨。(56)销落：衰落，散落。湮（yān）沉：埋没。(57)骑（jì）叠迹，车屯轨：形容车马之多。屯，陈。轨，迹。(58)帀（zá）：遍。同

"匝"。⑨歌吹四起：边声四起。吹，号角声。⑩烟断火绝：比喻人的死去。⑪闭骨泉里：尸体埋在地下。⑫已矣哉：发端叹辞。⑬惊：震动。此为吹刮之意。⑭绮（qǐ）罗：身穿华美衣服的人。池馆：临水的馆舍。⑮丘垄：坟墓。⑯饮恨吞声：形容忍受痛苦，不敢表露。亦作"忍气吞声"。

【赏　析】

这是作者的代表作之一，文章具体描绘了一些有代表性历史人物饮恨吞声，恨恨而死的情景，反映出封建时代失意知识分子的情绪，从而曲折地表现了他们（也包括作者）对当时现实的不满。

从开头到"伏恨而死"一段，作者从眼前惨景生发感慨，因而很自然地怀念起那些古代恨恨而死的前辈。以下部分，作者分别选择了一些有典型性的历史人物，细致入微地描摹了他们的绵绵长恨。

"至如秦帝按剑"至"宫车晚出"一段，写的是帝王之恨。"若乃赵王既虏"至"为怨难胜"一段，写的是列侯之恨。"至如李君降北"至"握手何言"一段，写的是名将之恨。"若夫明妃去时"至"终芜绝兮异域"一段，写的是美人之恨。"至乃敬通见抵"至"长怀无已"一段，写的是才士之恨。"及夫中散下狱"至"入修夜之不场"一段，写的是高人之恨。"或有孤臣危涕"至"销落湮沉"一段，写的是贫困之恨。"若乃骑叠迹"至"闭骨泉里"，写的是荣华之恨。

最后一段，作者发出了"已矣哉"的慨叹，"春草暮兮秋风惊"两句写四季的自然循环，"绮罗毕兮池馆尽"两句写荣华的歇落，"自古皆有死"五字，则抒发了作者对短暂人生终有尽头的无穷慨叹，"莫不饮恨而吞声"则点明了文章的中心，作者无限悲伤感慨全在其中了。

王子猷雪夜访戴

刘义庆①

王子猷居山阴②，夜大雪，眠觉，开室，命酌酒，四望皎然。因起彷徨，咏左思《招隐》诗③，忽忆戴安道④。时戴在剡⑤，即便夜乘小船就之。经宿方至，造门不前而返。人问其故，王曰："吾本乘兴而行，兴尽而返，何必见戴？"

【注 释】

①刘义庆：南朝宋文学家，彭城（今江苏徐州）人。有笔记小说集《世说新语》传世。主要记述汉末、魏晋士大夫的言行。本文即选自其中。②王子猷居山阴：王子猷，王徽之的字，王羲之的儿子。山阴，即今浙江绍兴。③左思：西晋著名诗人，其《招隐诗》描写隐居生活和放浪山林的乐趣。④戴安道：当时著名隐士戴逵的字。⑤剡（shàn）：今浙江嵊州市。

【赏 析】

《王子猷雪夜访戴》是一篇记述日常生活小事的精致小品，就像一滴水可以折射出太阳的光辉，这个生活片断也展示出魏晋名士崇尚个性自由，追求性情意趣的倾向。而这种倾向在那个时代是极具典型意义的，因此读者也可以管中窥豹，体味出魏晋名士的精神风采。

全文仅百字，却几经转折，先是雪夜眠醒，命酌酒，这已经很随心所欲了；而"因起彷徨，咏左思《招隐》诗"更是隐士高人的性情所至；"忽忆戴安道"则完全是偶然随意；那么想起来便去无疑是即兴；但大冷天乘船走了一夜却"造门不前而返"就让普通人觉得离谱；终于，读者有了答案"乘兴而行，兴尽而返，何必见戴？"这种对兴致性情的崇尚和尊重真到了无以复加的地步。品味全文，无非是个人的"兴趣"、"性情"、"个性"，整个事件都围绕着这一切展开，如果说这一切超出普通人，便超在对自我兴致的尊崇上。

文章语言简练隽永，能紧紧抓住主旨极省笔墨地叙写故事，刻画人物。而最后王子猷的言论如画龙点睛，照亮了全文，读来令人回味。整个故事的结尾乍一看似出人意料之外，细一品均在情理之中，也别有一番情趣。

小时了了①

刘义庆

孔文举②年十岁，随父到洛。时李元礼③有盛名，为司隶校尉。诣门者，皆俊才清称及中表亲戚乃通。文举至门，谓吏曰："我是李府君亲。"既通，前坐。元礼问曰："君与仆有何亲？"对曰："昔先君仲尼与君先人伯阳有师资之尊，是仆与君奕世为通好也。"元礼及宾客莫不奇之。太中大夫陈韪后至，人以其语语之，韪曰："小时了了，大未必佳。"文举曰："想君小时，必当了了。"韪大踧踖④。

【注　释】

①了了：懂事、明白。这里指聪慧。②孔文举：孔融。③李元礼：李膺，当时名士。④踧踖（cù jí）：窘迫、尴尬。

【赏　析】

孔融让梨的故事可谓家喻户晓、妇孺皆知，而这个反唇相讥的故事更能展示其机敏睿智。故事非常简单，但作者却写得从容跌宕，让人读来妙趣横生。据其他资料记载，当时李元礼听到孔融如此反讥之妙语，曾大笑曰："长大必为伟器。"的确，孔融后来文居建安七子之首，官由北海相至太中大夫，所谓"座上客常满，樽中酒不空"，亦称是小有辉煌了。此生活佚事可以看成是他知识丰富、才思敏捷、口齿伶俐的生动写照。

刘义庆叙事，文笔简洁，可谓惜墨如金；而在人物语言上，最善于抓住性格特征和内心活动，往往寥寥几笔，就能展示出人物的精神风采，读来总有机趣盎然之妙和生动传神之精，是典型的小品语言。

答谢中书书①

陶弘景

山川之美，古来共谈。高峰入云，清流见底。两岸石壁，五色交辉。青林翠竹，四时俱备。晓雾将歇②，猿鸟乱鸣；夕日欲颓③，沉鳞竞跃④。实是欲界之仙都⑤。自康乐以来⑥，未复有能与其奇者⑦。

【注　释】

①谢中书：谢征，他曾任中书鸿胪，故称"谢中书"。作者陶弘景（452—536），字通明，丹阳秣陵（今江苏江宁县）人。曾任南朝齐的高官，后归隐，好道术，爱山水。梁武帝遇有朝廷大事，常要咨询他的意见，人称"山中宰相"。②歇：消。③颓：坠下。④沉鳞：沉在水底的鱼。⑤欲界：佛教术语。这里指代人间。⑥康乐：指谢灵运。谢灵运袭封康乐公，平生好游山水，是第一个着力写山水诗的诗人。⑦与：参与，这里有欣赏领略之意。

【赏　析】

这是作者寄给谢征谈山水之美的一封信笺。

作者只用了寥寥六十八字，便描画出了江南山水的秀美。开头，作者以"山川之美，古来共谈"两句，点出这封信是专谈山水美景的。接下来作者用了十个整齐的四言句子，全是写景。先写上下山水之形。仰视所见，是山势雄伟，高插入云。俯视所见，是水流晶莹，清澈见底。

接下来写的则是他目睹的山水周遭的美景。平视是：岩壁石色杂错，在阳光映照之下各种色彩交相辉映；而山上则竹林繁盛，四时青翠。再写一天当中耳朵所能听到的各种美妙音乐：早晨是猿与鸟的鸣叫；接下是眼所见的夕阳美景：沉鳞竞跃。

这十句四十字，既写出了一年四季与每日的晨昏，也写活了山川的形势与声色动静，从而写出了大自然生机盎然的令人神往的佳处。作者最后在美的陶醉中，由衷地发出了"实是欲界之仙都"的感叹。

在作者笔下，山水成了作家主观着力描画的对象进入了创作。这篇信笺简洁而清丽，动静相生，于整齐中见神韵，不愧是南朝山水散文中的佼佼者。

与宋元思书①

吴 均

风烟俱净②，天山共色③。从流飘荡④，任意东西⑤。自富阳至桐庐⑥，一百许里⑦，奇山异水，天下独绝⑧。

水皆缥碧⑨，千丈见底。游鱼细石，直视无碍⑩。急湍甚箭⑪，猛浪若奔⑫。夹岸高山，皆生寒树⑬。负势竞上⑭，互相轩邈⑮，争高直指⑯，千百成峰⑰。泉水激石，泠泠作响⑱；好鸟相鸣⑲，嘤嘤成韵⑳。蝉则千转不穷㉑，猿则百叫无绝。鸢飞戾天者㉒，望峰息心㉓，经纶世务者㉔，窥谷忘反㉕。横柯上蔽㉖，在昼犹昏；疏条交映㉗，有时见日。

【注　释】

①宋元思：名玉山，作者的友人。作者吴均（469—520?），字叔庠，吴兴故鄣（今浙江安吉县西北）人。出身寒微，一生未当过大官。他好学，有才学，其短信小札多以描写山水见长。②风烟俱净：烟雾消散净尽。风烟，指云气雾气。③天山共色：指蓝天与青山同一颜色。④从流漂荡：是说在富春江中乘船，随着江流漂浮。⑤东西：富春江的走向是由西

南流向东北。⑥富阳：今浙江省富阳市。桐庐：今浙江省桐庐县。两县全在富春江边，桐庐在富阳的上流。⑦许：附在整数之后表示约数。⑧独绝：独一无二，绝无仅有。⑨缥（piǎo）碧：淡青色。⑩"游鱼"二句，极言江水的清澈。⑪湍：急流。甚：过于。⑫奔：即奔驰的马。⑬寒树：指耐寒常绿的树木。⑭负势竞上：山峰依傍着高峻的山势，争相朝上伸展。⑮轩邈（miǎo）：此处用作动词，意为争比高下。轩，高。邈，远。⑯直指：笔直地向上。⑰千百成峰：成为千百座山峰。⑱泠泠（líng）：形容水声清脆。⑲相鸣：相互鸣叫应和。⑳嘤嘤：悦耳动听的鸟鸣声。韵：和谐的声音。㉑千转：指蝉长久不停地叫。转，同"啭"，鸣叫。㉒鸢（yuān）飞戾（lì）天：出自《诗经·大雅·旱麓》，鸢鸟飞到天上，这里喻指有大志向或野心勃勃的人。鸢，像鹰的猛禽。戾，至。㉓望峰息心：看到这样美的山峰，会平息追名逐利的念头。㉔经纶：筹划，治理。㉕窥：观赏。反：同"返"。㉖柯：树的枝干。㉗疏条：稀疏的枝条。交映：互相遮掩衬托。

【赏 析】

这篇书札是南朝山水美文中的代表之作，作者在寥寥百余字的篇幅里传神地画出了从富阳到桐庐一百余里富春江的秀丽美景。

在这里，字里行间流溢着作者迷醉于山水之间，向往美丽大自然的志趣。同时，作者也在信的末尾部分委婉地表达了自己对世俗追名逐利的反对意见。

从开头至"天下独绝"一部分，作者总写富春江奇特秀丽的自然景色。

从"水皆缥碧"至末尾，作者经济地运用笔墨，具体描绘了山的"奇"与水的"异"。"水皆缥碧"四句，写的是富春江的澄澈，写的是静态的江。"急湍甚箭"两句，则写了富春江动的一面，这六句传神地写出了富春江的"异"。

"夹岸高山"六句，作者笔锋从水转向了江边的山。其中"竞"与"争"二字用得恰到好处，作者把静态的无生命的山写活了，山成了动态的有生命的主体。

"泉水激石"六句，则描写了作者听觉的感受，宛然是一部大自然众"天籁"的合唱曲了！

置身于如此美妙的自然中，作者生发了感慨：在世上追逐蝇头之利、虚幻之名的俗人们，到大自然中来吧！它能洗去你脑袋里的污秽和邪念。官场世道的庸俗黑暗与大自然的纯洁美好形成强烈对照，何重何轻，一目了然。

结尾四句近景的描画，为全文蒙上了一缕清淡恬静的迷人色彩，余音袅袅，令人回味无穷。

吴均的这类骈体抒情小品，时人谓之"吴均体"，它清新而秀丽，淡雅而自然，意境幽深，洵不愧是山水作中的佼佼者。

祭夫徐敬业文①

刘令娴

惟梁大同五年②，新妇谨荐少牢于徐府君之灵曰③：

惟君德爱礼智④，才兼文雅⑤，学比山成⑥，辨同河泻⑦，明经擢秀⑧，光朝振野。调逸许中⑨，声高洛下⑩。含潘度陆⑪，超终迈贾⑫。二仪既肇⑬，判合⑭始分，简⑮贤依德，乃隶夫君⑯。外治徒奉⑰，内佐无闻⑱，幸移蓬性⑲，颇习兰薰⑳；式传琴瑟㉑，相酬典坟㉒。辅仁难验，神情易促㉓。雹碎春红㉔，霜润夏绿㉕。躬奉正衾㉖，亲观启足㉗；一见无期，百身何赎？

呜呼哀哉！生死虽殊，情亲犹一。敢遵先好㉘，手调姜橘㉙。素俎空干㉚，奠觞徒溢㉛。昔奉齐眉㉜，异于今日。从军暂别，且思楼中㉝。薄游未反㉞，尚比飞蓬㉟。如当此诀，永痛无穷。百年何几㊱，泉穴方同？

【注　释】

①徐敬业：名悱，字敬业，梁代诗人，曾任太子洗马，晋安内史等职，三十岁即死去。刘令娴是他的妻子。②惟：发语词，无意义。大同五年：即公元 539 年，大同是梁武帝的年号。③荐：奉进。少牢：以猪、羊二牲为祭。徐府君：作者对亡夫的称呼。④爱：在于。德爱礼智，品德在于知礼法而又聪明。⑤文雅：有文辞，又高雅。⑥学比山成：学问大得像堆积成的山一样。⑦辩：同“辩”，口才，言辞。河泻：河水倾泻而下，喻辩才无碍。⑧明经：精通经术。擢（zhuó）秀：擢，拔。擢秀，人才秀出。⑨许中：今河南许昌一带。⑩洛下：洛阳一带。⑪潘：晋代著名文人潘岳。陆：晋代著名文人陆机。含、度：与……相近。⑫终：终军。贾：贾谊。二人也是著名文人。迈：义与“超”同。⑬二仪：指天地、阴阳。肇：始。⑭判合：分合，指男女。⑮简：选择。⑯隶：隶属于。⑰外治徒奉：是说自己协助丈夫治理外务方面成就很小，没有什么作为。⑱内佐：在家中辅佐丈夫。⑲移：改变。蓬性：作者谦指自己品性顽劣，就像野地中的蓬草一样。⑳兰薰：兰草的熏染，喻丈夫对自己的潜移默化。㉑琴瑟：古时以琴瑟相合喻夫妻美满。㉒坟典：《三坟》、《五典》，代指古时典籍。㉓神情易促：是说上天的性情也容易改变。㉔春红：春天的红花。㉕夏绿：夏天的绿草。与上面“春红”一样，均指丈夫年华正茂。㉖躬：亲身。衾（qīn）：被。㉗启足：曾子临死时，命儿子“启予手，启予足”，后用以代指临终看视。㉘先好：生前的嗜好。㉙姜橘：这里指用以祭奠用

的祭物。㉚素：白色。俎（zǔ）：祭器。空干：放干了，言无人享用。
㉛奠：祭奠。觞：酒樽。㉜齐眉：即举案齐眉，用的是东汉梁鸿与孟光夫妻二人恩爱的典故。㉝楼中：在家中楼上的人，妻子自谓。㉞反：同"返"。㉟飞蓬：在风中飞舞的蓬草，喻在外的丈夫。㊱何几：多少。

【赏　析】

作者刘令娴是死者的妻子。在古代，由于受到歧视，女子知书识字的少，有文名的更少。而刘令娴却因这篇短小的祭文而为自己赢得了不小的荣誉，在古代，它受到很多文人学士的爱赏，成为祭文中的名篇。据说，徐悱三十岁短命死去之后，他的父亲，当时著名文人徐勉也准备作祭文悼念爱子，但在看了儿媳的这篇之后，他对儿媳的文笔惊叹不已，并搁笔，以示不敢争锋。

这篇文章之所以哀婉动人，关键是紧紧围绕"情"字做文章。

在正文一开头，作者先对死去夫君的人品和才学加以赞誉，"才兼文雅，学比山成，辨同河泻，明经擢秀，光震朝野"等句显然是夸大之辞，但并不令人反感，因为作者与死者是特殊的夫妻关系，在一个笃爱丈夫的妻子眼中，丈夫本就应该是这样的！这样写，更真实，更能显现妻子对亡夫爱的深切、笃诚。

接下来，作者以寥寥数语叙述了夫妻二人的恩爱，并特别说明了丈夫对自己的关怀体贴，更显现了死亡给未亡人造成的极大痛苦。

最后，作者以祭奠亡灵来寄寓自己不尽的哀思。

综合来看，整篇文章的叙事抒情全以夫妻之情为中心而展开，作者把自己对死者真挚的爱表达得动人心魄，令人读后不由得为作者伤心，它凄切而哀婉，情辞并茂，不愧为情真意切的祭文名篇。

水经注（二则）

郦道元

三　峡

自三峡七百里中，两岸连山，略无阙处①。重岩叠嶂，隐天蔽日，自非亭午夜分②，不见曦月③。

至于夏水襄陵④，沿溯阻绝⑤。或王命急宣，有时朝发白帝⑥，暮到江陵⑦。其间千二百里，虽乘奔御风不以疾也⑧。

春冬之时，则素湍绿潭，回清倒影⑨。绝𪩘多生怪柏⑩，悬泉瀑布，飞漱其间，清荣峻茂，良多趣味。

每至晴初霜旦，林寒涧肃，常有高猿长啸，属引凄异⑪，空谷传响，哀转久绝。故渔者歌曰："巴东三峡巫峡长，猿鸣三声泪沾裳！"

大明湖

其水北为大明湖⑫，西即大明寺，寺东北两面侧湖，此水便成净池也。池上有客亭⑬，左右楸桐，负日俯仰。目对鱼鸟，水木明瑟。可谓濠梁之性⑭，物我无违矣⑩。

【注　释】

①阙：同"缺"。作者郦道元（466 或 472？—527），字善长。范阳涿鹿（今属河北）人，北魏地理学家、文学家。代表作是《水经注》。②亭午：正午。夜分：夜半。③曦（xī）：日光。④襄陵：谓夏季水涨，漫上丘陵。襄，上。⑤沿溯（sù）：顺水而下叫"沿"，逆流而上为"溯"。⑥白帝：城名，在今四川奉节县东。⑦江陵：即今湖北江陵县。⑧乘奔：乘着奔驰的马。御风：驾风。⑨素：白色。潭：深水。湍：急流。回清：回映清光。⑩巘（yàn）：山峰。⑪属引：谓猿啼声连接不断。属，连。⑫其水：指济水的支流泺水。⑬客亭：即古历亭。⑭濠（háo）梁之性：此处暗用《庄子·秋水篇》的一个典故，庄子与好友惠施同游于濠梁之上，而庄子能通物性，能感知水中鱼儿的快乐。此处引申为懂得鱼鸟水木的情趣。濠，水名。梁，即桥梁。⑮物我无违：即顺应自然，不违反天理，自己与大自然融为一体。

【赏　析】

《水经注》是北魏人郦道元为古地理书《水经》所做的注，是一部地理书。但由于郦道元有深厚的文学修养，他的某些文章段落写得极为优美，已成为古代山水作品中极为出色的优秀篇章，这里选的两则即是。

三峡。文章首句鸟瞰式地概说了三峡的长与该地区山峦的密。"重岩叠嶂"四句则以仰观角度写山峦之高。接下来的两段，作者由山转向写水。作者在写夏季江汛的阔大气势时，用了三个具体事例来渲染，即"夏水襄陵"、"沿溯阻绝"，江水湍急之情状。第三段，作者对江水的描写由动态转向静态，所写江景也由夏季变为冬春，这时长江的特点是水清，树荣，山峻，草盛，无限美丽的长江令人心驰神往。最后一段写的是深秋时的三峡景色，一派肃杀！再以渔歌作结，犹如一幅清冽的图画，读后令人陶醉其中，不能自拔。

　　大明湖。这是作者描绘山东大明湖风光的一段文字。在这里，作者先简要地介绍了大明湖的地理方位，概括地指出了湖的外貌特征。然后作者具体写湖上景观，点画式地写了小岛、客亭、楸桐树、水中游鱼和林中啼鸟。作者对这些自然景物的描绘多用比拟手法，从而使无感觉无生命的景物似乎也充满了人的灵性，趣味横生，韵味无穷。

谏太宗十思疏

魏　征①

　　臣闻：求木之长者，必固其根本；欲流之远者，必浚其泉源②；思国之安者，必积其德义。源不深而望流之远，根不固而求木之长，德不厚而思国之安，臣虽下愚，知其不可，而况于明哲乎？人君当神器之重③，居域中之大④，不念居安思危，戒奢以俭，斯亦伐根以求木茂，塞源而欲流长也。

　　凡昔元首⑤，承天景命⑥，善始者实繁，克终者盖寡⑦。岂取之易，守之难乎？盖在殷忧⑧，必竭诚以待下；既得志，则纵情以傲物⑨。竭诚，则吴、越为一体⑩；傲物，则骨肉为行路⑪。虽董之以严刑⑫，振之以威怒⑬，终苟免而不怀仁⑭，貌恭而不心服。怨不在大，可畏惟人⑮。载舟覆舟⑯，所宜深慎。

　　诚能见可欲，则思知足以自戒；将有作⑰，则思知止以安人；念高危，则思谦冲而自牧⑱；惧满盈⑲，则思江海下百川；乐盘游㉑，则思三驱以为度㉒；忧懈怠，则思慎始而敬终㉒；虑壅蔽㉒，则思虚心以纳下；惧谗邪，则思正身以黜恶㉔；恩所加，则思无因喜以谬赏；罚所及，则思无以怒而滥刑。总此十思，宏兹九德㉕。简能而任之㉖，择善而从之，则智者尽其谋，勇者竭其力，仁者播其惠，信者效其忠㉗。文武并用，垂拱而治㉘。何必劳神苦思，代百司之职役哉㉙？

【注　释】

①魏征（580—643）：字玄成，魏州曲城（今河北巨鹿）人。早年参加李密起义军，后投奔唐高祖李渊，先依附李建成，建成败后归李世民。太宗即位，拜谏议大夫、秘书监，寻晋检校侍中，封郑国公。直言极谏，为唐初贞观之治做出了重要的贡献。②浚（jùn）：疏浚。③神器：指帝位。④域中之大：域中，宇内、国内。"域中之大"即国君。语出《老子》"域中有四大，而王居其一"。⑤元首：君主。⑥景命：上天授君位于帝王的大命。⑦克：能够。⑧殷忧：深忧。⑨傲物：轻慢人物。⑩吴越：春秋时期吴越两国争战，先是越国被吴所败，后越王勾践卧薪尝胆，励精图治，终于灭亡吴国。此处以吴越指仇恨很深的双方。⑪骨肉：亲属。行路：过路人。⑫董：监督。⑬振：通"震"，镇压。⑭苟免：苟且得免于触犯君主威命。⑮人：即"民"。因避唐太宗李世民的名讳，改为"人"。⑯载舟覆舟：这里用船和水的关系比喻统治者和人民的关系。水能承载船，也能颠覆船。⑰作：兴作，如建造宫室之类。⑱冲：谦和。自牧：自我约束。⑲满、盈：都是溢出的意思，比喻骄傲自满。⑳盘游：游乐，这里指打猎等。㉑三驱：一年打猎三次。因为打猎时必须驱赶禽兽，所以称打猎为"驱"。一说，网开一面，由三面围合驱捕禽兽。㉒敬：慎。㉓壅：堵塞。蔽：蒙蔽。㉔黜：罢斥。㉕宏：发扬。兹：此。九德：古代的九种道德标准，即"宽而栗、柔而立、愿而恭、乱而敬、扰而毅、直而温、简而廉、刚而塞、强而义"。德原作"得"，据《贞观政要》改。㉖简：简拔选择。

㉗信：诚实。㉘垂拱：天子垂衣拱手，表示无为而治。㉙百司：百官。

【赏　析】

　　唐代贞观之治，与此前的汉代文景之治和清代康雍乾盛世，通常合称中国封建时代的三大治世。但文景之治因年代久远，典章制度，政理人情，多难考察，总给人以一种史迹沉晦的印象。而康雍乾盛世，又有点像是封建社会临终前的回光返照。唯有贞观之治处于封建社会发展的盛期，史册记载又斑斑可考，确实给人以如日中天的感觉。真正堪称封建社会治世之典范。

　　封建时代的政治，从本质上看，是人治而非法治。所以社会的治乱与否，主要取决于主要统治者及其统治集团的政治素质的好坏。所以，封建时代的政治理论家，最关注的也就是如何使最高统治者具有真正优秀的政治品质。贞观之治的出现，靠的正是太宗君臣优秀的统治素质，而魏征尤为其中的杰出的代表。他的这篇《谏太宗十思疏》，正是表达了封建时代人治政治的最高理想。它基本的论题是：一个在君权逐鹿中获得了成功的君主，如何在此后的统治中保持甚至加强道德的自律。太宗无疑是英明之主，但当他的统治地位业已巩固之后，也不免滋长骄奢耽逸的心理，魏征勇敢地一次次犯颜极谏，甚至有几次连从谏如流的太宗也被惹怒，表现了封建时代良臣的最高政治责任心。

　　此文为贞观十年所作，为他所做的《论时政疏》的第二篇（见《全唐文》卷一百三十九）。在前面的一篇中，主要是分析隋朝灭亡的教训，要求太宗认真地吸取这一历史教训，及在位之年，为唐王朝造成长治久安的基础。要达到这一点，关键在于太宗自己道德上的高度自律。自律之造成，又在于不断的反省。所以魏征提出"十思"的要求。思有邪正，魏征这里所讲的当然是一些"正思"。君主之正思，核心在于"思国之安者"，故此文首揭此义，并以"求木之长者，必固其根本；欲流之远者，必浚其泉源"为喻，认为国家能否安治，从根本上说取决于君主的德义。次段继论成功之君主往往容易骄奢纵情，所以鲜能善始善终。最后正面阐述"十思"之义。当然"十思"只是一些原则，作为一个君主，所要反省的远不止此。但英明之主，既然明白了反省与自律之重要，自能举一反三。所以，所谓"十思"，扩之可延为百思、千思，约之则不过一"思"而已。

文风是人格的写照，魏征此文，所体现的正是他人格中的刚直正大之气。我国汉唐是政治家辈出的时代，汉唐之政治家，又多善文章。所以汉唐之政论文章之成就，实为后世之冠冕。魏征此文，朴茂有西汉章疏之风，而兼唐文修辞精警之美，实为汉唐政论文之代表作。

杂说四

韩　愈

世有伯乐①，然后有千里马。千里马常有，而伯乐不常有。故虽有名马，祗辱于奴隶人之手②，骈死于槽枥之间③，不以千里称也。

马之千里者，一食或尽粟一石。食马者，不知其能千里而食也④。是马也，虽有千里之能，食不饱，力不足，才美不外见⑤。且欲与常马等不可得，安求其能千里也？策之不以其道⑥，食之不能尽其材，鸣之而不能通其意⑦，执策而临之曰："天下无马！"呜呼！其真无马邪？其真不知马也！

【注　释】

①伯乐：古代善于相马的人，生活于春秋战国秦穆公时，姓孙，名阳。②祇：只。奴隶人：地位低下受人役使的人，这里指庸凡之人。③骈：并。骈死，指与凡马并死。槽：马槽。枥（lì）：马棚。④食：通"饲"。⑤见：同"现"，显现。⑥策：马鞭，这里用作动词，使用。道：指千里马的习性。⑦鸣之而不能通其意：马鸣叫时，养马人不能了解其鸣叫之意。

【点　评】

这篇说千里马的文章，第一句"世有伯乐，然后有千里马"就是一个明确的论点。这是一个出于常识之外的奇论。读者览此，自然生出迷惑的心理。千里马为马中之神骏，是自然所生的一种客观存在，为何说有伯乐然后才有千里马呢？作者正是紧紧抓住读者的这种迷惑心理，展开了他的逻辑论辩。将读者的思想从常识之流中提起，进入一个全新的思想境界，提升了人们的认识。所以，在这篇短短的文章里，我们品味到了，韩愈式的思辨之美。

此文断制明锐，笔锋凌厉无比，但句法多变，又造成很活泼的文风。文章从总体上看，是悲剧性的题材，但悲愤之情是始终压在那里的。也就是说，文章的表达一直没有越出客观说理的界限，不将这篇说理文写成抒情文。但是文外的情感却是很磅礴深广的。这就是文章的力量。

师 说

韩 愈

古之学者必有师。师者，所以传道受业解惑也^①。人非生而知之者，孰能无惑？惑而不从师，其为惑也，终不解矣。生乎吾前，其闻道也^②，固先乎吾，吾从而师之^③；生乎吾后，其闻道也，亦先乎吾，吾从而师之。吾师道也，夫庸知其年之先后生于吾乎^④？是故无贵无贱，无长无少，道之所存，师之所存也。

嗟乎！师道之不传也久矣，欲人之无惑也难矣。古之圣人，其出人也远矣^⑤，犹且从师而问焉；今之众人，其下圣人也亦远矣^⑥，而耻学于师。是故圣益圣，愚益愚。圣人之所以为圣，愚人之所以为愚，其皆出于此乎^⑦？爱其子，择师而教之；于其身也^⑧，则耻师焉，惑矣。彼童子之师，授之书而习其句读者也^⑨，非吾所谓传其道解其惑者也。句读之不知，惑之不解，或师焉，或不焉^⑩，小学而大遗^⑪，吾未见其明也。巫医、乐师、百工之人^⑫，不耻相师^⑬。士大夫之族^⑭，曰师曰弟子云者，则群聚而笑之。问之，则曰："彼与彼年相若也^⑮，道相似也！"位卑则足羞^⑯，官盛则近谀^⑰。呜呼！师道之不复，可知矣。巫医、乐师、百工之人，君子不齿^⑱。今其智乃反不能及，其可怪也欤！

圣人无常师。孔子师郯子、苌弘、师襄、老聃^⑲。郯子之徒，其贤不及孔子。孔子曰^⑳："三人行，则必有我师。"是故弟子不必不如师，师不必贤于弟子，闻道有先后，术业有专攻^㉑，如是而已。

李氏子蟠②，年十七，好古文③，六艺经传皆通习之④，不拘于时⑤，学于余。余嘉其能行古道⑥，作《师说》以贻之⑦。

【注　释】

①受业：受，同"授"，受业即授业。解惑：解答疑惑。指儒道和学业上的疑惑。②闻道：知晓并领会了道。"道"指儒家追求的关于人生和一切事物根本道理。《论语·里仁》："子曰：'朝闻道，夕死可矣。'"③师之：以他为师。师，名词用作动词。④庸知：庸即"用"，这里作岂用、不用解。庸知即岂用知、岂须知的意思。⑤出人：超出常人。⑥下圣人：低于圣人，不如圣人。⑦出于此：由于此。⑧其身：其自身。⑨句读（dòu）：也作"句逗"，这里指阅读文章时的断句。⑩不：通"否"。⑪小学而大遗：学了小的而丢了大的。小，指句读；大，指传道、解惑。⑫巫医：巫师和医师。古人为了治病，常常同时接受巫术和医术的治疗。并且古代的医术中也杂有巫术的成分，所以巫医并称。百工：各种工艺匠人。⑬相师：指师徒代代传授。相，更相，互相。⑭士大夫："士"与"大夫"是春秋战国时期的两个阶层。主要由知识分子构成。后来泛指官僚阶层和有地位、有声望的读书人。⑮相若：相似，相近。⑯"位卑"二句：以地位低于自己的人为师，则是感到羞耻。以官位高于自己的人为师，则有谄谀他的嫌疑。足：极度，十分。⑰不齿：不屑与他们同列，指极端鄙视。齿：齐列。⑱圣人无常师：常师，固定的老师。无常师，即"道之所在，师之所在"的意思。《论语·子张》："夫子焉不学，而亦何常师之有。"⑲郯（tán）子：春秋时郯国（今山东郯城一带）国君，他来鲁国时孔子曾向他请教过有关少皞氏时代的官职名称。苌（cháng）弘：东周敬王时候的大夫，孔子曾到周地向他请教古乐。师襄：春秋时鲁国的乐官，名襄。孔子曾向他学习弹琴。师，乐师。老聃（dān）：即老子。据说孔子曾向他请教礼仪，见于《史记·老庄申韩列传》及《孔子家语·观周》。⑳孔子曰：下面引文出自《论语·述而》篇。原句为："三人行，必有我

师焉。"㉑攻：研究。㉒李氏子蟠（pán）：李蟠，唐德宗贞元十九年（803年）进士。㉓古文：指秦汉时代的文章。㉔六艺：即六经，指《诗》、《书》、《礼》、《乐》、《易》、《春秋》。经传：经文和传文。㉕拘：拘泥，束缚。时：时俗，指当时耻于从师的不良风气。㉖嘉：赞许。㉗贻（yí）：赠。

【赏　析】

汉代和宋代，在学术或文学上都重师承，唐人则耻于相师。但这也只是世俗的风气，真正有造就的诗人、学者，也是很重视学习前人和同时代人的，杜甫即有"转益多师是汝师"的名言。但一般的文人学者间耻于相师的世俗观念影响很深，阻碍了学术的发展和儒道的弘传，所以韩愈借李氏子从其学古文之事，写了这篇师说。任何名称，原本都是对事物谛理的揭示，但世俗中使用久了，许多人都忘记了名称所揭示的谛理，名真的成了一个符号。比如"师"本义是学习，因学习而生出师从这一层关系，因师从而生老师与学生这重关系，并出现师尊生卑这种世俗观念。世俗拿这种观念来理解师生关系，于是产生唐人那样耻于相师的现象。所以韩愈要破这种风气，就要循名责实，让人们重新认识"师"的本义。"师者，所以传道、受业、解惑也。"此即《师说》一篇之核心观点。而三者之中，"传道"尤为根本，受业实际也是受业中之道，解惑也是解道之惑，所以分言有"传道、受业、解惑"三事，归结而言，只有传道一义，已足概括"师"的内容。何人可以为师，知"道"者可以为师，所以说"道之所存，师之所存"。至此，《师说》立论已经完备。但文章不能光有理论，还要有事实，事实有正反二种。此文中正面事实三种，圣人不耻相师，人知为童子求师，巫医、乐师、百工之人不耻相师。

反面事实一种，当时士大夫之耻于相师。正反对比，何者为正确，何者为错误，就很清楚了。而李氏子从己学古文一事，只于结束时补出。而不于开头交代，细味亦行文之一法也。

此文在韩氏论说文中，风格最为正大平易，不施雄辩，不尚气骋辞，而神完气足。其中所论的道理，在任何时候都值得人们去好好体会。论说文至此，可谓尽善尽美。

陋室铭

刘禹锡①

山不在高，有仙则名；水不在深，有龙则灵。斯是陋室②，惟吾德馨③。苔痕上阶绿，草色入帘青。谈笑有鸿儒④，往来无白丁⑤。可以调素琴，阅金经⑥。无丝竹之乱耳⑦，无案牍之劳形⑧。南阳诸葛庐⑨，西蜀子云亭⑩。孔子云："何陋之有⑪？"

【注 释】

①刘禹锡（772—842）：字梦得，彭城（今江苏徐州市）人。贞元中进士，授监察御史。参加王叔文政治改革，失败后贬朗州司马。十年召还，以作诗讽刺执政被贬出，为连州、夔州等州刺史。最后官至检校礼部尚书。有《刘宾客集》传世。②斯：此，这。③德馨（xīn）：形容道德的美好有芳香。④鸿：大。鸿儒，大儒。⑤白丁：无官职的平民。这里指缺乏文化的人。⑥金经：指用泥金（一种用金箔和胶水制成的金色颜料）书写的佛经。⑦丝竹：丝，指弦乐器。竹，管乐器。⑧案牍：指官府的文书。⑨诸

葛：指诸葛亮，三国时蜀国丞相，未出山前，曾隐居在南阳郡邓县之隆中（今湖北襄阳西）茅庐中。⑩子云：扬雄字子云，成都人，西汉辞赋家。⑪何陋之有：语出《论语·子罕》篇："子曰：'君子居之，何陋之有？'"这里只引用"何陋之有"，即含有"君子居之"的意思。

【赏　析】

古人常常在器物上刻写文字，借物理以寓人事，表达一些对行为和日常行动有警戒启示作用的思想。铭就是这样的文体。体裁则短小精悍，多用韵文体。此文为陋室作铭，设想甚为别致，但仍合古人铭器物的文例。然在立意上，以抒发自得之情为主，以铭体自警的常例衡之，稍有变化。文心之妙，亦在于此。

又此文虽短，然比喻、写景、抒情、议论诸法皆备。古人每为短文，多常用变化之法，务使寥寥数行之中，生波谲云诡之态，方称大家手笔。然而变化者在于笔墨之间，至于立意则不能有丝毫游移，此文之文眼，在于"斯是陋室，惟吾德馨"这八个字。全文皆为此八字神光所射。

钴鉧潭西小丘记①

柳宗元

得西山后八日，寻山口西北道二百步②，又得钴鉧潭③。西二十五步，当湍而浚者为鱼梁④。梁之上有丘焉，生竹树。其石之突怒偃蹇⑤，负土而出，争为奇状者，殆不可数。其嵚然相累而下者⑥，若牛马之饮于溪；其冲然角列而上者⑦，若熊罴之登于山。

丘之小不能一亩，可以笼而有之⑧。问其主，曰："唐氏之弃地，货而不售。⑨"问其价，曰："止四百"。余怜而售之⑩。李深源、元克己时同游⑪，皆大喜，出自意外。即更取器用⑫，铲刈秽草⑬，伐去恶木⑭，烈火而焚之⑮。嘉木立，美竹露，奇石显。由其中以望，则山之高，云之浮，溪之流，鸟兽之遨游，举熙熙然回巧献技⑯，以效兹丘之下⑰。枕席而卧⑱，则清泠之状与目谋⑲，瀯瀯之声与耳谋⑳，悠然而虚者与神谋㉑，渊然而静者与心谋㉒。不匝旬而得异地者二㉓，虽古好事之士，或未能至焉。

噫！以兹丘之胜㉔，致之沣、镐、鄠、杜㉕，则贵游之士争买者，日增千金而愈不可得。今弃是州也，农夫渔父过而陋之，价四百，连岁不能售。而我与深源、克己独喜得之，是其果有遭乎㉖？

书于石，所以贺兹丘之遭也㉗。

【注　释】

①这是"永州八记"的第三篇。作者先是发现西山，作《始得西山宴游记》。接着发现钴鉧潭，作《钴鉧潭记》。后又经潭西小丘，作本篇。②寻：沿着。步：古代五尺为一步。③钴鉧（gǔ mǔ）潭：潭名。钴鉧，熨斗。潭的形状像熨斗，故名。④湍（tuān）：水流迅急。浚（jùn）：水深。鱼梁：阻水筑堰，中间留缺口，用来放置捕鱼的工具笱（gǒu），以捕捉顺流而来的鱼。⑤突怒偃蹇（yǎn jiān）：形容山石高耸及屈曲不平的样子。⑥嵚（qīn）然：山石形势险峻的样子。相累：相叠，相随。⑦冲（chòng）然：向上、向前的样子。角列：形容石笋像兽角一样排列。⑧笼而有之：小得能装进笼子里带走。极言其小。⑨货而不售：定了价格想卖，但还未卖掉。⑩怜：喜爱。售：这里是买下的意思。⑪李深源、元克己：作者友人。深源原任太府卿，克己曾任侍御，此时也都因贬谪而居住

在永州。⑫更取器用：各自都拿来了工具。更：原意为轮流，这里作各各，陆续等意解。⑬刈（yì）：割。⑭木：那些树木或形状不美、或有毒、有臭味、有棘刺的杂木。⑮烈火：燃起大火。⑯举：全部。熙熙然：快乐的样子。⑰效：献出。⑱枕席而卧：铺席设枕，躺在上面。⑲清泠（líng）：形容景色清凉。与目谋：同眼睛接触，即印入眼中。⑳泂泂（yíng）：溪水回流的声音。㉑悠然：幽远的样子。㉒渊然：静默的样子。㉓不匝（zā）旬：不满十天。异地：奇景。㉔胜：秀美的景色。㉕沣（fēng）、镐（hào）、鄠（hù）、杜：都是地名，在唐朝首都长安附近。沣，水名。镐，在今陕西西安市西南，为古代周武王的都城。鄠，在今陕西户县北。杜，在今陕西长安县东南。这些地方在唐代是豪贵聚居之地。㉖遭：名词。际遇，运气。㉗遭：动词。碰上了好运气。

【赏　析】

　　柳州写景叙述之笔，本来就是很高妙的。但其中又分寻常之笔与出奇之笔。如诗之有警句，有常句。寻常之笔的笔墨工夫，也是到家的，但不让人特别注目。此文开首叙述的钻鉧潭的经过、钻鉧潭位置，中间购买之经过，都极简明有法，深合文理，但只是寻常之笔。至形容梁丘之石数句，和写经营后的钻鉧潭景色方是尽力表现的出奇之笔。寻常之笔，使文风自然；出奇之笔，使文章精彩。两者是不可偏废的。至于具体描写的传神，则读者皆能体味，无须深论。

　　永州八记，论其寓意，亦近于《愚溪诗序》，盖以山水寄托其抑塞不遇之慨。是以山水之作"离骚"音。但《愚溪诗序》为畅发牢骚，而八记则以各景观之特殊性，婉转地寄以弦外之音。而体会如何，则任之于读者。其风格更近于诗。柳州将郦道元记山水的本领与诗人寄托抒情的精神结合，开出山水小品中的一种新传统。

小石城山记①

柳宗元

自西山道口径北②，逾黄茅岭而下③，有二道：其一西出，寻之无所得；其一少北而东，不过四十丈，土断而川分，有积石横当其垠④。其上为睥睨梁㰍之形⑤，其旁出堡坞⑥，有若门焉。窥之正黑，投以小石，洞然有水声，其响之激越，良久乃已。环之可上，望甚远。无土壤而生嘉树美箭⑦，益奇而坚。其疏数偃仰⑧，类智者所施设也。

噫！吾疑造物者之有无久矣⑨。及是，愈以为诚有。又怪其不为之于中州⑩，而列是夷狄⑪。更千百年不得一售其伎⑫，是固劳而无用。神者傥不宜如是，则其果无乎？或曰："以慰夫贤而辱于此者。"或曰："其气之灵⑬，不为伟人，而独为是物，故楚之南⑭，少人而多石。"是二者，余未信之。

【注　释】

①这是"永州八记"的最后一篇。小石城山在零陵县西。《零陵县志》载："小石城山在黄茅岭之北，视石城（山名）差小而结构天巧过之。望若列墉，入若幽谷。"②西山：在永州（今湖南零陵）西面潇江边。径北：一直往北。③逾：越过，翻过。④垠：边界。⑤睥睨（bì nì）：城上的矮墙。梁㰍（lì）：栋梁，这里借指房屋。⑥堡（bǎo）：小城。坞（wù）：小城墙，防卫用的障蔽物。⑦箭：一种竹名。因质地坚韧可作箭杆，故名。

⑧疏数（cù）偃仰：指景物分布的疏密之局，俯仰之势。⑨造物者：造物主，这里是指有神论意义上的造物主。⑩中州：中原，黄河中下游文化发达地区。⑪夷狄：永州地处僻远，作者从中原角度来看，称为夷狄。⑫更：经历。一售其伎：指向有欣赏自然景物能力的人显示其美景。⑬气之灵：古人认为天地间有一种灵秀之气，赋予某些人物与事物之上，使其超凡出群。⑭楚之南：指包括永州在内的南方各地。楚在战国时南部疆域到今湖南南部。

【赏　析】

　　本篇是"永州八记"的最后一篇。他的这些游记在艺术上的成功，描写笔法之精彩高妙果然是一个重要的原因。但更重要的是，这其中流露了作者发现美的欣喜。正是这种欣喜的情绪，使作者的观赏眼光变得既十分的敏感，又格外的凝注。当他写一景、状一物时，仿佛天地之间更无别种景物比它更美，人生万事，更无比品赏眼前这个小小山水更重要、更有价值的事情了。这用的是庄子所说那种"凝神"的观照方式，庄子说"用志不分，乃凝于神"。所以他的观赏之细致，捕捉变化之迅捷，都有超乎前人的地方。此文写小石城山之景状，就像一个技艺精湛的雕刻家那样，镂刻得玲珑剔透，惟妙惟肖。其中如"其上为睥睨梁栦之形，其旁出堡坞，有若门焉。窥之正黑。投以小石，洞然有水声，其响激越，良久乃已"。景物若此，天地间岂少！而经柳州之笔，令人不觉遐想无穷。文章最后就小石城山发表议论，讨论它为何不生于中州而列于夷狄。并且引出有无造物主的讨论。前个问题，实为无中生有，而后个问题，更是大不可当。作者不真要在这里头较真，无非是借此以发抒心头一段贬谪不遇的牢骚情绪而已，然写来却不露痕迹。文人笔墨之狡狯，直使网罗者无计可施,快哉!

又,柳州所记,皆寻常无名之山水也,景与人遇,千古一时,其景即为我个人之发现,则养在深闺人未识者也,梳理修饰,一任我之所好,自能夺天地造物之工。若名山胜景,身价既高,位置已定,可远观而不可亵玩也。凡人游览山水,写山水游记,皆当深察此理。无杜甫之才,莫轻咏泰岳;无苏轼之才,莫轻描西子。

越妇言①

罗　隐②

买臣之贵也,不忍其去妻③,筑室以居之,分衣食以活之,亦仁者之用心也。

一旦,去妻言于买臣之近侍曰:"吾秉箕帚于翁子左右者④,有年矣。每年饥寒勤苦时节,见翁子之志,何尝不言通达后以匡国致君为己任,以安民济物为心期⑤。而吾不幸离翁子左右者,亦有年矣,翁子果通达矣。天子疏爵以命之⑥,衣锦以昼之⑦,斯亦极矣。而向所言者,蔑然无闻⑧。岂四方无事,使之然耶?岂急于富贵,未假度者耶⑨?以吾观之,矜于一妇人⑩,则可矣,其他未之见也⑪。又安可食其食!"

乃闭气而死⑫。

【注　释】

①《越妇言》：选自《谗书》。越妇，指朱买臣的前妻。朱买臣在汉武帝时为会稽太守，会稽是古越国之地，所以称买臣前妻为越妇，以《越妇言》名篇。②罗隐（833—909）：唐末文学家，本名横，字昭谏，新登（今浙江富阳西北）人。少时即负盛名，但因议论时政，讥刺公卿，十考进士不中，于是改名为隐，唐亡，投吴越王钱芠。历任钱塘令、节度判官、著作佐郎等官。他生活于动乱时代，又久受压抑，故所作诗文多愤懑讽刺，同情人民疾苦。著作有《罗昭谏集》八卷，《谗书》五卷。③去妻：已离婚的妻子，前妻。④秉箕帚：拿着清扫工具。古代认为妻子应该服侍丈夫，所以要拿着箕帚在他的身边，以备扫除。翁子：古代妇女称丈夫的父亲为翁，翁子即是对丈夫的委婉称呼。⑤心期：内心向往。⑥疏爵：不惜爵禄。⑦衣锦以昼之：衣锦还乡的意思。朱买臣为会稽太守，郡治在吴（今江苏苏州），朱买臣是吴人，所以说是衣锦还乡。⑧蔑然：好像根本没有那么一回事的样子。⑨未假度：没时间考虑。假，通"暇"。⑩矜于一妇人：在一个女人面前夸耀自己。⑪其他：意思是除了富贵之外。⑫闭气：窒息。

【赏　析】

这篇文章是借朱买臣前妻之口嘲讽那些封建官僚的。

作者就朱买臣前妻自杀一节，别出心裁，独出新意，生发开来，揭露朱买臣前后不一、表里不一、言行不一的虚伪嘴脸，借此对那些以富贵骄人的官僚们加以冷嘲热讽，无情鞭挞。他们失意时标榜的所谓"匡国致君"、"安民济物"的宏图大志，不过是欺人之谈，一旦得志，便将原来的那些大话忘得一干二净，置国计民生于不顾，其实是一伙心存富贵，志在高官的自私虚伪之徒。

文章短小精悍，尖锐犀利，正如鲁迅先生所称赞的那样，"几乎全部是抗争和愤激之谈。"这正是罗隐小品文的主要特点。

黄冈竹楼记①

王禹偁

黄冈之地多竹，大者如椽②，竹工破之，刳③去其节，用代陶瓦④，比屋皆然⑤，以其价廉而工省也。

子城西北隅⑥，雉堞圮毁⑦，蓁莽荒秽⑧。因作小楼二间，与月波楼通⑨。远吞山光⑩，平挹江濑⑪，幽阒辽夐⑫，不可具状。夏宜急雨，有瀑布声；冬宜密雪，有碎玉声；宜鼓琴，琴调和畅；宜咏诗，诗韵清绝；宜围棋，子声丁丁然⑬；宜投壶⑭，矢声铮铮然。皆竹楼之所助也。

公退之暇，被鹤氅衣⑮，戴华阳巾⑯，手执《周易》一卷，焚香默坐，消遣世虑⑰。江山之外，第见风帆沙鸟⑱，烟云竹树而已。待其酒力醒，茶烟歇，送夕阳，迎素月，亦谪居之胜概也⑲。

彼齐云、落星⑳，高则高矣。井干、丽谯㉑，华则华矣。止于贮妓女，藏歌舞，非骚人㉒之事，吾所不取。

吾闻竹工云，竹之为瓦，仅十稔㉓。若重复之，得二十稔。噫，吾以至道乙未岁㉔，自翰林出滁上㉕，丙申移广陵㉖，丁酉又入西掖㉗，戊戌岁除日㉘，有齐安之命㉙，己亥闰三月到郡㉚。四年之间，奔走不暇，未知明年又在何处，岂惧竹楼之易朽乎。后之人与我同志，嗣而葺之㉛，庶斯楼之不朽也。

【注　释】

①黄冈：县名。在今湖北省黄冈市。②椽（chuán）：安放在檩（lǐn）上支架屋瓦的木条。③刳（kū）：刮掉。④陶瓦：用陶土烧的屋瓦。⑤比：连。⑥子城：大城内门外所附属的小城。也称"月城""瓮城"，建筑在内城门之外，呈方形或半月形，用以加强城防。⑦雉堞（zhì dié）：城上的女墙，即垛口。圮（pǐ）毁：塌毁。⑧榛莽：繁茂的野草。⑨月波楼：也是王禹偁建造的小楼，在黄州西北角城楼上。⑩吞：一览无余的意思。⑪平：平视。挹（yì）：汲取。这里是看的意思。江瀬：流过沙石的急流。⑫阒（qù）：寂静。夐（xiòng）：遥远。⑬丁丁（zhēng）：象声词。走动棋子的声音，形容其清脆。⑭投壶：古代的一种游戏。往壶里投箭状的筹棒，中者为胜。⑮被：通"披"。鹤氅（chǎng）衣：用鸟羽编织的衣裳，指道服。⑯华阳巾：曹魏时，韦节隐居华山，自称华阳子，他所做的头巾式样称为"华阳巾"。这里指隐士所戴的帽子。⑰世虑：世俗的念头。⑱第：只。⑲胜概：优美的景致。⑳齐云：楼名。在吴县（今苏州市）治子城上，陈后主所建。落星：楼名。在建业（今南京市）东北，三国时孙权所建。㉑井干（hán）：楼名。在长安，汉武帝所建。丽谯：楼名。三国时曹操所建。㉒骚人：诗人。㉓稔（rěn）：谷子一熟叫一稔，所以古人称一年为一稔。㉔至道乙未岁：至道，宋太宗的年号，公元 995 年。这一年孝章皇后死，王禹偁私下议论应以旧礼殡葬，以讪谤罪被贬滁州。㉕翰林：官名。王禹偁当时为翰林学士。出：贬谪。滁上：滁州。治所在今安徽滁县。㉖丙申：至道二年（公元 996 年）。广陵：州名。治所在今江苏扬州市。㉗丁酉：至道三年（公元 997 年）。西掖：即中书省，是北宋国家最高行政机构。真宗即位以后，王禹偁上书言事，提出谨边防、裁冗吏等事，被召还，在中书省任职。㉘戊戌：宋真宗咸平元年（公元 998 年）。这一年，王禹偁修《太祖实录》，直书史事，得罪了宰相，被贬为黄州知州。㉙齐安：即黄州，治所在黄冈市。㉚己亥：咸平二年（公元 999 年）。㉛嗣：接续。葺（qì）：修理。

【赏　析】

宋真宗咸平元年（998），王禹偁因为修《太宗实录》得罪了宰相，被罢免了知制诰，出知黄州；第二年他在黄冈修建了竹楼，楼成后写下此文。从至道元年开始，王禹偁就接连遭受贬黜，"四年之间，奔走不暇"。文章表面上是在写竹楼的景致，但字里行间传达的，却是作者在宦海漂泊、浮沉无定之中痛苦、落寞，同时又努力寻求随遇而安的独特感受。

文中最有特色的，是对竹楼独特之声响的描绘，夏天急雨所幻化的瀑布声，冬天密雪所传达的碎玉声，以及围棋之"子声丁丁然"，投壶之"矢声铮铮然"，都是只有在竹楼中才能欣赏到的，这些描写无一不刻画了竹楼虽单薄易朽，却清绝高雅的独特环境，作者在风雨飘摇的竹楼中，体会到如此的美感，这无疑是对他随遇而安的最好阐释。当然，在竹楼的清声远韵、作者的恬淡自适中，读者也会读出一丝孤清与寂寞。

文中对竹楼远眺之景的描绘，也很富有神韵，其中"江山之外，第见风帆沙鸟．烟云竹树而已"等句，犹如一幅烟云淡远的水墨画，写出了作者的"谪居胜概"，但比之对竹楼声响的描绘，似稍落套路而缺少个性，移之天下江楼亦无不可，不能见出竹楼环境特有的风韵，因此在文中只能处在陪衬的位置。韩愈讲作文要"惟陈言之务去"，此文真正能不落陈言的，也许只在对竹楼声韵的描绘。

岳阳楼记

范仲淹

庆历四年春①，滕子京谪守巴陵郡②。越明年，政通人和，百废俱兴。乃重修岳阳楼，增其旧制，刻唐贤、今人诗赋于其上，嘱予作文以记之。

予观夫巴陵胜状③，在洞庭一湖④。衔远山，吞长江，浩浩汤汤⑤，横无际涯。朝晖夕阴，气象万千。此则岳阳楼之大观也，前人之述备矣。然则北通巫峡⑥，南极潇、湘⑦，迁客骚人⑧，多会于此。览物之情，得无异乎？

若夫淫雨霏霏⑨，连月不开，阴雨怒号，浊浪排空，日星隐曜，山岳潜形，商旅不行，樯倾楫摧⑩，薄暮冥冥，虎啸猿啼。登斯楼也，则有去国怀乡⑪，忧谗畏讥，满目萧然，感极而悲者矣。

至若春和景⑫明，波澜不惊，上下天光，一碧万顷，沙鸥翔集⑬，锦鳞游泳⑭，岸芷汀兰⑮，郁郁青青⑯。而或长烟一空，皓月千里，浮光耀金，静影沉璧⑰；渔歌互答，此乐何极！登斯楼也，则有心旷神怡，宠辱皆忘⑱，把酒临风，其喜洋洋者矣。

嗟夫，予尝求古仁人之心，或异二者之为，何哉？不以物喜，不以己悲。居庙堂之高⑲，则忧其民；处江湖之远，则忧其君。是进亦忧，退亦忧。然则何时而乐耶？其必曰"先天下之忧而忧，后天下之乐而乐"欤！噫！微斯人⑳，吾谁与归㉑！

【注　释】

①庆历四年：公元 1044 年。庆历，宋仁宗（赵祯）的年号，公元 1041—1048 年。②滕子京：名宗谅，字子京，河南人，与范仲淹同年进士，因被人诬陷，贬为岳州知州。谪，降职；守，做州郡的长官。巴陵郡：宋时称岳州为巴陵郡，治所在今湖南岳阳。③胜状：美好的景色。④洞庭：洞庭湖，长江流域著名大湖，在湖南北部，岳阳市西。⑤汤汤（shāng）：水势盛大的样子。⑥巫峡：长江三峡之一，在四川省巫山县东，在洞庭湖的西北方。⑦极：尽，这里有直通的意思。潇、湘：二水名，潇水和湘水合流后流入洞庭湖。⑧迁客：降职外调的官吏。骚人：屈原曾作《离骚》，所以后世称诗人为骚人。⑨淫雨：连绵不断的雨。霏霏：雨点细密的样子。⑩樯倾楫摧：船上桅杆倾倒，船桨折断。⑪国：指京城。⑫景：日光。⑬集：栖止。⑭锦鳞：指鱼，鱼鳞光彩鲜艳似锦，故称。⑮芷：香草名。汀：水中或水边平地。⑯郁郁：形容香气很浓。青青：形容花草茂盛。⑰沉璧：这里指水中月影。璧，圆形的玉，这里用来比喻月亮。⑱皆忘：一起忘掉。⑲庙堂：宗庙和明堂，古代帝王举行祭祀的地方。这里指朝廷。⑳微：没有。斯人：这样的人，指古仁人。㉑谁与归：归心于谁？

【赏　析】

这篇文章的过人之处在于它的立意。唐宋时期，许多官员贬谪西南，岳阳是必经之地，不少宦海坎坷的官吏和文人，都在岳阳楼上留下了感伤失意的题咏。范仲淹写此文时正贬官邓州，而请他撰写此文的滕子京正贬官居岳州，在人生的失意阶段，又面对容易引发贬谪之慨的题材，文章很容易陷入颓唐的情境，但范仲淹却从登楼的所见所感，生发出个人应该超越眼前的穷通荣辱，"先天下之忧而忧，后天下之乐而乐"的开阔气象。这种心忧天下的胸襟，比起孟子所说的"达则兼济天下，穷则独善其身"，无疑有着更高的境界。古人说，有第一等胸襟，始有第一等文字，这篇文章就是一个极好的说明。

文章的布局也很见匠心，其中以两个骈俪的段落，描写登楼所见的阴晴景象与所感的忧喜之情，将感情渗透在景物的描写中，并自然地引出最后的议论，点明主旨。在一些要求古文完全不带骈偶色彩的人看来，范仲淹这种语言风格不够纯粹，如范仲淹的好友，宋初著名古文家尹洙就认为这篇文章是"传奇体"，清代姚鼐编《古文辞类纂》时也有意不选这篇文章，这些看法都过分拘泥于骈散的对立，这篇文章充分发挥了骈俪语言善于铺叙、描写的特色，寓情于景，是非常成功的。文章中的语言很有锤炼之妙，如"衔远山，吞长江"，一个"吞"，一个"衔"，恰切地表现了洞庭湖浩瀚的气势。"不以物喜，不以己悲"，"先天下之忧而忧，后天下之乐而乐"，凝练生动，已经成为千古传诵的名句；骈散风格的结合，往往会形成很多精彩的语言，韩愈的《进学解》就产生了大量流传后世的成语，而这篇文章中语言上的锤炼之妙，与骈散的融合不无关系。

醉翁亭记[①]

欧阳修

环滁皆山也[②]。其西南诸峰，林壑尤美，望之蔚然而深秀者[③]，琅琊也[④]。山行六七里，渐闻水声潺潺，而泻出于两峰之间者，酿泉也[⑤]。峰回路转，有亭翼然临于泉上者，醉翁亭也。作亭者谁？山之僧智仙也。名之者谁？太守自谓也[⑥]。太守与客来饮于此，饮少辄醉，而年又最高，故自号曰"醉翁"也⑦。醉翁之意不在酒，在乎山水之间也。山水之乐，得之心而寓之酒也。

若夫日出而林霏开⑧，云归而岩穴暝⑨，晦明变化者，山间之朝暮也。野芳发而幽香，佳木秀而繁阴⑩，风霜高洁，水落而石出者，山间之四时也。朝而往，暮而归，四时之景不同，而乐亦无穷也。

至于负者歌于涂⑪，行者休于树，前者呼，后者应，伛偻提携往来而不绝者⑫，滁人游也。临溪而渔，溪深而鱼肥。酿泉为酒，泉香而酒冽⑬。山肴野蔌⑭，杂然而前陈者，太守宴也。宴酣之乐，非丝非竹⑮。射者中⑯，奕者胜，觥筹交错⑰，坐起而喧哗者，众宾欢也。苍颜白发，颓乎其中者⑱，太守醉也。

已而夕阳在山，人影散乱，太守归而宾客从也。树林阴翳⑲，鸣声上下，游人去而禽鸟乐也。然而禽鸟知山林之乐，而不知人之乐；人知从太守游而乐，而不知太守之乐其乐也。醉能同其乐⑳，醒能述以文者，太守也。太守谓谁？庐陵欧阳修也㉑。

【注　释】

①醉翁亭：在今安徽省滁县西南琅玡山的两峰之间，是智仙和尚所造，欧阳修被贬谪到滁州后，自号"醉翁"，他经常在亭中宴请宾客，于是用自己的号为之命名。②滁：州名，治所在今安徽滁县。③蔚然：草木茂盛的样子。④琅玡：州名，琅玡山，在滁县西南十里，相传因东晋琅玡王司马睿（元帝）避难于此而得名。⑤酿泉：即琅玡泉，以其泉水适合酿酒而得名。⑥太守：汉代郡的最高长官叫太守。宋代废郡设州（或府），无太守职称，但人们常把知州（或知府）称作太守。⑦自号：自己起号。⑧林霏：林中雾气。⑨暝：昏暗。⑩繁阴：浓密的树荫。⑪涂：通"途"。⑫伛偻提携：这里指老人和小孩。伛偻，弯腰曲背的样子，这里指老人。

提携，牵引而行，带领着走，这里指小孩。⑬泉香而酒冽：泉水清澈酿出的酒香甜醇美。⑭山肴：这里指野味。肴，鱼肉等荤菜。蔌：野菜。⑮丝竹：这里泛指音乐。丝，弦乐器。竹，管乐器。⑯射：古代宴席间一种类似射箭比赛的游戏。欧阳修《六一居士集》卷21有《九射格》，是用九个动物形象作为射箭目标，射中不同目标有不同的饮酒方法。⑰觥筹交错：形容宾主纵情饮酒游戏。觥，古代的一种大酒杯；筹：酒筹，行酒令时用以计数的签子。⑱颓乎：形容醉倒的样子。⑲阴翳：荫蔽。⑳同其乐：与滁人及众宾客同乐。㉑庐陵：县名，今江西吉安市，欧阳修是庐陵人。

【赏　析】

在这篇文章里，欧阳修描绘了自己与众宾客的游赏之乐，也隐然流露了内心深处的一丝落寞，传达了他身处贬谪，欣于太平，与民同乐，然而又不能尽去失意寂寞之情的复杂心境。正是这种情感内涵的丰富，使文章于舒缓之中富于波折和回味。

文章全篇用了二十一个"也"字，通篇使用说明句，这是对文体特点的巧妙化用。这篇文章从体裁上属于台阁名胜记，这类文体以对台阁名胜的各方面情况进行说明为主。欧阳修在文章中实际上是围绕介绍说明的线索行文布局，开篇介绍醉翁亭的地理位置、创建得名过程，第二段介绍醉翁亭上的四时景物，第三段介绍醉翁亭上的游人，引出自己与众宾客欢宴的情节，最后一段介绍作文之由和作文之人。这样一个说明文式的整体框架，正与文中大量的说明句相呼应。欧阳修采用这种说明的章法和语言，对文章的艺术效果产生了极为独特的影响，那就是将醉翁亭的风光景物，乃至自己与众宾客游赏欢宴的体会，都变成了对象化的客体，在叙述介绍之中，隐然呈现作者与眼前景物人事，既亲和又疏离的感情，将一份和乐与落寞交织的情感淋漓写出，令人回味无穷。

五代史伶官传序

欧阳修

呜呼！盛衰之理，虽曰天命，岂非人事哉①！原庄宗之所以得天下②，与其所以失之者，可以知之矣。

世言晋王之将终也③，以三矢赐庄宗而告之曰："梁④，吾仇也；燕王⑤，吾所立，契丹⑥，与吾约为兄弟，而皆背晋以归梁。此三者，吾遗恨也。与尔三矢⑦，尔其无忘乃父之志⑧！"庄宗受而藏之于庙⑨。其后用兵则遣从事以一少牢告庙⑩，请其矢，盛以锦囊⑪，负而前驱⑫，及凯旋而纳之。

方其系燕父子以组⑬，函梁君臣之首⑭，入于太庙，还矢先王，而告以成功。其意气之盛，可谓壮哉！及仇雠已灭⑮，天下已定，一夫夜呼⑯，乱者四应，仓皇东出⑰，未见贼而士卒离散。君臣相顾不知所归，至于誓天断发⑱，泣下沾襟，何其衰也！岂得之难而失之易欤？抑本其成败之迹⑲，而皆自于人欤⑳？

《书》曰："满招损，谦得益。㉑"忧劳可以兴国，逸豫可以忘身㉒，自然之理也㉓。故方其盛也，举天下之豪杰莫能与之争；及其衰也，数十伶人困之㉔，而身死国灭，为天下笑。夫祸患常积于忽微㉕，而智勇多困于所溺㉖，岂独伶人也哉？

【注　释】

①岂：难道。②原：推究其本原。庄宗：指五代时后唐庄宗李存勖，

为李克用之子，后梁龙德三年（923）称帝，建都洛阳，国号唐。同年灭后梁，同光三年（925）兵变被杀。③晋王：指李克用，西突厥沙陀部首领。唐末因镇压黄巢起义有功，被唐王朝任命为河东节度使，后封为晋王。④梁：指后梁太祖朱温，公元907年至912年在位。朱温在唐乾符四年（877）曾参加黄巢起义，后叛变降唐，被任为河东行营招讨副使，唐僖宗赐名"全忠"。朱全忠又参加镇压黄巢起义，封为梁王。他长期和李克用父子交战，曾企图谋害李克用。彼此结下世仇。天祐四年（907年）代唐称帝，建都汴（今河南开封），国号梁。⑤燕王：指刘守光。公元909年朱全忠封他为燕王。后背叛晋归附梁。⑥契丹：古民族名，曾建立辽国。这里指契丹族首领耶律阿保机，即辽王朝的建立者辽太祖。李克用曾和耶律阿保机相会，握手约为兄弟，商定共同举兵击梁，但后来阿保机背约，派人与梁通好。⑦尔：你。⑧其：语气词，表示命令或希望的语气。乃：你。⑨庙：指宗庙。祭祀祖先的地方。即下文的"太庙"。⑩从事：官名，原指三公及州郡长官的僚属，这里泛指一般官属。少牢：祭品，古代祭祀，牛、羊、豕各一，称太牢，只有羊、豕而无牛，称少牢。告庙：在宗庙祭祀祈祷。⑪以：用。⑫负：背。⑬系燕父子以组：后梁乾化元年（911），刘守光自称大燕皇帝。第二年，李存勖派兵攻燕，生擒刘守光及其父刘仁恭二人，并用绳索捆绑送到太庙祭灵。系，捆绑。组，原指丝带或丝绳，这里泛指绳索。⑭函梁君臣之首：后梁龙德三年（923）十月，李存勖领兵攻梁，梁末帝朱友贞使其部将皇甫麟把他杀死，然后皇甫麟也自杀了。李存勖攻入汴京，把他们的首级装入盒子，收藏在太庙里。函，盒子，这里作动词用，用盒子装起来。⑮仇雠（chóu）：仇敌。⑯一夫：指皇甫晖。后唐同光四年（926年），李存勖妻刘皇后听信宦官诬告，杀死大臣郭崇韬，一时人心浮动。军士皇甫晖等作乱，攻入邺都（今河南安阳市）。⑰仓皇东出：皇甫晖等作乱后，李存勖命令元行钦进行讨伐，但久而无功，于是又派李存勖的养子李嗣源率兵讨伐，李嗣源到邺都后，也叛变了，李存勖只好从洛阳前往汴州（今河南开封一带）。⑱誓天断发，泣下沾襟：李存勖到汴州时，李嗣源早已进入汴京（今开封市）。李存勖眼见诸军离散，十分沮丧，面对随行臣属元行钦等人痛哭流涕。这时诸将都相顾号泣，并拔刀断发，对天发誓，表示誓死效忠后唐。⑲抑：或是。本：考察。⑳自：由。㉑满招损，谦得益：语出《尚书·大禹谟》。"谦得益"，原作"谦受益"。㉒逸豫：安逸享乐。忘：通"亡"。㉓自然：当然。㉔数十伶人困之：李存勖灭梁后，纵情声色，宠信乐工、宦官。公元926年伶人郭从谦指挥一部分禁卫军作乱，李存勖中流矢而死。李存勖死后，李嗣源即位称帝，国号未改，但李嗣源与李存勖之间并没有血缘关系，所以说李存勖"身死国灭"。㉕忽微："忽"和"微"都是古代两个极小的度量单位名。这里是细小的意思。㉖所溺：所溺爱的人或事物。

【赏　析】

这是欧阳修为《新五代史·伶官传》所做的叙论，现在的题目是后人所加。欧阳修之所以重修《五代史》，就是不满意《旧五代史》缺少儒家伦理的提倡，不能很好地总结五代历史的鉴戒。《伶官传》是他新增加的合传，这篇叙论更体现了他以史为鉴的良苦用心。

伶官是宫廷内的歌舞艺人，后唐庄宗李存勖因沉溺酒色歌舞，宠信伶官，只做了三年皇帝就在兵变中被杀。欧阳修由此生发出"忧劳可以兴国、逸豫可以亡身"的感叹。文章的感慨虽由伶人触发，但文章中却没有大量写伶人，而是完全从庄宗早年的励精图治和最后仓皇出逃的对比来立论，以强烈的反差来点明主题。这种文理章法，毫无黏滞之累，体现出作者不拘细故，而关注历史兴亡之大教训的眼光。

文章的语言十分省净，对庄宗盛衰起伏的刻画，没有一言赘语。欧阳修学习古文，在语言的凝练上十分用心，此文就是一个很好的体现。文章开篇点出"盛衰之理，虽曰天命，岂非人事"

的大道理，结尾又以"祸患常积于忽微，智勇多困于所溺"总结，立论醒豁，富有气势，而这与其行文的大处着眼，是相互呼应的。

送石昌言使北引①

苏　洵②

昌言举进士时，吾始数岁，未学也。忆与群儿戏先府君侧③，昌言从旁取枣栗啖我④；家居相近，又以亲戚故⑤，甚狎⑥。昌言举进士，日有名。吾后渐长，亦稍知读书，学句读、属对、声律⑦，未成而废。昌言闻吾废学，虽不言，察其意，甚恨。后十余年，昌言及第第四人⑧，守官四方⑨，不相闻⑩。吾日以壮大，乃能感悔，摧折复学⑪。又数年，游京师，见昌言长安，相与劳苦如平生欢⑫。出文十数首，昌言甚喜称善。吾晚学无师，虽日为文，中甚自惭⑬；及闻昌言说，乃颇自喜。今十余年，又来京师，而昌言官两制⑭，乃为天子出使万里外强悍不屈之虏⑮，建大旆⑯，从骑数百⑰，送车千乘，出都门，意气慨然。自思为儿时，见昌言先府君旁，安知其至此？富贵不足怪，吾于昌言独有感也！丈夫生不为将，得为使，折冲口舌之间足矣⑱。

往年彭任从富公使还⑲，为我言曰："既出境，宿驿亭。闻介马数万骑驰过⑳，剑槊相摩，终夜有声，从者怛然失色㉑。及明，视道上马迹，尚心掉不自禁㉒。"凡虏所以夸耀中国者，多此类。中国之人不测也，故或至于震惧而失辞㉓，以为夷狄笑。呜呼！

何其不思之甚也！昔者奉春君使冒顿㉔，壮士大马皆匿不见，是以有平城之役㉕。今之匈奴，吾知其无能为也。孟子曰："说大人，则藐之㉖。"况于夷狄？请以为赠。

【注　释】

①《送石昌言使北引》：选自《嘉祐集》。石昌言：名扬休，眉州人。引：即序，作者苏洵之父名序，因避家讳，故不称"序"而称"引"。②苏洵（1006—1066）：北宋文学家。字明允，眉州眉山（今四川眉山）人。相传他二十七岁才发愤为学，应进士和茂才异等的考试，都不中，乃尽毁平生所作文章，闭门苦学。至和、嘉祐间，与子轼、辙至京师，欧阳修上其所著书，遂以文章而得名。韩琦荐为秘书省校书郎，参与编纂《太常因革礼》，书成而卒。是一位晚学而有成就的文学家，与轼、辙合称"三苏"，列为"唐宋八大家"。著有《嘉祐集》。③先府君：先父，指苏洵的父亲苏序。④啖我：给我吃。⑤亲戚：苏序的二女儿嫁给石昌言的兄弟石扬言为妻，因此，苏、石两家是亲戚。⑥狎：亲近。⑦句读：断句。属对：对仗。声律：平仄格律。⑧及第第四人：考中进士第四名。⑨守官：做官。⑩不相闻：彼此不通消息。⑪摧折复学：折节读书，重新努力学习。⑫劳苦：慰劳。平生欢：平素旧交。⑬中：心中。⑭两制：宋代以翰林学士掌内制，以知制诰掌外制，并称"两制"。⑮出使：嘉祐元年（1056），宋王朝为庆贺契丹国母生辰，派石昌言为使节前往庆贺。⑯大旆：大旗。⑰从骑：随从的马队。⑱折冲：制敌取胜。⑲彭任从富公使还：庆历二年（1042）彭任随从富弼出使契丹回来。⑳介马：带甲的马。㉑怛：惊。㉒心掉：心跳得像要掉出来，形容恐惧紧张的程度。不自禁：自己不能控制。㉓失辞：失言。㉔奉春君：汉朝刘敬，本姓娄，刘邦赐他姓刘，号奉春君。冒顿：汉朝时匈奴君主名。㉕平城之役：汉高祖刘邦派使臣出使匈奴，匈奴将壮士和良马都隐匿起来，使臣只看到一些老弱残兵和瘦弱的牲畜。使者们回来都说："可以攻打匈奴。"刘邦又派奉春君刘敬再次出使匈奴，刘敬回来后向刘邦报告说："两国交战，彼此应该炫耀自

己的强大，这次我在匈奴那里，只见老弱病残，这是匈奴有意让我们看的，一定是埋伏下奇兵准备打败我们，我看不能攻打匈奴。"刘邦不听，出击匈奴，结果在平城被匈奴围困了七日。㉖说大人，则藐之：意思是对大人物说话，要采取藐视他的态度。

【赏　析】

这篇文章是作者苏洵为石昌言出使契丹写的一篇序文。

由契丹族建立的辽国，是北宋王朝北方的最强大的敌国。宋太宗两次伐辽均以失败而告终，从此对契丹便采取屈辱求和的政策。作为出使契丹的北宋王朝的使节，最重要的是要克服那种惧怕敌人的心理，才有可能在外交上制敌取胜。为此，作者总结了历史的经验和教训，既不能像汉高祖那样轻敌冒进，也不能像本朝彭任那样畏敌如虎。作者分析了契丹的情况，证明契丹并不足畏，鼓励石昌言以"说大人，则藐之"的态度，"折冲口舌之间"。

行文中，作者没有急于将"说大人，则藐之"的赠言过早地点出来，"卒章显其志"，直到文章的结尾才点明这个题旨。尽管全文篇幅很短，作者还是从容地从儿时写起，用不少笔墨描述作者与石昌言的亲情，写石昌言曾为作者废学而生气，后又为作者文章的长进而欣喜，甚至还描写了"与群儿戏先府君侧，昌言从旁取枣栗啖我"等细节。正因为作者与石昌言有这种非同寻常的关系，所以作者的赠言才不是一般应酬的客套话，而是肺腑之言。同时，这种描述，使文章具有强烈的抒情色彩，每句话都在情理之中，亲切感人又富有情致。

爱莲说①

周敦颐②

　　水陆草木之花，可爱者甚蕃③。晋陶渊明独爱菊④；自李唐来⑤，世人盛爱牡丹；予独爱莲之出淤泥而不染，濯清涟而不妖⑥，中通外直，不蔓不枝，香远益清，亭亭净植⑦，可远观而不可亵玩焉⑧。予谓菊，花之隐逸者也；牡丹，花之富贵者也；莲，花之君子者也。噫！菊之爱，陶后鲜有闻⑨；莲之爱，同予者何人⑩？牡丹之爱，宜乎众矣！

【注　释】

　　①《爱莲说》：选自《周子全书》。②周敦颐（1017—1073）：北宋哲学家。字茂叔，原名敦实，因避宋英宗赵曙的名讳，改名敦颐，道州营道（今湖南道县）人。曾任大理寺丞、太子中舍签书等职。熙宁中，知郴州，后由赵抃荐为广东转运判官；晚年知南康军。因居庐山莲花峰下，有小溪，故名其居室为"濂溪书堂"，后人遂称其为濂溪先生。他是理学的创始人，程颐、程颢都是他的学生。著有《周子全书》。③蕃：多。④独爱菊：特别喜欢菊花。⑤李唐：唐朝皇室姓李，故亦称李唐。⑥濯：洗。妖：妖艳。⑦植：树立。⑧亵玩：玩弄。⑨鲜有闻：很少听说。⑩同予者何人：和我相同的还有谁？

【赏　析】

　　这是一篇不到二百字的短文。作者以极其精炼的笔墨，描述了菊、莲、牡丹三种花卉的不同特点与品格。作者独爱莲花，因为莲花"出淤泥而不染，濯清涟而不妖"的品格，也正是他自己人格与情操的写照。写莲，更是写人，因为寓意和寄托，颇有文化意蕴，耐人玩味。

作者采用拟人化的手法刻画花的品格，"出淤泥而不染"的洁身自好，"可远观而不可亵玩"的坚贞不渝，以及"菊，花之隐逸者也；牡丹，花之富贵者也；莲，花之君子者也"，给人以新奇的感觉，增强了文章的表现力和感染力。

墨池记①

曾　巩②

临川之城东③，有地隐然而高④，以临于溪⑤，曰新城。新城之上，有池洼然而方以长⑥，曰王羲之之墨池者⑦，荀伯子《临川记》云也⑧。羲之尝慕张芝临池学书⑨，池水尽黑，此为其故迹，岂信然邪⑩？

方羲之之不可强以仕⑪，而尝极东方，出沧海，以娱其意于山水之间；岂其徜徉肆恣⑫，而又尝自休于此邪⑬？羲之之书晚乃善⑭，则其所能，盖亦以精力自致者，非天成也。然后世未有能及者，岂其学不如彼邪？则学固岂可以少哉，况欲深造道德者邪⑮？

墨池之上，今为州学舍⑯。教授王君盛恐其不章也⑰，书"晋王右军墨池"之六字于楹间以揭之⑱。又告于巩曰："愿有记。"

惟王君之心，岂爱人之善，虽一能不以废⑲，而因以及乎其迹邪⑳？其亦欲推其事㉑，以勉其学者邪？夫人之有一能而使后人尚之如此㉒，况仁人庄士之遗风余思被于来世者何如哉㉓？

庆历八年九月十二日㉔，曾巩记。

【注　释】

①《墨池记》：选自《元丰类稿》。②曾巩（1019—1083）：北宋文学家。字子固，建昌南丰（今江西南丰）人。嘉祐进士，为实录检讨官，历任越州、齐州、福州等地地方官，颇有政绩，后调任史馆修撰，拜中书舍人。曾整理校勘《战国策》、《说苑》等古籍。其所为文章含蓄典重，雍容平易，是后世所称唐宋八大家之一。③临川：今江西临川县。④隐然：突起貌。⑤临：居高临下。⑥洼然：低深貌。⑦王羲之：东晋书法家，字逸少，琅玡临沂（今山东临沂北）人，官至右军将军，会稽内史，故世称王右军。⑧荀伯子：南朝宋时人，著有《临川记》六卷。⑨张芝：东汉时人，字伯英。善草书，号为"草圣"，王羲之非常佩服他的书法。⑩信：真。⑪方：当。不可强以仕：王羲之年轻时即有美好的声誉，朝廷多次要他做侍郎、吏部尚书、护国将军等官，他都不愿去。做会稽内史时，以不愿做扬州刺史王述的下属称病去职。⑫肆恣：放纵。⑬休：止息。⑭羲之之书晚乃善：王羲之早年的书法还不及当时的庾翼、郗愔，晚年才表现出惊人的成就。⑮造：造诣。⑯州学舍：州学的校舍。⑰不章：不明显，不醒目。章，同"彰"。⑱楹间：两柱之间。揭：悬挂。⑲一能：一技之长。⑳及：推及。迹：遗迹，指墨池。㉑推：推崇。㉒尚：崇尚，尊敬。㉓仁人庄士：有道德学问的人。被：影响。㉔庆历八年：宋仁宗庆历八年（1048）。

【赏　析】

墨池，是洗涤笔砚的水池。王羲之的墨池，因"临池学书，池水尽黑"，作者从这件趣闻逸事上升发开来，开掘出三层深意：一、王羲之的书法成就"非天成也"，是勤学苦练的结果；二、学习书法要刻苦，"深造道德"更应努力不倦；三、有一技之能即受后人尊敬，"仁人庄士"的美德能给后世以影响又该怎样呢？层层推进，耐人玩味。

全文分为三段，第一段叙述墨池的方位、形状和由来。第二段叙述王羲之年少时即有大志，其书法到了晚年才臻于完美，完全是刻苦练习的结果。第三段则写后人对王羲之的景慕。文章即事生情，夹叙夹议，婉转起伏，笔力劲健。

谏院题名记①

司马光

古者谏无官，自公卿大夫至于工商②，无不得谏者。汉兴以来，始置官。夫以天下之政、四海之众③，得失利病，萃④于一官使言之。其为任亦重矣。居是官者，常志⑤其大，舍其细；先其急，后其缓；专利国家，而不为身谋。彼汲汲于名者⑥，犹汲汲于利也。其间相去何远哉？

天禧初⑦，真宗诏置谏官六员⑧，责其职事。庆历中⑨，钱君始书其名于版，光恐久而漫灭，嘉祐⑩八年，刻著于石。后之人将历指其名而议之曰，某也忠，某也诈，某也直，某也曲。呜呼！可不惧哉⑪？

【注 释】

①《谏院题名记》：谏院是负责向皇帝进谏的机构，北宋谏议之风盛行，谏院很受士大夫重视。庆万中，有人将谏官的姓名书写在木版上，司马光恐其漫漶，又于嘉祐八年刻之于石。这篇文章就是为题名石写的题记。②工商：古有"士、农、工、商"四民之说，"工、商"地位最低。③四海：古代认为中国四周皆有海，故以中国为海内，以外国为海外，四海指天下。④萃：聚集。⑤志：记。⑥汲汲：心情急切的样子。⑦天禧：宋真宗的年号，公元 1017—1021 年。⑧真宗：即宋真宗赵恒。⑨庆历：宋仁宗赵祯的年号，公元 1041—1048 年。⑩嘉祐：宋仁宗的最末一个年号，公元 1056—1063 年。⑪惧：这里是令人警戒之意。

【赏 析】

文章的开篇通过谏官一职的设立，说明其职责的重要，提出做谏官的人应该"专利国家，而不为身谋"。文章初看，似平淡无奇，但仔细体会，却可以发现其中体现了宋代士人更为成熟务实的政治态度。首先，文章提出谏官论事，要"常志其大，舍其细；先其急，后其缓"，也就是要从具体的现实需要出发，分清事情的轻重缓急，这对谏官的政治素质就是一个更高的要求；其二，文章提出"彼汲汲于名者，犹汲汲于利也，其间相去何远哉"就更有警戒的意义。自古忠臣死谏之事，史不绝书，但司马光显然是认为，谏官应该服膺裨补国事的大义，而不要只是求一己忠烈直谏的美名，这虽是司马光个人的意见，却体现了宋代成熟的政治家，对为政之道的普遍理解，例如范仲淹虽然欣赏石介的以道自任，但当有人推荐石介担任谏官时，他却加以阻止，说"介刚正，天下所闻，然性亦好异，使为谏官，必以难行之事责人君以必行，少拂其意，见引裾折槛，叩头流血，无所不为。"

（《东轩笔录》卷十三）这种想法和司马光的意见是接近的。可见，司马光此文虽然是阐发直言敢谏的老话题，却写出了宋代士人的新理解。

答司马谏议书^①

王安石

某启^②：昨日蒙教^③，窃以为与君实游处相好之日久^④，而议事每不合，所操之术多异故也^⑤。虽欲强聒^⑥，终必不蒙见察^⑦，故略上报^⑧，不复一一自辩^⑨。重念蒙君实视遇厚^⑩，于反复不宜卤莽^⑪，故今具道所以^⑫，冀君实或见恕也^⑬。

盖儒者所重，尤在于名实^⑭。名实已明，而天下之理得矣^⑮。今君实所以见教者，以为侵官、生事、征利、拒谏^⑯，以致天下怨谤也。某则以谓：受命于人主，议法度而修之于朝廷，以授之于有司^⑰，不为侵官^⑱；举先王之政^⑲，以兴利除弊^⑳，不为生事；为天下理财^㉑，不为征利；辟邪说，难壬人^㉒，不为拒谏。至于怨谤之多，则固前知其如此也^㉓。

人习于苟且非一日^㉔，士大夫多以不恤国事、同俗自媚于众为善^㉕。上乃欲变此^㉖，而某不量敌之众寡，欲出力助上以抗之，则众何为而不汹汹然^㉗？盘庚之迁，胥怨者民也^㉘，非特朝廷士大夫而已。盘庚不罪怨者，亦不改其度^㉙。盖度义而后动^㉚，是而不见可悔故也^㉛。如君实责我以在位久，未能助上大有为，以膏泽斯民^㉜，则某知罪矣^㉝；如曰今日当一切不事事^㉞，守前所为而已，则非某之所敢知^㉟。无由会晤，不任区区向往之至^㊱。

【注　释】

①《答司马谏议书》：选自《临川先生集》，这是王安石写给司马光的回信。司马谏议，即司马光，因当时司马光的官职为谏议大夫，故称"司马谏议"。②某启："某"是写信人的代词，意思是安石启，起草时为了省事，用"某"代本名。启，陈述。③蒙教：承蒙您的教诲，指来信。④窃：指自己，谦辞。君实：司马光的字。游处：交往。⑤所操之术：政治主张上的一些做法。⑥强聒：意思是硬要对方听。⑦不蒙见察：不能得到您的了解。⑧略上报：简单地给您回信。⑨自辩：自己说清楚。⑩重念：又想。视遇：看待。⑪于反复：对于书信来往。卤莽：粗疏草率。⑫具道所以：具体地说出我之所以这样做的理由。⑬冀：希望。或见恕：或许能原谅我。⑭名实：指名实相符。⑮天下之理得矣：天下的大道理就弄清楚了。⑯侵官：自己理财，侵夺盐铁、户部、度支三司的职权。生事：派人到各地推行新法，生事扰民。征利：设法生财，与民争利。拒谏：拒绝接受意见。⑰有司：负责的官员。⑱不为：不能算是。⑲举：施行。⑳以：用以。㉑为天下理财：为国家整理财政，增加收入。㉒难：驳斥。壬人：奸伪巧辩的人。㉓固前知：本来事前就知道。㉔苟且：得过且过，不作长远打算。非一日：不是一天的事情了。㉕同俗自媚于众：附和世俗之见，向众人献媚讨好。㉖上：指皇帝宋神宗。㉗汹汹：大吵大闹的样子。㉘胥：与，相与。㉙度：计划。㉚度义而后动：考虑应当这样做，然后才行动。㉛不见可悔：看不出可以反悔的地方。㉜膏泽斯民：造福于人民。㉝则某知罪矣：那么我承认过错。㉞一切不事事：什么事情都不做。㉟非某之所敢知：那就不是我所敢承认的。㊱不任：不胜。区区：衷心。向往之至：仰慕到极点。古人写信的客套话。

【赏　析】

宋神宗熙宁二年（1069）春，王安石任参知政事，实行新法，以"制置三司条例司"为总机关。新法的总原则可归纳为理财、整军、富国、强兵四件事，目的是改变北宋王朝积贫积弱的局面。但是因为新法限制和打击了大官僚、大地主、大商人，引起他们的激烈反对。熙宁三年二月，保守派的代表人物司马光写了一篇《与王介甫书》，长达三千多字，批评新法，指责王安石"侵官、生事、征利、拒谏"。王安石立即回信，针对所谓的"侵官、生事、征利、拒谏"，逐一予以驳斥，斩钉截铁，理直气壮，矫健有力。

文章开篇便单刀直入，阐明作者与司马光的分歧不是个人的恩怨，而是政见不一样，"所操之术多异故也"。既是大是大非，便不能不辩清楚。

作者以"名实"关系作为理论依据，指出司马光所谓的"侵官、生事、征利、拒谏"均名实不符，不能成立。紧接着作者指出士大夫们不顾国家大事，一味地从众媚俗，是对司马光这些人的尖锐批评。最后作者当仁不让，明确表示，如果批评我对皇帝辅助得还不够，给人民办的好事还不多，我承认；如果说我什么事都不应该做，墨守成规就行了，我不能承认。表现出作者对变法的决心和信心。

文章笔锋犀利，语势劲健。清末古文家吴汝纶评论说："固由傲兀性成，究亦理足气盛。故劲悍廉厉无枝叶如此。"从中确实看出作者的人格与性格。

后赤壁赋

苏 轼

是岁十月之望①，步自雪堂，将归于临皋②。二客从予，过黄泥之坂③。霜露既降，木叶尽脱。人影在地，仰见明月。顾而乐之④，行歌相答⑤。已而叹曰⑥："有客无酒，有酒无肴，月白风清，如此良夜何？"客曰："今者薄暮，举网得鱼，巨口细鳞，状如松江之鲈⑦。顾安所得酒乎⑧？"归而谋诸妇⑨。妇曰："我有斗酒⑩，藏之久矣，以待子不时之需⑪。"

于是携酒与鱼，复游于赤壁之下。江流有声，断岸千尺，山高月小，水落石出。曾日月之几何，而江山不可复识矣！予乃摄衣而上，履巉岩⑫，披蒙茸⑬，踞虎豹，登虬龙⑭，攀栖鹘之危巢⑮，俯冯夷之幽宫⑯，盖二客不能从焉。划然长啸⑰，草木震动，山鸣谷应，风起水涌⑱。予亦悄然而悲⑲，肃然而恐⑳，凛乎其不可留也㉑。反而登舟㉒，放乎中流㉓，听其所止而休焉。时夜将半，四顾寂寥。适有孤鹤，横江东来，翅如车轮，玄裳缟衣㉔，戛然长鸣㉕，掠予舟而西也。

须臾客去，予亦就睡。梦一道士，羽衣蹁跹㉖，过临皋之下。揖予而言曰㉗："赤壁之游乐乎？"问其姓名，俯而不答。"呜呼噫嘻㉘！我知之矣。畴昔㉙之夜，飞鸣而过我者，非子也耶？"道士顾笑，予亦惊寤㉚。开户视之，不见其处。

【注　释】

①是岁：这年。指作《前赤壁赋》的同一年，即1082年。望：旧历十五日。②雪堂、临皋：临皋即临皋馆，也称临皋亭，在黄冈市南长江边上。苏轼于1080年贬到黄州（今黄冈市）做团练副使，就住在临皋馆，并在附近的东坡筑雪堂，自号为东坡居士。③黄泥之坂：即黄泥坂，在临皋馆附近。坂，山坡。④顾：看。⑤行歌：且行且唱，互相酬答。⑥已而：一会儿。⑦松江：松江县，现属上海市。以产鲈鱼著名。⑧顾：表示转折，等于说"但是"，"不过"。安所：何处。⑨诸："之于"的合音。⑩斗：盛酒器。⑪子：古人对男女第二人称的尊称。不时：预料不到的时候。⑫履：践，踏。岩：险峻的山崖。⑬披：分开。蒙茸：杂乱的丛草。⑭虬龙：指虬龙状的树木，形容树干弯曲的形状。虬，古代传说中的一种有角的小龙。⑮鹘：隼，一种凶鸟。危：高而险。⑯冯夷：古代传说中的水神名。幽宫：幽深的水府。⑰划然：指长啸声。啸：撮口发出长而清的声音，借以抒发郁郁不乐的情怀。⑱风起水涌：原是自然现象，作者故意附会为长啸的结果，借以衬托自己的心情。⑲悄然：忧愁的样子。⑳肃然：严肃的样子。这里指害怕的样子。㉑凛乎：令人敬畏的样子。㉒反：通"返"。㉓中流：水流当中。㉔玄裳缟衣：黑裙白衣。裳，古人称下衣为裳。㉕戛然：象声词。这里指鸟鸣声。㉖羽衣：道士穿的衣服。蹁跹：旋转的舞态，这里比喻道士体态轻盈。㉗揖：旧时拱手礼。㉘呜呼噫嘻：感叹词。㉙畴昔：往日。这里指昨日。畴，语助词。㉚寤：睡醒。

【赏　析】

苏轼在秋游赤壁之后，又在冬天与友人重游，写下此文。《前赤壁赋》以清风明月的缈邈意境和精妙的议论展现了苏轼旷达的胸襟，然而这篇《后赤壁赋》却以冬夜赤壁的清寒冷寂，抒写了苏轼身处贬谪时内心的孤独。

文章的行文跌宕曲折，开篇写作者本人和两个朋友在冬夜从雪堂走回临皋，途经黄泥坂，发现月色很美，遂生再游赤壁之兴，又恰巧得到了鲈鱼美酒，于是"携酒与鱼，复游于赤壁之下"。难得的游兴与不期而有的酒肴，这本该带来快乐的游赏，但作者却独自登山跋涉，披坚历险，一往无前，待至高峰绝顶，却又因山谷阴森凄凉而生出悲哀与恐惧。苏轼在文章中塑造的独往独来的自我形象，正是他在现实人生中不畏艰险的象征，而文中身在高峰绝顶的恐惧，又折射出他面对现实的坎坷孤立无助的凄凉与寂寞。

苏轼在文章中虽然有两客相伴，有善解人意的妻子，但彼此之间并没有感情深处的交流，文中最引人注目的是苏轼独往独来，登山历险的形象。文章最后道士化鹤一节，虽然可以看出脱胎于《庄子》"庄生化蝶"故事的痕迹，但其用意却是在表现作者孤独无侣的情感。道士是苏轼的知音，彼此却只能相会于梦境之中。

文章大量使用"赋"笔，而寄兴深婉，描写赤壁冬景，历历如画，又能在其中贯穿低沉而孤清的感情，与《前赤壁赋》相比，呈现了十分不同的风貌。

日　喻

苏　轼

生而眇者不识日①，问之有目者。或告之曰："日之状如铜盘。"扣盘而得其声，他日闻钟，以为日也。或告之曰："日之光如烛。"扪烛而得其形，他日揣籥②，以为日也。

日之与钟、籥亦远矣，而眇者不知其异，以其未尝见而求之人也。道之难见也甚于日，而人之未达也无以异于眇。达者告之，虽有巧譬善导，亦无以过于盘与烛也。自盘而之钟，自烛而之籥，转而相之③，岂有既乎④？故世之言道者，或即其所见而名之，或莫之见而意之，皆求道之过也。然则道卒不可求欤？苏子曰："道可致而不可求⑤。"何谓致？孙武曰："善战者致人，不致于人⑥。"子夏曰："百工居肆，以成其事；君子学，以致其道⑦。"莫之求而自至，斯以为致也欤！

南方多没人⑧，日与水居也。七岁而能涉，十岁而能浮，十五而能没矣。夫没者岂苟然哉？必将有得于水之道者。日与水居，则十五而得其道；生不识水，则虽壮，见舟而畏之。故北方之勇者，问于没人而求其所以没，以其言试之河，未有不溺者也。故凡不学而务求道，皆北方之学没者也。

昔者以声律取士，士杂学而不志于道⑨；今也以经术取士，士知求道而不务学⑩。渤海吴君彦律⑪，有志于学者也，方求举于礼部⑫，作《日喻》以告之。

【注　释】

①生而眇（miǎo）者：先天的盲人。眇，瞎一只眼的人。这里泛指盲人。②揣籥（yuè）：抚摸籥（这种乐器）。籥，一种笛状管乐器，有三、六、七孔。③转而相之：辗转相比。④既：尽。⑤致：导致，自然领悟。求，强求。⑥"善战"一句：语出《孙子·谋攻》，意谓善战者敌人被我控制，而我则不为敌人所控制。⑦语出《孔子·子张》，意思是说长期勤学和实践。就能领悟其中道理。⑧没人：潜泳者。⑨此二句言北宋前期承唐代科举，以诗赋取士，学人追求声律杂学而轻视事物内在规律的探求。

⑩此二句言自宋神宗熙宁四年改以经术取士后，又使学人注重义理，崇尚空谈，而轻视实学。⑪渤海：郡名，治所在今山东信阳市。⑫求举：参加科举考试。

【赏　析】

这是一篇说理小品文，作者通过"盲人识日"和"北人学没"两种平凡的生活现象，阐明了只有全面认识事物，才能把握其基本规律的道理。同时还强调，只有重视实践，协调好实践与学习之间的平衡关系，方能既"务学"又"务道"，成为有真才实学的人。

全文明显分为两部分：

第一部分即第一、二自然段，主要是通过"盲人识日"的譬喻，告诉人们，认识事物既不能以偏概全，落入片面的窠臼，也不能主观臆测，盲目猜想。否则，必将四处碰壁，错误百出，贻笑大方。

第二部分即第三、四自然段，重在探讨怎样才能避免片面与主观的错误呢？作者并没有直接发议论，而是举出一个"北人学没"的譬喻，进一步深入探讨认识现象与把握规律，学习钻研与实践躬行的辩证关系。在作者看来，偏废于任何一方面，都是有害的。因此，对于我们今天的读者来说，克服片面，清除臆测，注重实践，勤于学习是完美人生、完善人格，不可或缺的重要环节。

本文在艺术上一是寓理于事、设喻巧妙，使深刻的哲理变得深入浅出、通俗易懂。二是言辞精辟，简洁而不失其全面，整个阐发完整、严密，令人信服。

黄州快哉亭记①

苏 辙

江出西陵②，始得平地，其流奔放肆大③，南合湘、沅④，北合汉、沔⑤，其势益张。至于赤壁之下⑥，波流浸灌⑦，与海相若。清河张君梦得⑧，谪居齐安⑨，即其庐之西南为亭⑩，以览观江流之胜。而余兄子瞻名之曰"快哉⑪"。

盖亭之所见，南北百里，东西一舍⑫。涛澜汹涌，风云开阖⑬。昼则舟楫出没于其前，夜则鱼龙悲啸于其下。变化倏忽⑭，动心骇目，不可久视。今乃得玩之几席之上⑮，举目而足。西望武昌诸山，冈陵起伏，草木行列⑯，烟消日出，渔夫、樵父之舍，皆可指数。此其所以为"快哉"者也。至于长洲之滨，故城之墟⑰，曹孟德、孙仲谋之所睥睨⑱，周瑜、陆逊之所驰骛⑲，其流风遗迹，亦足以称快世俗。

昔楚襄王从宋玉、景差于兰台之宫⑳。有风飒然而至者，王披襟当之，曰："快哉，此风！寡人所与庶人共者耶。"宋玉曰："此独大王之雄风耳，庶人安得共之？"玉之言，盖有讽焉。夫风无雄雌之异，而人有遇不遇之变。楚王之所以为乐，与庶人之所以为忧，此则人之变也，而风何与焉？士生于世，使其中不自得，将何往而非病㉑？使其中坦然，不以物伤性，将何适而非快？今张君不以谪为患，收会稽之余㉒，而自放山水之间㉓，此其中宜有以过人者㉔。将蓬户瓮牖㉕，无所不快，而况乎濯长江之清流㉖，挹西山之白云^㉗，穷耳目之胜以自适也哉^㉘？不然，连山绝壑，长林古木，振之以清风，照之以明月，此皆骚人思士之所以悲伤憔悴而不能胜者^㉙，乌睹其为快也^㉚！

元丰六年十一月朔日^㉛，赵郡苏辙记^㉜。

【注　释】

①快哉亭：张梦得（字怀民）在元丰年间贬谪黄州时建造，苏轼为之取名"快哉"，苏辙于神宗元丰六年（1083）谪居筠州（今江西高安），写下此文。张梦得，事迹不详。②西陵：即西陵峡，长江三峡之一。③肆大：水势浩大。④湘、沅：即湘江、沅江。都在今湖南境内。⑤汉、沔：即汉水、沔水，汉水从今陕西流至湖北汇入长江，其上游从源头到今湖北襄樊市一段，古代又称沔水。⑥赤壁：一名"赤鼻矶"。在今湖北黄冈市附近。与"赤壁之战"的"赤壁"本不是一处，但苏辙误认为是孙、曹交战之处。⑦浸灌：流入。⑧清河：郡名，在今河北省清河县。⑨齐安：黄州。⑩即：紧靠。⑪子瞻：苏轼的字。⑫舍：古代三十里为一舍。⑬开阖：形容云时而散开，时而聚合，变幻不定。⑭倏忽：非常快的样子。⑮玩：观赏。几：古代的一种矮小的桌子，可以凭倚。⑯行列：一行行排列。⑰故城：旧城。墟：遗址、废墟。⑱曹孟德：曹操，字孟德，东汉末谯（今安徽亳县）人。建安十三年（208）为丞相，率军南下，被孙权、刘备联军击败于赤壁（今湖北蒲圻西北）；封魏王，其子曹丕称帝后，追尊为魏武帝。孙仲谋：孙权，字仲谋，三国时吴国的建立者（229年—252年在位）。睥睨：侧目窥察。⑲周瑜：孙吴的大都督。陆逊，孙权的名将，曾两次驻节黄州，火烧连营，大破刘备的蜀军，后官至吴国丞相。驰骛：奔走，驰骋。⑳楚襄王：战国时楚国君主（前298年—前263年在位）。宋玉：战国时楚国大夫，擅长辞赋。引文见宋玉的《风赋》。景差：战国时楚国辞赋家。兰台宫：楚国宫苑，在今湖北钟祥市。㉑病：这里指忧愁。㉒收：这里是结束的意思。会稽：指钱财、赋税等事务，这里泛指公务。

稽，通"计"。㉓放：任情。㉔中：内心。㉕蓬户瓮牖：用蓬草编成的门，用破瓮作的窗户。㉖濯：洗涤。㉗挹：汲取。西山：在今湖北鄂城县西。㉘穷：尽。㉙骚人思士：失意的文人和感伤忧思的士大夫。胜：经得起。㉚乌睹：怎能见到。㉛朔日：阴历每月初一。㉜赵郡：苏氏的祖先是赵郡栾城（今河北滦县）人。

【赏　析】

"快哉"一语出于宋玉《风赋》，苏辙以"快哉"名亭，取其超然自得之意，与苏轼为其在密州所建之亭取名"超然"，用意十分接近。

文章紧扣"快哉"之意行文布局，开篇以气象开阔的江流景象引出亭子的位置，以亭之得名点出"快哉"，接下来叙述亭上所见之景象，言身在亭上，长江之波涛汹涌、风云变幻，皆可"玩之几席之上"，纵目远望，山川景象、历史遗迹，都可以快慰心胸。这一段表面上是写景，实则流露出只要襟怀超越，世间的风浪皆不足以扰乱心胸，相反却可以从容镇静地遇之于目，赏之于心，这正是"快哉"的超妙境界。第三段叙述"快哉"一语的出处，楚襄王临风披襟称快，宋玉却对楚襄王说："此独大王之雄风，庶人安得共之。"苏辙认为，宋玉之意不过是说，风本是一物，只不过不同的人去感受，其体会都不一样，极尽人间之乐的楚王，如何能体会庶民的痛苦呢？所以说"玉之言，盖有讽焉"。但苏辙却又从宋玉之意翻出"士生于世，使其中不自得，将何往而非病？使其中坦然，不以物伤性，将何适而非快？"一段新意，点出只要精神上超脱荣辱，便无往而不领会"快哉"之境。最后文笔收回到张梦得，指出张君之"快哉"，正是因为精神上的自得，否则昔人所谓憔悴哀苦之景，又何以能"穷耳目之胜"呢？

苏辙之文不以奇取胜，这篇文章没有奇特的构思和新妙的联想比喻，只是在平稳的写景议论之间，寄寓深刻的道理，即景寓理，由理入景，读来回味不尽。

题自书卷后

黄庭坚①

崇宁三年十一月，余谪处宜州半岁矣②。官司谓余不当居关城中，乃以是月甲戌抱被入宿子城南余所僦舍"喧寂斋"③。虽上雨旁风，无有盖障，市声喧愦，人以为不堪其忧；余以为家本农耕，使不从进士，则田中庐舍如是，又可不堪其忧耶？既设卧榻，焚香而坐，与西邻屠牛之机相值。为资深书此卷④，实用三钱买鸡毛笔书。

【注　释】

①黄庭坚（1045—1105）：北宋诗人，书法家。字鲁直，号山谷道人、涪翁。分予（今江西修水）人。早年出于苏轼门下，后与苏轼齐名，世称"苏黄"。黄庭坚论诗标榜杜甫，创作追求奇拗，强调"无一字无来处"，开创江西诗派。有《山谷集》等作品集传世。②宜州：今广西区宜州市。③子城：依附于大城市的小城。④资深：李定，字资深。

【赏　析】

宋徽宗崇宁三年，年近六十岁的黄庭坚由于受蔡京奸党的迫害，第二次被贬谪，来到了当时还处于蛮夷之地的广西宜山县，这便是当时的宜州贬所。开始，他在城中租屋居住，不到半年，宜州太守说黄庭坚是罪犯，不能住在城中。于是，诗人怀抱一床破被，来到城南，租了一间屋顶漏雨、四壁透风、西邻屠场、昼夜喧闹的民房，并将之戏称为"喧寂斋"。这篇《题自书卷后》便是表现作者当时心境和处境的写真小品。

全文不过百五十字，但却展示了贬谪生涯的艰难困苦中，诗人坦然安居的平静心境。环境之困苦与心境之坦然形成了鲜明的反差。没有怨天尤人，也没有嗟叹懊丧。在诗人看来"余以为家本农耕，使不从进士，则田中庐舍如是，又可不堪其忧耶？"于是"既设卧榻，焚香而坐"这种心态，这种胸襟，非常人可比。如此"处贫贱而不忧"的豁达态度和自我宽慰的心胸表现出诗人对社会人生的大彻大悟。

文章语言简洁，文辞工稳，虽身处困苦，却毫无躁乱之态。尤其最后几句，宽慰中稍带调侃，作者的处世态度和人生准则依稀可见。

新城游北山记①

晁补之②

去新城之北三十里，山渐深，草木泉石渐幽③。初犹骑行石齿间④。旁皆大松，曲者如盖⑤，直者如幢⑥，立者如人，卧者如虹⑦。松下草间有泉，沮洳伏见⑧；堕石井⑨，锵然而鸣。松间藤数十尺，蜿蜒如大蚖⑩。其上有鸟，黑如鸲鹆⑪，赤冠长喙⑫，俯而啄，磔然有声⑬。稍西，一峰高绝，有蹊介然⑭，仅可步。系马石鬐⑮，相扶携而上。箐筱仰不见日，如四五里⑯，乃闻鸡声。有僧布袍蹑履来迎⑰，与之语，睇而顾⑱，如麋鹿不可接⑲。顶有屋数十间，曲折依崖壁为栏楯⑳，如蜗鼠缭绕乃得出㉑，门牖相值㉒。既坐，山风飒然而至，堂殿铃铎皆鸣。二三子相顾而惊，不知身之在何境也。且莫㉓，皆宿。

于时九月，天高露清，山空月明，仰视星斗皆光大，如适在人上㉔。窗间竹数十竿相摩戛㉕，声切切不已。竹间梅棕，森然如鬼魅离立突鬓之状㉖。二三子又相顾魄动而不得寐㉗。迟明㉘，皆去。

既还家数日，犹恍惚若有遇㉙，因追记之。后不复到，然往往想见其事也。

【注　释】

①《新城游北山记》：选自《鸡肋集》。新城，宋时属两浙路，即后来的浙江新登县，今属桐庐县。北山，在新登北三十里。②晁补之（1053—1110）：北宋文学家。字无咎，号归来子，济州巨野（今山东巨野）人。元丰进士，为太学正，除秘书省正字，迁校书郎、著作佐郎。章惇执政，出知齐州，未几，因坐修《神宗实录》失实，遭降贬。徽宗立，拜吏部员外郎、礼部郎中，兼国史编修、实录检讨官，未几，以党籍贬至地方。大观末，知达州。善文章，工诗词，为苏轼门人。著有《鸡肋集》、《晁无咎词》。③幽：僻静。④石齿：像牙齿一样的碎石。⑤盖：车盖，伞形，有曲柄。⑥幢：旌旗之类。⑦虬：传说中的一种龙。⑧沮洳：低湿的地方。伏见：时隐时现。⑨堕石井：泉水注入石井中。⑩蚖：毒蛇。⑪鸲鹆：鸟名，俗称八哥。⑫喙：嘴。⑬磔然：鸟啄木的声音。⑭介然：界画分明。⑮石鬐：突出的石头，石头尖。⑯如：大概。⑰蹑履：穿着鞋。⑱睇：同

"愕"，惊讶直视的样子。⑲接：接近，交往。⑳栏楯：栏杆。㉑缭绕：屈曲、迂回。㉒门牖相值：门窗相对着。㉓且莫：天快黑了。莫，即"暮"字。㉔如适在人上：好像正好在人的头顶上。㉕摩戛：相互撞击。㉖离立：并立。突鬓：鬓发突兀。㉗魄动：惊心动魄。㉘迟明：天刚亮。㉙遇：见到。

【赏　析】

这篇游记，描写了游新城北山一昼夜间的所见所闻。作者紧紧抓住山中景物幽深奇特的特点，反复描摹渲染，极见工力，给读者留下极深刻的印象。

第一大段描写了日间见到的山中景象。这一段又分为前后两个部分，前部分写骑行入山时见到的景物，先写沿途景物，然后围绕松树展开描写，写松下的流泉，松间的长藤和松树上啄木有声的鸟，层次分明，历历可见。后部分写步行时所见到的景物，突出描写山顶佛寺的幽僻和清虚以及山僧的怪诞。

第二段描写夜宿山中的情景。竹竿相摩戛，梅棕如鬼魅，阴森可怖，难以入睡，天即明便都匆匆离去。

最后一段是几句结语。归来后无法忘怀，因此写作这篇游记。

作者善于捕捉典型的景物，通过新奇的比喻，来营造一种特殊的艺术氛围，以增强作品的感染力。

书《洛阳名园记》后①

李格非

洛阳处天下之中，挟崤、黾之阻②，当秦陇之襟喉③，而赵魏之走集④，盖四方必争之地也。天下当无事则已，有事则洛阳必先受兵。予故尝曰：洛阳之盛衰，天下治乱之候也。⑤

唐贞观开元之间⑥，公卿贵戚开馆列第于东都者⑦，号千有余邸⑧。及其乱离，继以五季之酷⑨，其池塘竹树，兵车蹂躏⑩，废而为丘墟；高亭大榭⑪，烟火焚燎，化而为灰烬，与唐共灭而俱亡，无余处矣。予故尝曰：园囿之兴废⑫，洛阳盛衰之候也。

且天下之治乱，候于洛阳之盛衰而知⑬；洛阳之盛衰，候于园囿之兴废而得，则《名园记》之作，予岂徒然哉！

呜呼！公卿大夫方进于朝，放乎一己之私⑭，自为之，而忘天下之治忽⑮，欲退享此，得乎⑯？唐之末路是已。

【注 释】

①洛阳：即今河南洛阳市。东汉、三国魏、西晋、北魏、隋、武周、后唐曾在这里建都。②挟（xié）：挟持。崤（xiáo）：同"崤"，指崤山，在今河南洛宁县北。黾（méng）：黾隘，古隘道名。即今河南信阳西南的平靖关。③秦：指秦地，即现在陕西一带。陇：现在陕西西部和甘肃一带。襟喉：这里比喻要害之处。襟，衣襟。喉：喉咙。④赵：本是战国时的国名，这里指今山西、陕西、河北一带。魏：本是战国时的国名，这里

指今河南北部，山西西南部一带。走集：往来必经的险要之地。⑤候：征候。⑥贞观：唐太宗的年号（627—649）。开元：唐玄宗的年号（713—741）。⑦第：指宅第。东都：西周以镐京为西都，所以称王城（即洛阳）为东都，后来一直袭称，唐时又以洛阳为陪都，也称东都。⑧邸（dǐ）：王侯府第。⑨五季：指五代，即后梁、后唐、后晋、后汉、后周。⑩蹂：践踏。蹴（cù）：用脚踢。⑪榭（xiè）：在台上盖的高屋。⑫园囿：这里泛指园林宅第。囿，有林池的园子叫囿。⑬候：征候。⑭放：放纵。⑮治忽：治乱。忽，绝灭。⑯得：能够。

【赏　析】

北宋后期，达官贵戚纷纷在洛阳建立园囿以供享乐，李格非写下了《洛阳名园记》，逐一描写洛阳十九座名园的盛景。这篇文章是写在十九篇文章后面的跋。文章通过洛阳名园之兴废对天下兴亡治乱的折射，说明了祸乱起于逸乐，以此针砭时事。

文章以章法取胜，从大处落笔，层层收缩，先论证洛阳之盛衰为天下治乱的征候，再论洛阳名园的兴废，为洛阳盛衰之征候，最后告诫当前之人，无忘唐末逸乐灭亡之覆辙。这种章法视野宏大，气魄不凡，使文章由微知著的用心得到了很好的体现。

论　马①

岳　飞②

骥不称其力，称其德也③。臣有二马，故常奇之。日啖豆至数斗④，饮泉一斛⑤，然非精洁宁饿死不受⑥。介胄而驰⑦，其初若不甚疾⑧，比行百余里⑨，始振鬣长鸣，奋迅示骏，自午至酉⑩，犹可二百里；褫鞍甲而不息、不汗⑪，若无事然。此其为马，受大而不苟取⑫，力裕而不求逞⑬，致远之材也。值复襄阳⑭，平杨么⑮，不幸相继以死。今所乘者不然。日所受不过数升，而秣不择粟⑯，饮不择泉，揽辔未安⑰，踊跃疾驱，甫百里⑱，力竭汗喘，殆欲毙然⑲。此其为马，寡取易盈⑳，好逞易穷㉑，驽钝之材也㉒。

【注 释】

①《论马》：选自《金陀粹编》。《金陀粹编》系岳飞之孙岳珂为辩岳飞之冤而编著。②岳飞（1103—1141）：南宋抗金名将。字鹏举，相州汤阴（今河南汤阴县）人。世代务农，他自幼读书，特别喜好《左氏春秋》和孙武、吴起的兵书。宣和四年（1122）应募从军，以功补承信郎，迁秉义郎。宋高宗即位，他因上书指责黄潜善、汪伯彦而被革职，于是投奔河北招讨使张所，随王彦渡河抵抗金人，他与金兵鏖战于新乡、太行山等地，屡建战功，后随宗泽守开封，为留守司统制。建炎三年（1129），金兀术渡江南侵，他在广德、宜兴坚持抵抗，第二年收复建康（今南京市）。绍兴九年（1139）秦桧与金议和，岳飞上表反对，极力主张收复北方失地。绍兴十年，金兵再度南侵，岳飞率领大军大败金兵于郾城，进兵到朱仙镇（今开封南四十五里），河北豪杰群起响应。正当他乘胜收复京城，而秦桧极力主和，一天之内下了十二道金牌催他班师，岳飞只得下令退兵。绍兴十一年，被召至临安，解除兵权，任枢密副使，不久被诬为谋反，下狱。绍兴十一年十二月，与其子岳云同时被害。宋孝宗时，下诏恢复岳飞的官职，谥"武穆"。宋宁宗时追封"鄂王"。宋理宗时改谥"忠武"。有《岳忠武王集》。③骥：良马。德：指马的内在品质。④茭：吃。⑤斛：量器，十斗为斛。⑥不受：不饮不食。⑦介：甲，披甲。胄：头

盔。⑧疾：快。⑨比：及。⑩自午至酉：从正午到傍晚。⑪褫：剥夺，解除。⑫受大：食量很大。⑬不求逞：不图一时之快。⑭值：正当。复：收复。襄阳：今湖北襄阳区。⑮杨么：绍兴初年在洞庭湖岸各州县的农民起义军领袖。⑯秣：牲畜的饲料。⑰揽辔未安：刚跨上马，缰绳还没有拉好。⑱甫：刚刚，方才。⑲殆：几乎，近于。⑳易盈：容易满足。㉑易穷：力量容易穷尽。㉒驽钝：低劣。

【赏　析】

这篇文章名为论马，实际是在论人。有真实本领的"致远之才"，表现得既不苟且从事，也不急躁冒进，奔跑数百里，亦若无其事；而那种"驽钝之材"则华而不实，轻佻浮躁，行不到百里，便累得要死的样子。

作者运用对比的手法，先写良马，后写劣马，从饮食到奔跑时的精神状态，都一一做了对比，在对比中使彼此的特点都更为鲜明和突出。

文章具有深刻的寓意，在民族矛盾极其尖锐的时代，在抗敌图强与妥协偷安的斗争十分激烈的情况下，人才的问题便显得更加重要。

文章通篇都是寓意，但无一处直接谈到人才，处处在"论马"。而且对良马与劣马描写得十分具体形象，富有生活气息。文笔从容娴雅，耐人寻味。

朝士留刺①

岳　珂②

秦桧为相，久擅威福。士大夫一言合意，立取显美，至以选阶一二年为执政③。人怀速化之望，故仕于朝者，多不肯求外迁，重内轻外之弊，颇见于时。

有王仲荀者，以滑稽游公卿间。一日，坐于秦府宾次，朝士云集，待见稍久。仲荀在隅集④，辄前白曰："今日公相未出堂，众官久俟，某有一小话愿资醒困⑤。"众知其善谑，争竦听之。乃抗声曰⑥："昔有一朝士，出谒未归。有客投刺于门，阍者告之以某官不在⑦，留门状，俟归呈禀。客忽勃然发怒，叱阍曰：'汝何敢尔！凡人之死者乃称不在。我与某官厚，故来相见，某官独无讳忌乎？而敢以此言目之耶！我必俟其来，面白以治汝罪。'阍拱谢曰：'小人诚不晓讳忌，愿官人宽之。但今朝士留谒者，例告以如此；若以为不可，当复作何语以谢客？'客曰：'汝官既出谒未回，第云某官出去可也。'阍愀然蹙茈曰⑧：'我官人宁死，却是讳出去二字。'"满坐皆大笑。

仲荀出入秦门，预褒客⑨，老归建康以死⑩。谈辞多风，可隽味。秦虽煽语祸，独优容之，盖亦一吻流也。⑪

【注　释】

①刺：名刺，名片。②岳珂（1183—1234）：南宋文学家。字肃元，

号倦翁，汤阳（今河南）人。岳飞之孙。③选阶：选拔登上官阶。④隅：角落。⑤醒困：解除被困、睡意。⑥抗声：朗声，大声。⑦阍（hūn）：守门人。⑧蹙（cù）茈：皱眉头。茈：鼻梁。⑨亵客：亲昵狎近者。⑩建康：今南京。⑪吻流：拔异口舌者。

【赏　析】

本文是一篇趣闻小品，它巧妙地利用词语的言外之意，讥讽了官场的腐败。宋代官僚迷恋做京官，不愿到地方上为官，原因是京官升迁的机会多，优裕神气而又飞黄腾达，自然竞相追逐，于是便演出了这样的趣闻。

这则段子的关键在"不在"是民间对去世的婉称，而"出去"则是官场里对外任的说法，因此放在一起就产生了独有的意蕴，再加之是在秦桧相府的客厅里，朝士会聚，场合气氛都把这两个本来极普通也并无他意的词变了味，引得满座朝士都会心大笑。就在这笑声中，官场的腐败，官人的心态都被凸现出来，跃然纸上。

岳珂文笔圆润，言辞精妙，很会讲故事，善于把深邃的寓意蕴含在不动声色的叙述中，其实对官场的鞭挞是深入骨髓的。另外，作者有很深的语言功力，词锋犀利，简劲传神，读来又不感到剑拔弩张，充满了智慧和机巧。

入蜀记二则①

陆　游

二十一日。

舟中望石门关②，仅通一人行，天下至险也。晚泊巴东县③，江山雄丽，大胜秭归④。但井邑极于萧条，邑中才百余户，自令廨而下⑤，皆茅茨⑥，了无片瓦。权县事秭归尉、右迪功郎王康年⑦，尉兼主簿、右迪功郎杜德先来⑧，皆蜀人也。

谒寇莱公祠堂⑨。登秋风亭，下临江山。是日重阴，微雪，天气飂飃⑩；复观亭名，使人怅然，始有流落天涯之叹。遂登双柏堂白云亭。堂下旧有莱公所植柏，今已槁死。然南山重复，秀丽可爱。白云亭则天下幽奇绝境：群山环拥，屈出间见⑪；古木森然，往往二三百年物；栏外双瀑，泻石涧中，跳珠溅玉，冷入人骨。其下是为慈溪，奔流与江会。

予自吴入楚⑫，行五千余里，过十五州，亭榭之胜，无如白云者；而止在县廨厅事之后。巴东了无一事，为令者，可以寝饭于亭中，其乐无涯。而阙令动辄二三年无肯补者⑬，何哉？

【注　释】

①《入蜀记二则》：选自《渭南文集》。作者于宋孝宗乾道五年（1169）十二月，被任命为夔州（今四川奉节）通判，《入蜀记》便是作者入川赴任时的沿途观感。所选二则，为乾道六年十月二十一日、二十三日

两篇。②石门关：在四川奉节县东，两山相夹如门，接巫山县界。③巴东县：今属湖北。④秭归：今湖北秭归县。⑤令廨：县衙门。⑥茅茨：茅屋。⑦王康年：事迹不详。秭归县尉并代理秭归县令，右迪功郎是从九品的虚衔。⑧杜德先：尉兼主簿，官衔是右迪功郎。⑨寇莱公：北宋寇准，封莱国公，曾在这里做过官，故建有纪念他的祠堂。⑩飔飘：寒冷多风。⑪间见：参差隐现。⑫自吴入楚：作者沿长江西行，经过古吴地进入古楚地，即自江苏入安徽、江西、湖北等省。⑬阙：同"缺"。

二十三日。

过巫山凝真观①，谒妙用真人祠。真人，即世所谓巫山神女也。祠正对巫山，峰峦上入霄汉，山脚直插江中。议者谓太华②、衡③、庐④，皆无此奇。然十二峰者，不可悉见。所见八九峰，惟神女峰最为纤丽奇峭，宜为仙真所托⑤。祝史云⑥：每八月十五夜月明时，有丝竹之音⑦，往来峰顶，山猿皆鸣，达旦方渐止。庙后山半，有石坛平旷。传云⑧：夏禹见神女，授符书于此。坛上观十二峰，宛如屏障。是日，天宇晴霁，四顾无纤翳⑨；惟神女峰上有白云数片，如鸾鹤翔舞，裴徊久之不散⑩，亦可异也。祠旧有乌数百，送迎客舟。自唐夔州刺史李贻诗已云⑪："群乌幸胙余"矣⑫。近乾道元年⑬，忽不至。今绝无一乌，不知其故。泊清水洞。洞极深。后门自山后出；但黝暗⑭，水流其中，鲜能入者。岁旱祈雨颇应⑮。

权知巫山县、左文林郎冉徽之⑯，尉，右迪功郎文庶几来⑰。

【注　释】

①凝真：庙宇名。观：道教庙宇。②太华：华山，在陕西渭南县境内，即西岳。③衡：衡山，在湖南衡山县西，即南岳。④庐：庐山，在江西九江县南。⑤仙真：神仙，此处指神女。⑥祝史：古时司祝之官，此处

指祠中住持。⑦丝竹：弦管乐器。⑧传：《神仙传》。⑨纤翳：微云遮蔽。⑩裴徊：同"徘徊"。⑪李贻：当作李贻孙。⑫幸：庆幸，希望。胙：用以祭奠的肉食。⑬乾道：南宋孝宗年号。⑭黯暗：黑暗。⑮祈雨颇应：祈求降雨，很有灵验。⑯冉徽之：巫山县知县，官衔是从八品的左文林郎。⑰文庶几：巫山县县尉，官衔是右迪功郎。

【赏　析】

这是两篇优美的散文游记。

第一篇描绘了巴东县的壮丽江山，特别是白云亭的"幽奇绝境"，群山环拥，古木森然，双瀑泻石，一幅幅美妙的画面，引人入胜。尤为可贵的是，作者并没有一味地陶醉于秀丽可爱的景色之中，更为关切人世的变迁。这首先表现在对莱国公寇准的缅怀，寇准曾在此地做官，人民便为他修建了祠堂祭奠他，因为他给人民做过不少好事。寇准生前种植的柏树，今已枯死，可见寇准的事业后继无人了。另一方面与此地壮丽的江山极不协调的是，井邑萧条凋敝，一个县城连一座瓦房都没有，县令的位置空缺二三年无人肯补。作者以满腔的忧国忧民意识，禁不住问道："这究竟是为什么呢？"

第二篇描述了"纤丽奇峭"的神女峰的景色及有关神女峰的优美传说。无论是西岳华山，还是南岳衡山，都没有巫山神女峰神奇。那八月十五夜神女峰上的仙乐，那天高气爽时神女峰上徘徊不散的数片白云，那幽深莫测的清水洞中的流水，无不触发人的遐想。那神女庙中的几百只乌鸦，近年来忽然不见，绝无一乌了，这是不是象征国运的衰微？作者只能发出一声"不知其故"的感叹！

对祖国大好河山的热爱与对祖国前途命运的忧虑交织在一起，构成了这两篇游记的特殊的意蕴。

观　潮①

周　密②

　　浙江之潮③，天下之伟观也。自既望以至十八日为最盛④。方其远出海门⑤，仅如银线；既而渐近，则玉城雪岭，际天而来⑥，大声如雷霆，震撼激射，吞天沃日⑦，势极雄豪。杨诚斋诗云"海涌银为郭，江横玉系腰"者是也⑧。

　　每岁京尹出浙江亭教阅水军，艨艟数百⑨，分列两岸；既而尽奔腾分合五阵之势⑩，并有乘骑弄旗标枪舞刀于水面者，如履平地。倏而黄烟四起，人物略不相睹⑪，水爆轰震⑫，声如崩山；烟消波静，则一舸无迹，仅有"敌船"为火所焚⑬，随波而逝。

　　吴儿善泅者数百，皆披发文身⑭，手持十幅大彩旗，争先鼓勇，溯迎而上，出没于鲸波万仞中⑮，腾身百变，而旗尾略不沾湿，以此夸能。而豪民贵宦，争赏银彩。

　　江干上下十余里间，珠翠罗绮益目⑯，车马塞途。饮食百物，皆倍穹常时，而僦赁看幕，虽席地不容闲也⑰。禁中例观潮于"天开图画"⑱。高台下瞰，如在指掌⑲。都民遥瞻黄�* 雉扇于九霄之上，真若箫台蓬岛也⑳。

【注　释】

　　①《观潮》：选自《武林旧事》。该书写成于宋亡之后，多有兴亡之感，书中所记之事，亦多为作者耳闻目睹，对了解南宋都市的经济生活和

文化生活，具有重要价值。正林，即杭州，南宋都城。②周密（1232—1298）：宋、元之际作家、诗人。字公谨，号草窗，先世济南人。南渡后，因家迁居湖州（今浙江吴江市）的弁山，又自号弁阳老人、四水潜夫。累官丰储仓所俭察，宋亡不仕，流寓杭州。所著《武林旧事》、《齐东野语》、《癸辛杂识》等书。尤工于长短句，有《草窗词》传世。③浙江：即钱塘江。④既望：阴历每月十六日。这里指八月十六日。⑤海门：指钱塘江与大海交界处。⑥玉城：像白玉一样的城墙。际天：接天。⑦吞天沃日：形容潮势猛壮，像欲吞没天日。⑧杨诚斋：即杨万里，南宋诗人，字廷秀，号诚斋。⑨艨艟：战船。⑩五阵之势：指战船按前后左中右编队列阵，形成攻击态势。⑪略不相睹：差不多互相看不见。⑫水爆：在江面上点放烟炮。⑬敌船：演习中作为攻击目标的船只。⑭吴儿：吴地少年。披发：散开头发，是吴地的古老民俗。文身：在身上刺花纹。⑮鲸波：大波。⑯江干：江岸。溢目：满眼。⑰穹：高。僦赁：租赁。看幕：用帐幕搭成的看台。席地不容闲：座席大的地方也不空闲着。⑱禁中：宫廷之中。天开图画：南宋皇宫中一个台的名字。⑲如在指掌：像看手掌上的东西一样清楚。⑳黄伞：黄罗御伞，帝王夕出时专用的仪仗。雉扇：雉尾扇，也是帝王专用的仪仗。萧台蓬岛：神仙居住之处。

【赏　析】

这篇文章可分为四段。

第一段正面描述了钱塘潮雄奇豪壮的景色。作者在开篇处便概括指出钱塘江潮是天下奇观，进而写到八月十六日至十八日潮势最为盛大。接着描述了从潮水刚出现时有如一条银线到潮水临近时淹没天日的气势，写得形象细致，具体生动。

第二段描述了迎潮前水军检阅的实况。几百只战船，变换各种阵势，舞枪弄刀，点放烟炮，直至将假想"敌船"化为灰烬。

第三段描述吴地少年的弄潮表演。"披发文身，争先鼓勇"，在万仞大潮中尽显身手，赢得"豪民贵宦，争赏银彩"。

第四段描述了从宫廷到民间狂热的观潮活动。十多里的江岸，满是观潮的人群。罗绮满目，车马塞途。皇帝在宫中看台上向下观望，百姓遥望皇帝如在天上。

作者通过对观潮的具体描写，鲜明地展现了南宋时代都市生活图画的一角。作者在《武林旧事》的序文中说："时移物换，忧患飘零，追想昔游，殆如梦寐，而感慨系之矣。"可见作者对南宋王朝偏安一隅而奢侈荒淫以至灭亡，是有感而发的。

正气歌序①

文天祥②

余囚北庭③，坐一土室。室广八尺，深可四寻④，单扉低小，白间短窄⑤，污下而幽暗。当此夏日，诸气萃然：雨潦四集，浮动床几，时则为水气⑥。涂泥半朝⑦，蒸沤历澜⑧，时则为土气。乍晴暴热，风道四塞，时则为日气。檐阴薪爨，助长炎虐⑨，时则为火气。仓腐寄顿，陈陈逼人⑩，时则为米气。骈肩杂沓，腥臊汗垢，时则为人气。或圊溷浮尸⑪，或腐鼠杂出，时则为秽气。叠是数气⑫，当之者鲜不为厉⑬，而余以孱弱俯仰其间⑭，于兹二年矣⑮，无恙，是殆有养致然。然尔亦安知所养何哉？孟子曰："我善养吾浩然之气。"⑯彼气有七，吾气有一，以一敌七，吾何患焉！况浩然者乃天地之正气也。作《正气歌》一首。

【注　释】

①《正气歌序》：选自《文山先生全集》。②文天祥（1236—1282）：南宋末大臣。字宋瑞，又字履善，号文山，杏州庐陵（今江西吉安县）人。二十一岁时举进士第一，累官湖南提刑，改知赣州（今江西赣县）。德祐元年（1275），元军大举南侵，恭帝诏天下勤王，文天祥在赣州任所起兵入卫。第二年，元军进逼临安，文天祥以右丞相兼枢密使往元营谈判被拘，乘间得脱；至福州，继续组织兵力抗击元军。景炎三年（1278）十二月，文天祥在海丰（今广东海丰县）兵败被执，被押往大都（今北京市），拘囚三年，坚贞不屈，最后从容就义。著有《文山先生全集》。③北庭：汉代北匈奴的住地，这里借指元朝的大都。④可：大约。寻：古时的长度单位，相当于八尺。⑤白间：本来指窗边涂白，这里指未施油漆的窗户。⑥时则为：这时就成为。⑦涂泥半朝：污泥在太阳升起后。⑧蒸沤历澜：被太阳蒸晒得发酵糜烂。⑨炎虐：炎热的威力。⑩陈陈：同"阵阵"。⑪圊溷：厕所。浮尸：漂浮着动物的尸体。⑫叠：合，混合。⑬当：对，接受。厉：疾病。⑭俯仰：低头或抬头，这里指生活。⑮于兹：到现在。⑯浩然：盛大的样子。

【赏　析】

本文是作者著名诗篇《正气歌》的序文。作者于南宋祥兴元年（1278）被元军俘获，次年十月被押送到元都燕京（今北京），囚禁在一个土室里，他在二室里写了许多充满爱国主义精神的诗文，《正气歌》是其中有名的一篇。

作者在这篇序文中，描述了他在那极为恶劣的环境里，以他那至大至刚的"正气"，抵御着七种恶气，充分显示了他崇高的民族气节和坚毅顽强的斗争意志。

作者以写实的手法，具体形象地描述了土室中的"水气"、"土气"、"日气"、"火气"、"米气"、"人气"、"秽气"这七种气，似乎只是在写作者所处环境的恶劣和所蒙受的苦难，但当作者写到以自己的浩然正气来抵御这七种恶气时，这七种恶气便有了深刻的寓意和象征，有了一种新的思想内涵。敌人的威逼诱降，汉奸的卑鄙无耻，都在这七种恶气之中了。以此更加突现出民族英雄文天祥的崇高品格、坚强意志和他那宁死不屈的爱国精神，这是中华民族最可宝贵的精神财富。

送秦中诸人引①

元好问

关中风土完厚，人质直而尚义，风声习气，歌谣慷慨，且有秦汉之旧。至于山川之胜，游观之富，天下莫与为比。故有四方之志者，多乐居焉。

予年二十许时，侍先人官略阳②，以秋试留长安中八九月。时纨绮气未除③，沉涵酒间，知有游观之美而不暇也。长大来，与秦人游益多，知秦中事益熟，每闻谈周、汉都邑，及蓝田、鄠、杜间风物，则喜色津津然动于颜间。

二三君多秦人，与余游，道相合而意相得也。常约近南山④，寻一牛田，营五亩之宅，如举子结夏课时，聚书深读，时时酿酒为具，从宾客游，伸眉高谈，脱屣世事⑤，览山川之胜概，考前世之遗迹，庶几不负古人者。然予以家在嵩前，暑途千里，不若二三君之便于归也。清秋扬鞭，先我就道，矫首西望，长吁青云。

今夫世俗惬意事，如美食、大官、高赀、华屋，皆众人所必争，而造物者之所甚靳，有不可得者。若夫闲居之乐，澹乎其无味，漠乎其无所得。盖自放于方之外者之所贫，人何所争，而造物者亦何靳耶？行矣，诸君！明年春风，待我于辋川之上矣⑥。

【注　释】

①引：古代的一种文体，与序略同，也称赠序。②略阳：古郡名，西晋泰始中置，治所在临渭（今天水东北）。③纨绮气：纨绮子弟的奢华之气。④南山：即终南山，在今陕西西安西南。⑤脱屣世事：像脱掉鞋子一样摆脱世俗的纠缠。⑥辋川：水名，在今陕西蓝田县南。唐代诗人王维曾隐居于此，筑辋川别业。

【赏　析】

送别的文章有多种写法，但总归是抒写离情别绪，免不了凄凄切切，哀愁伤感。正所谓"多情自古伤离别，更那堪冷落清秋节"。元好问的这篇《送秦中诸人引》虽然也属于送别一类，但重点不在写离情别绪，而是盛赞关中山川形势、风土人情，并借此来表达自己向往田园生活、远离世俗喧嚣的心境。关中历来是"有四方之志者多乐居焉"之地，而风景秀美的终南山和辋川，正是作者理想的居所；"聚书深读，时时酿酒为具，从宾客游，伸眉高谈，脱屣世俗，览山川之胜概，考前世之遗迹"，则是作者理想的生活。文章由关中形胜和民风质直尚义入手，为其与秦中诸人"道相合而意相得"作铺垫，表达了作者对关中风土人情的欣美之意，对秦中诸人的恋恋不舍之情；对世俗追逐名利和奢侈豪华，作者则流露出鄙夷之意。文章写来委婉曲折，情意绵绵。结尾对世俗"惬意事"的描述，似闲非闲，非关有无，透露出作者向往田园生活的现实背景。至于送别，虽仅"清秋扬鞭，先我就道。矫首西望，长吁青云"寥寥十六个字，却是情深意款，胜似一篇长吁短叹的大文章。

送东阳马生序①

宋 濂②

余幼时即嗜学，家贫，无从致书以观③，每假借于藏书之家，手自笔录，计日以还。天大寒，砚冰坚，手指不可屈伸，弗之怠。录毕，走送之④，不敢稍逾约。以是人多以书假余，余因得遍观群书。既加冠⑤，益慕圣贤之道，又患无硕师、名人与游⑥。尝趋百里外，从乡之先达执经叩问。先达德隆望尊，门人弟子填其室，未尝稍降辞色。余立侍左右，援疑质理，俯身倾耳以请；或遇其叱咄，色逾恭，礼愈至，不敢出一言以复；俟其忻悦⑦，则又请焉。故余虽愚，卒获有所闻。

当余之从师也，负箧曳屣⑧，行深山巨谷中，穷冬烈风，大雪深数尺，足肤皲裂而不知。至舍，四肢僵劲不能动，媵人持汤沃灌⑨，以衾拥覆⑩，久而乃和。寓逆旅主人⑪，日再食⑫，无鲜肥滋味之享。同舍生皆被绮绣，戴珠缨宝饰之帽⑬，腰白玉之环，左佩刀，右备容臭⑭，烨然若神人⑮。余则缊袍敝衣处其间⑯，略无慕艳意；以中有足乐者，不知口体之奉不若人也⑰。盖余之勤且艰若此。今虽耄老，未有所成，犹幸预君子之列，而承天子之宠光，缀公卿之后⑱，日侍坐，备顾问，四海亦谬称其氏名⑲；况才之过于余者乎？

今诸生学于太学^⑳，县官日有廪稍之供^㉑，父母岁有裘葛之遗^㉒，无冻馁之患矣；坐大厦之下而诵诗书，无奔走之劳矣；有司业、博士为之师^㉓，未有问而不告，求而不得者也；凡所宜有之书，皆集于此，不必若余之手录，假诸人而后见也。其业有不精、德有不成者，非天质之卑，则心不若余之专耳，岂他人之过哉！

东阳马生君则，在太学已二年，流辈甚称其贤。余朝京师^㉔，生以乡人子谒余^㉕，撰长书以为贽^㉖，辞甚畅达；与之论辨，言和而色夷^㉗。自谓少时用心于学甚劳，是可谓善学者矣！其将归见其亲也，余故道为学之难以告之。谓余勉乡人以学者，余之志也；诋我夸际遇之盛而骄乡人者^㉘，岂知余者哉！

【注　释】

①东阳：今浙江省东阳市。马生：姓马的学生。序：一种文体，分书序和赠序，该篇为赠序，有临别赠言的性质。②宋濂（1310—1381）：字景濂，明代著名学人，今浙江省义乌市人，官至翰林学士，以学识和文笔闻名于当世。③致：得到。④走：跑步，赶快之意。⑤加冠：古代男子二十岁束发加冠，表示已成人。⑥硕师：学术高超者。⑦忻悦：欣悦，忻同欣。⑧箧：箱子。曳：拖。屣：鞋子。⑨媵（yìng）人：古时陪嫁的人，不分男女，文中指富人家的杂役。沃灌：浇灌，这里是浇洗的意思。⑩衾（qīn）：被子。⑪逆舍：旅店。⑫再食：两餐。⑬珠缨宝饰：缨：缥子，用珍珠穿成的缥子。宝饰：用珠宝装饰。⑭容臭：容是容纳，指装着香料的口袋。⑮烨然：光彩照人的样子。⑯缊袍：用旧棉絮做的袍子。⑰奉：供养。⑱缀：连缀，跟随一起的意思。⑲谬称：自谦语，不适当地称道。⑳太学：明初称国子学，当时京城里的最高学府。㉑廪销：均为当时政府免费提供的粮食。㉒裘：皮衣。葛：夏衣。遗：赠送。㉓司业、博士：太学里教官的统称。㉔朝：臣子见君主。㉕谒（yè）：拜访。㉖撰：同撰。

贽：初次见面时的礼品。㉗夷：平和。㉘诋：诋毁。

【赏　析】

作为一篇学有所成的名人写给晚生的赠序，本文立意于勉励后辈专心向学、刻苦用功，并以自己孜孜以求的一生经历，激发年轻人奋发成才的意志。尤其是写古代读书人不畏艰苦、坚持学习的韧性和精神，仍值得当代学人效法。

文章艺术上最突出的特点是对比手法的运用。就大的方面而言，作者以自己青年时代求学的艰苦经历，与当时太学生优越的学习条件作对比，前两段写足了自己读书和求学的艰苦，第三段开始，对前段所写的几个方面，一一做了比较，既有细致具体的事例，又有简括有致的归纳，把生动的感染力和深刻的说服力有机地融合起来，使人清晰地认识到专心求学、刻苦自励是人生成才的法宝。

就小的方面而言，作者还善于在具体叙述中，通过对比衬托，分辨事理，表达本意。比如写求师是"或遇叱咄，色愈恭，礼愈至"；而写生活境遇是"同舍生皆被绮绣，戴珠缨宝饰之帽……烨然若神人。余则缊袍敝衣……"自然而然地把当时生活的艰苦和求学的坚韧凸现出来。

另外，整篇文章衔接自然、表述缜密，开头以"嗜学"二字涵盖前半部，最后用"余故道为学之难以告之"照应全篇，从自己写到马生，从当初写到现在，语意亲切，如娓娓话家常、谈人生，又充满了催人奋进，引人反思的激情和力量。

养狙为生

刘 基

楚有养狙①以为生者要，楚人谓之狙公。旦日必部分②众狙于庭，使老狙率以之山中，求草木之实，赋什一以自奉。或不给，则加鞭棰焉。群狙皆畏苦之，弗敢违也。

一日有小狙谓众狙曰："山之果，公所树与？"曰："否也，天生也。"曰："非公不得而取与？"曰："否也，皆得而取也。"曰："然则吾何假于彼，而为之役乎？"言未既，众狙皆寤。其夕相与伺狙公之寝，破栅毁柙，取其积，相携而入于林中不复归。狙公卒馁而死。

郁离子曰："工有以术使民而无道揆③者，其如狙公乎！惟其昏而未觉也。一旦有开之，其术穷矣。"

【注 释】

①狙（jū）：猴子。②部分：处理安排。③揆（kuí）：法度。

【赏 析】

这则寓言通过一群猴子在智者的开导下，冲破樊篱，获得自由，而统治者由于丧失剥削对象而坐以待毙的故事，揭示了用邪术愚弄民众的人不会有好下场的基本道理，同时也告诉人们正确认识自身处境，不畏强暴，争取自由的重要性。故事结构严谨，第一段写猴子的境遇和狙公的残暴；第二段通过小猴子的三次提问，说出了猴子们境遇荒谬的哲理，虽然话很质朴，却深入浅出，极具启迪性，几乎是顷刻间，众猴子都茅塞顿开，恍然大悟。第三段写觉悟后的猴子们的果决行动及统治者悲惨的下场。三个情节衔接自然而又紧凑，贯穿着用邪术统治民众绝无好下场和受压迫者一旦觉悟，付诸行动就能争得自由的内在逻辑。全文言辞洗炼，寓意深刻，叙述生动，议论精彩，极富感染力和启发性。

深虑论

方孝孺①

虑天下者，常图其所难②，而忽其所易；备其所可畏，而遗其所不疑。然而祸常发于所忽之中，而乱常起于不足疑之事。岂其虑之未周与？盖虑之所能及者，人事之宜然，而出于智力之所不及者，天道也。

当秦之世，而灭诸侯，一天下。而其心以为周之亡在乎诸侯之强耳，变封建而为郡县。方以为兵革可不复用，天子之位可以世守，而不知汉帝起陇亩之中③，而卒亡秦之社稷。汉惩秦之孤立，于是大建庶孽而为诸侯④，以为同姓之亲可以相继而无变，而七国萌篡弑之谋⑤。武、宣以后⑥，稍剖析之而分其势，以为无事矣，而王莽卒移汉祚⑦。光武之惩哀、平⑧，魏之惩汉⑨，晋之惩魏⑩，各惩其所由亡而为之备，而其亡也，皆出于所备之外。

唐太宗闻武氏之杀其子孙①，求人于疑似之际而除之，而武氏日侍其左右而不悟⑫。宋太祖见五代方镇之足以制其君⑬，尽释其兵权，使力弱而易制，而不知子孙卒困于敌国。此其人皆有出人之智，盖世之才，其于治乱存亡之几，思之详而备之审矣。虑切于此而祸兴于彼，终至乱亡者何哉？盖智可以谋人，而不可以谋天。良医之子多死于病；良巫之子多死于鬼。彼岂工于活人而拙于活己之子哉？乃工于谋人而拙于谋天也。

古之圣人，知天下后世之变，非智虑之所能周，非法术之所能制，不敢肆其私谋诡计，而惟积至诚，用大德以结乎天心，使天眷其德⑭，若慈母之保赤子而不忍释。故其子孙虽有至愚不肖者足以亡国，而天卒不忍遽亡之。此虑之远者也。夫苟不能自结于天，而欲以区区之智笼络当世之务，而必后世之无危亡，此理之所必无者也，而岂天道哉！

【注 释】

①方孝孺（1357—1402）：字希直，又字希古。浙江宁海人。因不肯为成祖起草登极诏书而被灭十族（九族及方的学生），死者达八百七十余人。有《逊志斋集》。②图：计划、考虑。③汉帝：指汉高祖刘邦。陇亩：田野。④庶孽：指帝王的妾所生之子。⑤七国：指汉景帝时诸侯王中的吴、楚、胶西、胶东、淄川、济南、赵七国。弑（shì）：古人把臣杀君、子杀父叫"弑"。⑥武、宣：指西汉的武帝刘彻和宣帝刘询。⑦王莽（公元前45—23）：本西汉外戚大臣，篡汉自立，国号新，后为绿林军所杀。祚（zuò）：王朝的气运。⑧光武：东汉的开国皇帝刘秀。哀、平：西汉后期的帝王刘欣和刘衎（kàn）。⑨魏：指三国时统治北方的魏国。⑩晋：指灭亡吴、蜀代魏自立的晋朝。⑪唐太宗：即李世民（599—649），唐代皇帝，在他统治时出现了"贞观之治"。这句指唐太宗时，曾有人预言有个姓武的人要杀唐朝子孙，代唐称帝，因此大肆杀戮有嫌疑的人。⑫武氏：

指武则天（624—705）。初为宫女，后成为唐高宗的皇后，唐高宗死后，她掌握政权，自立为帝。⑬宋太祖：宋代的建立者赵匡胤（927—976）。五代：指唐亡后出现的五个占据中原的王朝即：后梁、后唐、后晋、后汉和后周，前后共五十三年（907—959）。⑭眷：顾恋。

【赏　析】

历史上每当皇朝建立之初，统治者往往要考虑其子孙怎样能够长治久安的办法。但事实上他们往往借鉴了前代乱亡的教训而制定的新方针却又产生新的流弊，最终导致这个皇朝又走向灭亡。方孝孺生当明初，又面临着这样一个棘手的问题，更因为明太祖的太子朱标早死，孙子允炆（建文帝）继立，年龄较小，而明太祖诸子很多都封王，掌握兵权，在各地镇守，对中央集权构成威胁。方孝孺作为建文帝的谋臣不得不认真地考虑这个问题。他吸取了两汉魏晋和唐宋的历史经验，认为分封制之弊会引起同姓诸王的篡夺之心，威胁朝廷的安全；过分强调中央集权，亦会使国力削弱，招来宋代那种积弱之势，卒为金、元所灭，因此得出了"祸常发于所忽之中，而乱常起于不足疑之事"的结论。最后他只能把历代之亡归为天道，非人的意志所能左右。后来事变的进程证明了明初诸王确实成了战乱的起因，成祖朱棣终于以燕王的身份发起"靖难之变"，夺取了朱允炆的宝座，而方孝孺亦由此被杀。

这篇文章对所议论的问题虽未提出有效的办法（事实上也不可能有什么好办法），但综论史事，言之凿凿，文章简洁有力，说明作者具有高度的说理能力，足为古代论说文中的名篇。

项脊轩志

归有光

项脊轩，旧南阁子也。室仅方丈，可容一人居。百年老屋，尘泥渗漉①，雨泽下注；每移案，顾视无可置者。又北向，不能得日，日过午已昏。余稍为修葺②，使不上漏；前辟四窗，垣墙周庭，以当南日，日影反照，室始洞然③。又杂植兰桂竹木于庭，旧时栏楯，亦遂增胜。借书满架，偃仰啸歌，冥然兀坐④，万籁有声。而庭阶寂寂，小鸟时来啄食，人至不去。三五之夜，明月半墙，桂影斑驳⑤，风移影动，珊珊可爱⑥。

然余居于此，多可喜，亦多可悲。先是庭中通南北为一；迨诸父异爨⑦，内外多置小门墙，往往而是。东犬西吠，客逾庖而宴，鸡栖于厅。庭中始为篱，已为墙，凡再变矣。

家有老妪，尝居于此。妪，先大母婢也⑧，乳二世，先妣抚之甚厚⑨。室西连于中闺，先妣尝一至。妪每谓余曰："某所而母立于兹⑩。"妪又曰："汝姊在吾怀，呱呱而泣；娘以指扣门扉曰：'儿寒乎？欲食乎？'吾从板外相为应答……"语未毕，余泣，妪亦泣。余自束发⑪，读书轩中。一日，大母过余曰："吾儿！久不见若影⑫，何竟日默默在此，大类女郎也？"比去，以手阖门，自语曰："吾家读书久不效，儿之成，则可待乎？"顷之，持一象笏至⑬，曰："此吾祖太常公宣德间执此以朝⑭，他日汝当用之！"瞻顾遗迹，如在昨日，令人长号不自禁。

轩东故尝为厨；人往，从轩前过。余扃牖而居⑮，久之，能以足音辨人。轩凡四遭火，得不焚，殆有神护者。

项脊生曰：蜀清守丹穴，利甲天下，其后秦皇帝筑女怀清台⑯。刘玄德与曹操争天下，诸葛孔明起陇中。方二人之昧昧于一隅也，世何足以知之？余区区处败屋中，方扬眉瞬目⑰，谓有奇景；人知之者，其谓与坎井之蛙何异？

余既为此志，后五年，吾妻来归。时至轩中，从余问古事，或凭几学书。吾妻归宁⑱，述诸小妹语曰："闻姊家有阁子，且何谓阁子也？"其后六年，吾妻死，室坏不修。其后二年，余久卧病无聊，乃使人复葺南阁子，其制稍异于前。然自后余多在外，不常居。

庭有枇杷树，吾妻死之年所手植也，今已亭亭如盖矣。

【注　释】

①渗漉（shè lù）：渗水。②修葺（qì）：修理，修补。③洞然：明亮的感觉。④冥然兀坐：冥然，静默。兀坐：独坐。⑤斑驳：杂乱。⑥珊珊：美好，形容树影乱动时轻盈、舒缓的美好感觉。⑦异爨（cuàn）：爨，炉灶。异爨，各起炉灶，这里指叔父们分家。⑧先大母：去世的祖母。⑨先妣（bǐ）：去世的母亲。⑩兹：同此。⑪束发：古时男孩长到八岁，有说十五岁，束发为髻，表示成童，是一种未成年时的发式。⑫若：尔、你。⑬象笏（hù）：用象牙做的手板，古代文臣入朝持之，以记事备忘。⑭太常：太常寺卿，朝中掌祭祀礼乐的官。⑮扃牖（jiǒng yǒu）：关上窗户。⑯"蜀清守丹穴……怀清台"三句：巴蜀有个叫清的寡妇，发现一座丹砂矿，开采获大利，被秦始皇表扬，特制"女情清台"，现坐落在四川省长寿区南。⑰扬眉瞬目：形容高兴得意时的情状。⑱归宁：出嫁的女儿回娘家探亲。

【赏　析】

这是一篇追忆性的记叙文，围绕着项脊轩叙述了相关的一些家庭琐事，抒发了作者对家道败落、亲人去世的无限惋惜和哀悼，充满了人生的感慨和对美好亲情的向往。

本文表现出很强的艺术功力和写作技巧。在选材上，作者善于通过几个生活小事来回顾往事，刻画人物，抒发挚情。文本涉及了外祖母、母亲、妻子、老妪几位女性，虽着墨不多，往往几句话，一件小事就把人的音容笑貌凸现出来。特别是写外祖母"吾儿……"那一段，亲切生动又极富抒情，很有感染力。

在结构上，作者围绕着项脊轩，或娓娓叙事，或款款抒情，或淡淡状景，看似散漫，随手拈来，但都由"项脊轩"这个文章之眼牵引着，随着作者的亲情之流，涓涓流淌，轻轻浸入读者心扉。因此，项脊轩是一条贯串全文的主旋律，这是一条有形的线索，而对逝去的亲情的哀思是一条看不见的线索，像灵魂一样萦绕着项脊轩，牵着读者的心。所以，本文无论叙事状景还是议论，都蕴含着深深的情思，使项脊轩这个破旧的老屋蒙上了一层感情的色彩，使之具备一种象征的意义，这或许是这篇写平凡老屋的散文能脍炙人口，千古流传的原因吧。

蔺相如完璧归赵

王世贞①

蔺相如之完璧②，人皆称之，予未敢以为信也。

夫秦以十五城之空名，诈赵而胁其璧，是时言取璧者情也，非欲以窥赵也。赵得其情则弗予，不得其情则予；得其情而畏之则予，得其情而弗畏之则弗予。此两言决耳，奈之何既畏而复挑其怒也！

　　且夫秦欲璧，赵弗予璧，两无所曲直也。入璧而秦弗予城，曲在秦。秦出城而璧归，曲在赵。欲使曲在秦，则莫如弃璧；畏弃璧，则莫如弗予。夫秦王既按图以予城，又设九宾③，斋而受璧，其势不得不予城。璧入而城弗予，相如则前请曰："臣固知大王之弗予城也。夫璧非赵璧乎，而十五城秦宝也，今使大王以璧故，而亡其十五城，十五城之子弟皆厚怨大王以弃我如草芥也。大王弗予城而绐赵璧④，以一璧故，而失信于天下，臣请就死于国，以明大王之失信。"秦王未必不返璧也。今奈何使舍人怀而逃之，而归直于秦？是时秦意未欲与赵绝耳。令秦王怒，而僇相如于市⑤，武安君十万众压邯郸⑥，而责璧与信，一胜而相如族，再胜而璧终入秦矣。吾故曰，蔺相如之获全于璧也，天也。若其劲渑池⑦，柔廉颇⑧，则愈出而愈妙于用。所以能完赵者，天固曲全之哉。

【注　释】

　　①王世贞（1526—1590）：明代文学家。字元美，号凤洲，今江苏人。主张文必秦汉，诗必盛唐，倡导模拟复古，是"后七子"的领军人物。②"蔺相如"句：蔺相如，战国赵人。赵惠文王曾得楚国宝玉"和氏璧"，秦昭王听说后，派人送信给赵王说愿以十五城换取璧玉。赵王想不许，却怕秦兵之强；想答应，又怕受骗。于是派蔺相如带了璧到秦国，通过交涉，仍把璧玉还归赵国。③九宾：当时朝会时最隆重的仪式。"宾"即傧相，负责传呼接应，从殿上至殿下经九次传呼，所以叫"九宾"。④绐（dài）:欺骗。⑤僇（lù）:杀。⑥武安君：即秦将白起。邯郸：战国

赵都，今属河北。⑦劲渑（miǎn）池：公元前278年，秦昭王与赵惠文王在渑池（今属河南）相会。秦国恃强想羞辱赵王，遭蔺相如有力抗拒。⑧柔廉颇：赵将廉颇因蔺相如位在自己之上，多次想羞辱蔺相如。蔺相如则用忍让团结廉颇，终于使廉颇感悟，承认错误。

【赏　析】

　　蔺相如完璧归赵的故事，见于《史记》，其事迹历来传为美谈。以当时的历史条件而论，秦强赵弱之势虽已形成，但毕竟尚在长平之战以前，秦赵战争还互有胜负，再加上六国中的齐、楚诸国，亦多少能对赵国起一定的声援作用。蔺相如所以敢于抗拒秦王显然对那种形势做了必要的估计。试看渑池之会，他所以在会上对秦王毫无畏惧，那是由于事先他和廉颇已经作了必要的准备。所以他几次与秦国交涉能取得成功，并非全凭运气。尤其是蔺相如能正确地处理好自己与廉颇的关系，更说明了他具有远见，能顾全大局。王世贞此文却提出了不同的看法，认为秦国要以十五城换取和氏璧，虽是诈言，却"非欲以窥赵"，这也许是对的，但进一步认为"畏之则予"，"不畏则弗予"，恐怕就不这样简单。因为和氏璧虽贵重，但为此发动一场大战，这在秦和赵两国都未必有此决心，而当时秦赵力量的对比，也不到"武安君"以十万之众就能攻破邯郸的程度。王世贞此论似有故意作翻案文章之嫌。大抵自宋以来，苏轼作《志林》，就有这种做法，其用意似在借古以喻宋代的史事。但此风一开，后人往往仿效，好作奇论，以求出人意表，一语惊人。这篇文章亦属此类。这种写法虽未必令人心服，却也是古人作文出奇制胜之一法。

题孔子像于芝佛院①

李 贽②

　　人皆以孔子为大圣，吾亦以为大圣；皆以老、佛为异端，吾亦为异端。人人非真知大圣与异端也，以所闻于父师之教者熟也；父师非真知大圣与异端也，以所闻于儒先之教者熟也；儒先亦非真知大圣与异端也，以孔子有是言也。其曰"圣则吾不能③"，是居谦也。其曰"攻乎异端④"，是必为老与佛也。

　　儒先亿度⑤而言之，父师沿袭而诵之，小子矇聋⑥而听之。万口一词，不可破也；千年一律，不自知也。不曰"徒诵其言"，而曰"已知其人"；不曰"强不知以为知"，而曰"知之为知之"。至今日，虽有目，无所用矣。

　　余何人也，敢谓有目？亦从众耳。即从众而圣之⑦，亦从众而事⑧之，是故吾从众事孔子于芝佛之院。

【注　释】

　　①芝佛院：佛寺名，位于湖北麻城，距城三十里。万历十三年（1585）春，李贽由黄安移居此地，在芝佛院著述讲学达十余年之久。
②李贽（1527—1602）：明代思想家和文学家。号卓吾，又号宏甫，别号温陵居士。泉州晋江人。五十四岁时辞官，晚年寓居麻城龙潭湖芝佛院。李贽以异端自居，抨击孔孟之道，批判宋明理学。倡导"童心"说，终以"惑乱人心"罪入狱，自刎而死。有《焚书》《续焚书》和《藏书》《续藏

书》传世。③圣则吾不能：孔子语，见《孟子·公孙丑上》"昔者子贡问于孔子曰：'夫子圣矣乎？'孔子曰：'圣则吾不能，我学不厌而教不倦也。'"④攻乎异端：孔子语，见《论语·为攻》"攻乎异端，斯害己也"。⑤亿度：主观臆测。度读作 duó。⑥矇聋：矇，瞎子。聋，聋子。⑦圣之：以"之"为圣。⑧事：事奉，指供奉孔子像。

【赏　析】

这是一篇犀利的驳论小品，全文不过三百字，却切入了一个纵贯古今的大论题。开始两个对句，提出论题，接下去按论题的思路，把所要驳斥的论点溯推到原始的起点，然后用圣人孔子的话，揭示出所谓"大圣"与"异端"的荒谬，原来是无稽之谈。第二段正式进入驳斥，接着第一段的思路再推回来，谬论之荒唐也就昭然若揭了。更富于讽刺意味的是，李贽把大圣孔子的话拿来，作为驳论的"论据"，使孔圣人处于尴尬、被嘲弄的境地，产生"黑色幽默"的效果。最后一段，看似作者一个表白，实则对"大圣"再一次嘲弄，对传统的人云亦云再来一次体无完肤的嘲笑。

本文艺术上特点主要有两个方面：一是以子之矛，攻子之盾。用孔子自己的话来揭穿"大圣"与"异端"之说的荒谬。二是寓意深邃。如此意蕴丰富、内容复杂的论题，以极简捷的方式辩驳，给人以直切要害、一击而中的畅快，短短的几句话，就把孔说大圣，世代因袭的无稽和荒谬展示给读者，令人警醒，教人反思。

李卓吾先生遗言

李 贽

春来多病，急欲辞世。幸于此辞，落在好朋友之手。此最难事，此余最幸事，尔等不可不知重也。

倘一旦死，急择城外高阜①，向南开作一坑：长一丈，阔五尺，深至六尺即止。既如是深，如是阔，如是长矣，然后就中复掘二尺五寸深土，长不过六尺有半，阔不过二尺五寸，以安予魄。既掘深了二尺五寸，则用芦席五张填平其下，而安我其上，此岂有一毫不清净者哉！我心安焉，即为乐土。勿太俗气，摇动人言，急于好看，以伤我之本心也。虽马诚老能为厚终之具②，然终不如安余心之为愈③矣。此是余第一要紧言语。我气已散，即当穿此安魄之坑。

未入坑时，且阁我魄于板上，用余在身衣服即止，不可换新衣等，使我体魄不安。但面上加一掩面，头照旧安枕，而加一白布中单总盖上下，用裹脚布廿字交缠其上。以得力四人平平扶出，待五更初开门时寂寂抬出，到于圹所，即可装置芦席之上，而板复抬回以还主人矣。既安了体魄，上加二三十根椽子横阁其上。阁了，仍用芦席五张铺于椽子之上，即起放下原土，筑实使平，更加浮土，使可望而知其为卓吾子之魄也。周围栽以树木，墓前立一石碑，题曰："李卓吾先生之墓"。字四尺大，可托焦漪园④书之想彼亦必无吝。

尔等欲守者，须是实心要守。果是实心要守，马爷⑤决有以处尔等，不必尔等惊疑。若实与余不相干，可听其自去。我生时不着亲人相随，没后亦不待亲人看守，此理易明。

幸勿易我一字一句！二月初五日，卓吾遗言。幸听之！幸听之！

【注　释】

①城外高阜：城外，通州（北京市通州区）城，当时李贽寓居于此。高阜，地势较高处。②马诚老：马经纶，字诚所，家居通州。厚终之具，指厚葬的用品。③愈：好。④焦漪园：焦竑。字弱侯，号漪园，明代著名学者，李贽的挚友。⑤马爷：指马经纶。

【赏　析】

这是一篇安排自己死后事宜的遗言。李贽晚年，体弱多病，死亡成了他思想中的一个主题，他在多篇文章中或与友人的书信中谈及死亡，但他似已大彻大悟，一不颓唐沮丧，二不胆怯萎靡，相反却泰然处之。他在《与周反山》中说："今年不死，明年不死，年年等死，等不出死，反等出祸。然祸来又不即来，等死又不即死，真令人叹尘世苦海之难逃也，可如何！但等死之人身心俱灭，筋骨已冷，虽未死，即同死人矣。"卓吾先生对死的认识，于此可见一斑。就在明万历三十年（1602 年）春，七十六岁的李卓吾病加重，他预感大限将至，于是写就了这篇《遗言》，对自己的后事做了安排。

从内容上看，这篇遗言表现出作者对死后的"俭""简"要求，前者是节俭，不要铺张，勿太俗气；后者是简单，反对烦琐，摒弃缛节；几张芦席，一身旧衣，这在当时是极其难能可贵，体现出卓吾先生的反传统意识和崇尚自然纯真的一贯主张。

从艺术上看，本文看似平淡，但平淡之中运行着一股放荡的真情，这与李卓吾倡导的"童心说"是一脉相承的，"厚终之具""终不如安余心之为愈"，"欲守者，须是实心要守""若实与余不相干，可听其自去"。语言质朴，追求的是意蕴的真诚；语气沉稳，崇尚的是纯情的流露。虽然卓吾先生对死已有了哲学层次的彻悟，对身体的现状也有深刻的直觉，但在直面死亡的时候，还是真情喷涌。对好友的感激、对陋法的拒绝、对安心乐土的追求，无不是真情体现。由此，读者也可以窥见这位反叛哲人的内心世界。

夏梅说

钟 惺

梅之冷，易知也，然亦有极热之候。冬春冰雪，繁花粲粲，雅俗争赴，此其极热时也。三、四、五月，累累其实，和风甘雨之所加，而梅始冷矣。花实俱往，时维朱夏①，叶干相守，与烈日争，而梅之冷极矣。故夫看梅与咏梅者，未有于无花之时者也。

张谓《官舍早梅》诗所咏者，花之终，实之始也。咏梅而及于实，斯已难矣，况叶乎？梅至于叶，而过时久矣。廷尉董崇相官南都，在告②，有夏梅诗，始及于叶。何者？舍叶无所谓夏梅也。予为梅感此谊，属同志者和焉，而为图卷以赠之。

夫世固有处极冷之时之地，而名实之权在焉。巧者乘间赴之，有名实之得，而又无赴热之讥，此趋梅于冬春冰雪者之人也，乃真附热者也。苟真为热之所在，虽与地之极冷，而有所必辩焉。此咏夏梅意也。

【注　释】

①朱夏：即夏季。古有"夏为朱明"之说，故称"朱夏"。②在告：古代官员休假。文中指董崇相。

【赏　析】

常言说，人如其人。从钟惺的《夏梅说》来看其人格，很能说明这句话的深刻。钟惺为人"性如冰霜，不喜交接世俗人……"其创作也崇尚瘦硬冷峻，这篇《夏梅说》足见一斑。通常写梅花者，十之有九是写腊梅，而就夏梅情有独钟者，很少见其立意就很与众不同。钟惺这篇立意独特的小品大致分三个层次：第一层次即第一自然段，说明梅花的盛况在冬而不在夏，即使咏梅者也"未有于无花之时者也"；第二层次即第二自然段，表明自己写夏梅的缘由。原来友人董崇相作了一首夏梅诗，钟惺读后有感而发。第三层次也就是最后自然段，由夏梅联想开去，鞭挞社会上那些趋炎附势的丑行。尤其是那种"处极冷之时之地"而实际上大权在握之人，便是"巧者"乘间赴之的热门，这冷中赴热，比热中赴热来得更具隐蔽性。也是钟惺写《夏梅说》的用意之深。

本文在艺术上突出的表现在于把自然界梅之盛衰与社会中人情冷热有机融合在一起，写梅即是写人，说自然也是说社会，世情的冷暖，人心的凉热，乃至作者内心深处的孤愤，无不寄托在无人问津的夏梅之中，令人细细咀嚼，回味无穷。

小　洋①

王思任

　　由恶溪登括苍③，舟行一尺，水皆污也。天为山欺③，水求石放④，至小洋而眼门一辟。

　　吴闳仲送我，挈睿孺出船口，席坐引白⑤，黄头郎以棹歌⑥赠之，低头呼卢⑦，俄而惊视，各大叫，始知颜色不在人间也。又不知天上某某名何色，姑以人间所有者仿佛图之。

　　落日含半规，如胭脂初从火出。溪西一带山，俱似鹦鹉绿，鸦背青，上有猩红云五千尺，开一大洞，逗出缥天⑧，映水如绣铺赤玛瑙。

　　日益皆⑨，沙滩色如柔蓝懈白⑩，对岸沙则芦花月影，忽忽不可辨识。山俱老瓜皮色。又有七八片碎剪鹅毛霞，俱黄金锦荔，堆出两朵云，居然晶透葡萄紫也。又有夜岚数层斗起，如鱼肚白，穿入出炉银红中，金光煜煜⑪不定。盖是际，天地山川，云霞日彩，烘蒸郁衬，不知开此大染局作何制。意者，妒海蜃，凌阿闪⑫，一漏卿丽⑬之华耶？将亦谓舟中之子，既有荡胸决眦⑭之解，尝试假尔以文章，命名观其时变乎？何所遘⑮之奇也！

　　夫人间之色仅得其五，五色⑯互相用，衍至数十而止，焉有不可思议如此其错综幻变者！曩⑰吾称名取类，亦自人间之物而色之耳，心未曾通，目未曾睹，不得不以所睹所通者，达之于口而告之于人；然所谓仿佛图之，又安能仿佛以图其万一也！嗟呼，不观天地之富，岂知人间之贫哉！

【注　释】

①《小洋》：小洋，在浙江青田县境内，恶溪的下游。本文描摹了小洋日将落以及日落黄昏错综变幻的美丽奇异的景色。②恶溪：古水名，一作恶水。即今广东韩江及其上游梅江。其水险恶，多损舟船。括苍：山名，在浙江省东南部。东北一西南走向。西接仙霞岭，绵延瓯江、灵江间。主峰在临海县西南。由花岗岩及流纹岩构成。③天为山欺：形容山势高而陡峭，直逼天空。④水求石放：形容江中石头很多，阻挡流水，水流曲折不畅，像是请求石头放行。⑤引白：举杯。白，古时用来罚酒的酒杯。⑥黄头郎：头戴黄帽的人，指船夫。棹（zhào）歌：行船时船夫唱的歌。⑦呼卢：古时赌博得彩的呼叫声。赌博用五子，每子的两面一面涂黑，画牛犊，一面涂白，画野鸡。掷子时如果五子黑面都在上，即得彩，呼叫得"卢"，谓之呼卢。⑧逗出缥天：逗，透。缥（piǎo），淡青色。透出淡青色的天。⑨日益曶：曶（hū），昏暗。天色越来越昏暗。⑩柔蓝懈白：浅蓝，灰白色。⑪煜（yù）煜：明亮的样子。⑫阿闪：佛名，住在东方神秘世界。此处指佛的妙境。⑬卿丽：美丽的彩云。卿，卿云，古时以为象征祥瑞的云气。⑭决眦（zì）：眼眶睁裂。眦，眼眶，眼角。决，裂开。⑮遘（gòu）：遇见。⑯五色：五种基本颜色，指白、黑、赤、青、黄。⑰曩（nǎng）：从前。

【赏　析】

本文是一篇语美意新、妙喻连珠的记游小品，全文可分四个层次：第一个层次写到小洋前水路的艰险；第二个层次写令人心情豁然开朗的小洋印象；第三个层次详写小洋夕照的美妙绝伦；最后一个层次写作者对小洋天上人间的无尽感慨。

文章出语简练而新奇"天为山欺，水求石放"中的"欺"和

"放"两字，尤为奇绝，不仅表现出水路的惊险，也为小洋的出现做了铺垫。这样，接下来的"俄而惊视，各大叫，始知颜色不在人间也"才不显得突兀。从"落日含半规"至"何所遭之奇也"两个自然段，是本文的重心，作者以神奇的比喻、精致的描述和入微的刻画，展示了小洋夕照的变化莫测和美不胜收。随着暮色的加深和作者视角的移动，小洋变得神秘奇幻，异彩纷呈。作者先是用了一连串的色彩比喻，以突发奇想的"大染局"来概括这种色彩的丰富与美妙，可谓绝笔。

最后一段感慨，很有些对人间的不满和无奈，在大自然的佳境面前，作者突然悟到了人间的贫乏，使读者感到了一种超凡脱俗的启示，一种向往美妙的执着，在艺术上也起到了一种升华全篇的功效。

本文在艺术上以语言功力见长，描摹刻画恣肆生动；比喻形容妙语连珠，下笔奇险、文风爽利，很能代表明末记游小品的艺术格调。

核舟记①

魏学洢②

明有奇巧人曰王叔远，能以径寸之木，为宫室、器皿、人物，以至鸟兽、木石，罔不因势象形，各具情态。尝贻余核舟一，盖大苏泛赤壁云③。

舟首尾长约八分有奇，高可二黍许。中轩敞者为舱，箬篷覆之。旁开小窗，左右各四，共八扇。启窗而观，雕栏相望焉。闭之，则右刻"山高月小，水落石出④"，左刻"清风徐来，水波不兴⑤"，石青糁之。

船头坐三人，中峨冠而多髯者为东坡，佛印⑥居右，鲁直⑦居左。苏、黄共阅一手卷。东坡右手执卷端，左手抚鲁直背。鲁直左手执卷末，右手指卷，如有所语。东坡现右足，鲁直现左足，各微侧，其两膝相比者，各隐卷底衣褶中。佛印绝类弥勒，袒胸露乳，矫首昂视，神情与苏、黄不属。卧右膝，诎右臂支船，而竖其左膝，左臂挂念珠倚之，珠可历历数也。

舟尾横卧一楫。楫左右舟子各一人。居右者椎髻仰面，左手倚一衡木，右手攀右趾，若啸呼状。居左者右手执蒲葵扇，左手抚炉，炉上有壶，其人视端容寂，若听茶声然。

其船背稍夷，则题名其上，文曰"天启壬戌⑧秋日，虞山⑨王毅叔远甫刻"，细若蚊足，钩画了了，其色墨。又用篆章一，文曰"初平山人"，其色丹。

通计一舟，为人五；为窗八；为箬篷，为楫，为炉，为壶，为手卷，为念珠，各一；对联、题名并篆文，为字共三十有四。而计其长曾不盈寸。盖简桃核修狭者为之。

魏子详瞩既毕，诧曰：嘻，技亦灵怪矣哉！《庄》、《列》所载，称惊犹鬼神者良多，然谁有游削于不寸之质，而须麋⑩了然者？假有人焉，举我言以复于我，亦必疑其诳。今乃亲睹之。由斯以观，棘刺之端未必不可为母猴也⑪。嘻，技亦灵怪矣哉！

【注　释】

①《核舟记》：核舟，用桃核雕刻的小船，古代雕刻艺术的精品。本篇选自清代张潮编辑的笔记故事《虞初新志》。②魏学洢（yī）（1596—

1625）：字子敬，明末嘉善（今浙江嘉兴县）人。其父魏大中，因上疏弹劾宦官魏忠贤及其奸党，被捕入狱，冤死狱中。魏学洢悲愤交加，不久郁闷而死。有《茅檐集》传世。③大苏：苏轼。云，句末助词，表示不很确凿的语气。④"山高月小，水落石出"：苏轼《后赤壁赋》中句。⑤"清风徐来，水波不兴"：苏轼《前赤壁赋》中句。⑥佛印：宋僧，号佛印，法名了元，乃苏轼朋友。⑦鲁直：北宋大诗人黄庭坚，字鲁直。⑧天启壬戌：即天启二年（1622），天启，宋熹宗年号。⑨虞山：江苏常熟。⑩须麋：胡须眉毛。麋，同眉。⑪母猴：又称猕猴。据《韩非子·外储说左上》记载：有人在燕王面前夸口，说可以在棘刺的尖端雕出母猴。以此形容核舟雕艺的神奇。

【赏　析】

本文有点像美术中的静物画，是展示作者基本功力的最佳舞台。一般地说，这种写实性极强的"记"，很容易落入平铺直叙、平淡无奇的窠臼。但艺术表现功力极佳的魏学洢却入乎平淡，出乎超凡，在有板有眼中，达到精妙传神。

文章的开头点出雕刻者技艺奇巧，从整体上交代核舟的场景。接下来是具体描述，先写船的结构，箬篷、小窗、栏杆、对联，有条不紊地刻画出玲珑剔透的艺术妙品。再写船上的人物，详写三位主要人物，略写两个船夫，作者善于抓住每个人的神态和动作，寥寥数笔就把人的特征展示出来。比如苏东坡与黄鲁直促膝审视手卷；佛仰的极目远眺、若有所思；又比如两个船夫弃楫小憩、摇扇烧茶的舒闲悠畅。魏学洢写人的诀窍一是神态描画细致传神，写苏、黄阅读手卷时那亲密融洽、沉迷陶醉；写佛印悠闲自乐时的旷达无拘、恬然淡泊；写船夫一个是"右手攀右趾，若啸呼状"，另一个是"视端容寂，若听茶声然"，这些描画是比较典型的中国传统式白描法，往往用笔不多，但却传神又深刻，能勾出人物的灵魂。第二就是动词的巧用，在第三第四两个写人的自然段中，不同的动词大约用了近二十个，如：执、抚、指、语、矫、视、卧、竖、倚、攀、啸、听等等，这一连串富于特征的动词不仅让读者看到了文中人物的动作，更重要的是在这些动态的肢体语言中，读出了人物的心态和精神风采，使平面的人物一下子就富有了立体感，瞬间就活了起来。

本文很能展示作者语言功力，不管是描画人物或是展示场景，无论是形容还是刻画，都简洁、准确、生动，形神并茂，精妙传神。

柳敬亭说书

张　岱

南京柳麻子，黧黑，洪面疤瘤，悠悠忽忽，土木形骸。善说书。一日说一回，定价一两。十日前先送书帕下定，常不得空。南京一时有两行情人，王月生、柳麻子是也。余听其说"景阳冈武松打虎"，白文与本传大异。其描写刻画，微入毫发，然又找截干净，并不唠叨。哱夬①声如巨钟。说至筋节处，叱咤叫喊，汹汹崩屋。武松到店沽酒，店内无人，謷②地一吼，店中空缸空甓皆瓮瓮有声。闲中著色，细微至此。主人必屏息静坐，倾耳听之。彼方掉舌，稍见下人呫哔③耳语，听者欠伸有倦色，辄不言，故不得强。每至丙夜，拭桌剪灯，素瓷静递，款款言之。其疾徐轻重，吞吐抑扬，入情入理，入筋入骨。摘世上说书之耳，而使之谛听，不怕其不齚舌死也④。柳麻子貌奇丑，然其口角波俏，眼目流利，衣服恬静，直与王月生同其婉娈，故其行情正等。

【注　释】

①嗙吤（guài）：吤，卦名，文中为刚决义。嗙吤，形容大而刚决的声音。②謷（páo）：大呼。③呫哔（chè bì）：低声絮语。④齚（zé）：咬舌的样子。

【赏　析】

艺术创作最讲究原创性，原创的，原汁原味的，而且又是融入了作者的人生感悟、生活经验、社会阅历、个性精神的艺术作品，才会有艺术感染力，才会赢得人们的喝彩。古往今来一切成功的优秀的文学艺术作品，无一不是如此。小说《水浒传》出现于明代，到柳敬亭说书的时候，已经流行了上百年，许多故事人们已是耳熟能详。柳敬亭说《水浒传》，之所以能够吸引听众，行情看涨，以至于十多天前下定金还不见得能够请得到，就在于他说书在当时已经成为一绝。他说《水浒传》不是照本宣科，鹦鹉学舌，亦步亦趋地跟在师傅后面走，而是融入了自己的体会、感想和创造。他描写刻画，微入毫发，语言干净利索，绘声绘色，而且"疾徐轻重，吞吐抑扬，入情入理，入筋入骨"，形成了自己的特色。这种特色是柳敬亭说书吸引人的关键所在，也是其成为明季一绝的原因所在。

游黄山记

徐宏祖①

初四日。十五里至汤口②。五里至汤寺③，浴于汤池。扶杖望朱砂庵而登，十里上黄泥岗，向时云里诸峰，渐渐透出，亦渐渐落吾杖底。转入石门，越天都之胁而下，则天都、莲花二顶，俱秀出天半。路旁一歧东上，乃昔所未至者，遂前趋直上，几达天都侧。复北上，行石罅中，石峰片片夹起，路宛转石间，塞者凿之，陡者级之，断者架木通之，悬者植梯接之。下瞰峭壑阴森，枫松相间，五色纷披，灿若图绣。因念黄山当生平奇览，而有奇若此，前未一探，兹游快且愧矣。

时夫仆俱阻险行后，余亦停弗上。乃一路奇景，不觉引余独往。既登峰头，一庵翼然，为文殊院④，亦余昔年欲登未登者。左天都，右莲花，背倚玉屏风⑤。两峰秀色，俱可手揽。四顾奇峰错列，众壑纵横，真黄山绝胜处。非再至，焉知其奇若此！遇游僧澄源至，兴甚勇。时已过午，奴辈适至。立庵前，指点两峰。庵僧谓天都虽近而无路，莲花可登而路遥，只宜近盼天都，明日登莲顶。余不从，决意游天都。挟澄源、奴子，仍下峡路。至天都侧，从流石蛇行而上，攀草牵棘，石块丛起则历块，石崖侧削则援崖。每至手足无可着处，澄源必先登垂接。每念上既如此，下何以堪？终亦不顾。历险数次，遂达峰顶。惟一石顶，壁起犹数十丈，澄源寻视其侧，得级，挟余以登。万峰无不下伏，独莲花与抗耳。时浓雾半作半止，每一阵至，则对面不见，眺莲花诸峰，多在雾中。独上天都，予至其前，则雾徙于后；予越其右，则雾出于左。其松犹有曲挺纵横者，柏虽大干如臂，无不平贴石上，如苔藓然。山高风巨，雾气去来无定，下盼诸峰，时出为碧峤，时没为银海。再眺山下，则日光晶晶，别一区宇也。日渐暮，遂前其足，手向后据地，坐而下脱。至险绝处，澄源并肩手相接。度险下至山坳，暝色已合，复从峡度栈以上，止文殊院。

【注　释】

①徐宏祖（1586—1641）：号霞客，字振之，明江阴（今江苏江阴市）人，杰出的旅行家和地理学家。从二十二岁到五十六岁去世的三十多年里，游历了华东、华北、东南沿海和云贵高原，每游一处，都把所见所闻记录下来，但死后大都散失。经后人搜求，辑成《徐霞客游记》，不仅是地理研究的珍贵资料，也是优秀的记游散文。②汤口：镇名，位于黄山脚下，是游山的必经之地。③汤寺：寺名，登黄山的起点。建于唐代，因靠近汤泉而得名，现已不存。④文殊院：寺名，在天都、莲花两峰之间。⑤玉屏风：即玉屏峰，因秀峰横到如玉屏，故此得名。

【赏　析】

这是一篇游记，着重记述初四日这天游天都峰的经历和见闻。文章的结构比较单一，完全按游览的路线及观景的顺序依次展开，给读者以简捷明快的大印象。在艺术上最突出的，主要有两点：

其一是作者把自己对大自然的热爱和游山的情趣圆融透彻地溶解在字里行间，甚至连攀爬的惊险，登行的艰辛都显得那么意趣盎然，作者很善于在写了惊险和艰辛之后，浓墨重笔写登临的愉悦、观览的欢快以及神奇景致带来的身心陶醉，把读者也带入到那出神入化的意境和荣辱皆忘的心情中，真正体会到"四顾奇峰错列，众壑纵横，真黄山绝胜处！非再至，焉知其奇若此？"感慨的本意。

其二是作者用语精妙、表现力强，很传神地把大自然的造化和鬼斧神工展示给读者。写高峰则"云里诸峰……渐渐落吾杖底"；写众壑"峭壑阴森，枫松相间"；写山色则"五色杂披，灿若图秀"；写云雾则"予至其前，则雾徒于后；予越其右，则雾出于左。"把生动形象的描写与细致精妙的叙述有机结合起来，给人以如临其境的艺术美感。

徐霞客的游记以语言精妙传神，又以记述简洁生动和议论恰到好处而见长，这篇《游黄山记》颇具表性。

复庵记①

顾炎武②

旧中涓范君养民③，以崇祯十七年夏，自京师徒步入华山为黄冠。数年，始克结庐于西峰之左，名曰复庵。华下之贤士大夫多与之游，环山之人皆信而礼之。而范君固非方士者流也。幼而读书，好《楚辞》；诸子及经史多所涉猎。为东宫④伴读。方李自成之挟东宫二王以出也，范君知其必且西奔，于是弃其家走之关中，将尽厥⑤职焉。乃东宫不知所之，而范君为黄冠矣。

太华之山，悬崖之巅，有松可荫，有地可蔬，有泉可汲，不税于官，不隶于宫观之籍。华下之人或助之材，以创是庵而居之。有屋三楹，东向以迎日出。

余尝一宿其庵。开户而望，大河之东，雷首之山⑥苍然突兀，伯夷叔齐之所采薇而饿者，若揖让乎其间，固范君之所慕而为之者也。自是而东，则汾之一曲，绵上之山出没于云烟之表，如将见之，介子推之从晋公子，既反国而隐焉，又范君之所有志而不遂者也。又自是而东，太行、碣石之间，宫阙山陵之所在，去之茫茫，而极望之不可见矣，相与泫然。

作此记，留之山中。后之君子登斯山者，无忘范君之志也。

【注　释】

①《复庵记》：复庵，明朝太监范养民于明灭亡之后隐居华山时所建造的居室。顾炎武曾于登游华山时寄宿于此，故有此记。②顾炎武（1613—1682）：原名绛，字宁人，号亭林，昆山（今江苏省昆山市）人。生于官宦之家，十四岁时参加当时的政治性学术社团“复社”。1654年5月，清兵攻陷南明都城南京，顾炎武先后参加了苏州起义和昆山保卫战。失败后背井离乡，流浪四方，希望有机会实现复明大计。他两次拒绝清廷招聘，直到晚年定居华阴，恢复之志不减。他在文、史、哲、考古等方面均有建树，是清初大学者，著有《日知录》、《亭林诗文集》等。③中涓：太监，原意为宫中主持洒扫之事。④东宫伴读：东宫，太子所居之宫，亦指太子。伴读，官名，负责王室子弟教育之事。⑤尽厥职：尽其保护之职责。厥：义同“其”。⑥雷首之山：首阳山，在今山西省永济市南，是中条山的南端。相传伯夷、叔齐反对武王伐纣，不食周粟，入首阳山采薇而食，终于饿死葬于山上。今尚存夷齐墓。

【赏　析】

顾炎武是一位政治倾向极强的学者，尽管在写《复庵记》

时，清朝江山已定，但文中所暗含的故国之思和复明之志还是很明晰的，这与他终生的奋斗目标和日常言行很吻合。由于清初严格的文字禁锢，整篇文章写得比较隐晦，通过复庵的创建过程和作者临庵瞻望的感慨，赞扬了前朝遗老范养民的气节，以此抒发自己对故国的怀念。

文章在写作上主要有三个特点：

一是笔调曲折、用意深邃。这与顾炎武当时所处的政治环境相关，读完全文，读者就能深切体会到，作者对前朝遗民范养民是无限同情并赞赏备至的，范养民的情志，就是作者本人的情志。复庵不过是个话头，范君主要是寄情言志的载体，而真正要表达的是故国之思和复国之志。所以，作者写"大河之东"的雷首山，写"自是而东"的绵山，与"又自是而东"的太行、碣石，无不是上述深邃用意的抒发。当然，关于伯夷、叔齐的迂腐，本不值得如此称赞，但文中主要是借此典故以达到抒情言志的目的，作者所切入这一典故的点是很明确的，意在不食周粟，而不在对事情性质的辨析上。

二是记述、抒情和议论圆融一体，相互依托，突出了主题。文章的前半部分以叙事为主，主要是介绍复庵的营建和庵主的经历。从"开户而望"进入联想式的写景和反思式的抒情，遥望眼前、回想过去，终于"相与泫然"，无限的思绪，汇成了挚情的波澜，文章到这里，情、景、事、理奔涌交汇，形成了全文的高潮，前半部分的叙事到这也找到了归宿，为结语"无忘范君之志也"作了充分的铺垫。因此，这最后一句，既是对后来登斯山者的企望，也是对自己的激励，意味深远。

三是简洁明快，层次清晰，短短四五百字，不仅记叙了复庵和范君的诸多事迹，还回顾历史、思虑当时、勉励后人。交代清晰、述说简明，很有条理性和层次感。如从"大河之东"到"自是而东"再到"又自是而东"不仅仅是一种视线的延伸，更是一种思绪的飞动，而这一切都很有层次，由近及远，暗合人们眺望的规律和思绪的演进，使抒情的高潮很自然地凸现出来。这都体现出作者深厚的艺术功力和良好的审美素养。

柳敬亭传①

黄宗羲②

余读《东京梦华录》③、《武林旧事》④，记当时演史小说者数十人。自此以来，其姓名不可得闻。乃近年共称柳敬亭之说书。

柳敬亭者，扬之泰州人。本姓曹。年十五，犷悍无赖，犯法当死，变姓柳，之盱眙⑤市中为人说书，已能倾动其市人。久之，过江，云间⑥有儒生莫后光见之，曰："此子机变，可使以其技鸣。"于是谓之曰："说书虽小技，然必句性情⑦，习方俗，如优孟摇头而歌⑧，而后可以得志。"敬亭退而凝神定气，简练揣摩⑨，期月⑩而诣莫生。生曰："子之说，能使人欢咍嗢噱⑪矣。"又期月，生曰："子之说，能使人慷慨涕泣矣。"又期月，生喟然曰："子言未发而哀乐具乎其前，使人之性情不能自主，盖进乎技矣⑫。"由是之扬，之杭，之金陵，名达于缙绅⑬间。华堂旅会，闲亭独坐，争延之使奏其技，无不当于心称善也。

宁南⑭南下，皖帅⑮欲结欢宁南，致敬亭于幕府。宁南以为相见之晚，使参机密。军中亦不敢以说书目敬亭。宁南不知书⑯，所有文檄，幕下儒生设意修词，援古证今，极力为之，宁南皆不悦。而敬亭耳剽口熟，从委巷活套中来者，无不与宁南意合。尝奉命至金陵，是时朝中皆畏宁南，闻其使人来，莫不倾动加礼，宰执⑰以下俱使之南面上坐，称柳将军，敬亭亦无所不安也。其市井小人昔与敬亭尔汝者，从道旁私语："此故吾侪同说书者也，今富贵若此！"

亡何国变，宁南死。敬亭丧失其资略尽，贫困如故时，始复上街头理其故业。敬亭既在军中久，其豪猾大侠、杀人亡命、流离遇合、破家失国之事，无不身亲见之，且五方土音，乡俗好尚，习见习闻，每发一声，使人闻之，或如刀剑铁骑，飒然浮空，或如风号雨泣，鸟悲兽骇，亡国之恨顿生，檀板之声无色⑱，有非莫生之言可尽者矣。

马帅镇松时，敬亭亦出其门下，然不过以倡优遇之。钱牧斋⑲尝谓人曰："柳敬亭何所优长？"人曰："说书。"牧斋曰："非也；其长在尺牍耳！"盖敬亭极喜写书调文，别字满纸，故牧斋以此谐之。嗟乎！宁南身为大将，而以倡优为腹心，其所授摄官，皆市井若己者，不亡何待乎？

【注　释】

①《柳敬亭传》：清初著名诗人吴伟业曾作《柳敬亭传》，侧重记述柳敬亭的政治生涯。本文是在吴文的基础上改写的，主要展示了柳敬亭学习说书的经历及其造诣。柳敬亭（1587—1670）：泰州（今江苏泰州市）人。本姓曹，名逢春，字敬亭，因逃避追捕改姓柳。十八岁始学说书，在苏杭、扬州及南京一带名声大噪，擅说《水浒》、《隋唐》等，他善于把亲身经历和社会现实融汇在书中，造诣极高。他曾在明将左良玉府中供事，也与诸多文人名士交往极深。②黄宗羲（1610—1695）：明清之际思想家，

史学家。字太冲，号南雷。浙江余姚人。代表性著作有《宋元学案》、《明儒学案》、《明夷待访录》、《南雷文案》等。③《东京梦华录》：南宋孟元老撰，书中多记载北宋东京汴梁（今开封市）的市井生活及风物人情，颇有史料价值。④《武林旧事》：南宋周密撰，主要记述南宋都城临安（即武林，今杭州市）的见闻。⑤盱眙（xū yì）：县名，在江苏省。⑥云间：松江府的别称，治所在今上海市松江区。⑦句：读作（gōu），勾画、描摹之意。⑧优孟：春秋时期楚国艺人。据《史记·滑稽列传》记载，楚国宰相孙叔敖去世，其子穷得拾草。孟优穿着孙叔敖的衣冠，模仿其神态为楚王祝寿。楚王大惊，孟优接着用歌唱来诉说孙叔敖的廉洁清政和目前妻儿的穷困现状，楚王受感动，封赏了孙叔敖的儿子。⑨简练：简，有所取舍、选择。精心演练，反复捉摸。⑩期月：期（jī），一周年、一整月。期月即指一月。⑪欢咍嗢噱：欢咍（hāi），欢快。嗢噱（wā jué），大笑不止。⑫进：超过。进乎技矣，超出一般的技艺，这里指出神入化。⑬缙绅：官宦。⑭宁南：明将左良玉，以作战骁勇受朝廷重用，南下驻武昌，封宁南伯。南明福王时进封宁南侯。⑮皖帅：当时驻安徽守将杜宏域。⑯不知书：没读过书，没文化。⑰宰执：宰相或位同宰相的高官。⑱檀板：檀木制的拍板。檀板之声指伴奏的乐声。⑲钱牧斋：清初文学家钱谦益，号牧斋。明末为官，后失节降清。

【赏　析】

柳敬亭为中国历史上说书艺术的一代宗师，记载其事迹，叙述其绝技的文章不少，像前面介绍过的吴伟业的《柳敬亭传》，明末著名散文家张岱有《柳敬亭说书》，陈汝衡还有《说书艺人柳敬亭》，这些都说明柳敬亭在中国说书艺坛上的地位和影响。其实，柳敬亭在艺坛上的成就也不是轻而易举就取得的，他先是犯法外逃，生存所迫，才走上了说书的道路；其次是旁听默学、自悟成才；第三是得到了莫先生的指点和热情帮助；最后是他经历了大红大紫、浮华显贵，也经历了国破家亡、流落街头，再加之走南闯北熟知各地风土民情和方言俗语，为他的创作和表演提供了丰厚的生活营养；最后是柳敬亭本人的聪慧和长期的努力，终于使一代宗师应运而生。作者通过柳敬亭的人生和艺术之路，形象地说明"宝剑锋从磨砺出，梅花香自苦寒来"，无论是人生还是艺术，生活本身就是最好的老师。

在艺术上，本文有三方面的特点：

第一是叙事的简练。全文不过千余字，却把柳敬亭一生的经历和高超的艺术造诣清晰地展示出来。尤其是写柳敬亭刚出道时，得到莫先生的指教，先是"退而凝神定气，简练揣摩"接着是"期月而诣莫生"得到评价和指点后"又期月"便更上新台阶，短短几句话，就把柳敬亭艺术上精进历程表现出来。

第二是选材取舍得当。故事全篇都是围绕柳敬亭人生变迁和艺术精进展开的，作者善于在这两条线的交织中来取舍组织素材，写人生经历的变化蕴含着艺术进取的前提；而写艺术造诣的提高又预示着他人生道路的新变化。这样写一方面使柳敬亭的人生和艺术两条线索的材料相得益彰，相互辉映；另一方面也客观上剪去了不必要的材料枝蔓，使整篇文章简洁而又不至于单薄。

第三是语言形象生动、富于感染力。这突出表现在对柳敬亭说书艺术效果的描述上："每发一声，使人闻之，或如刀剑铁骑，飒然浮空；或如风号雨泣，鸟悲兽骇。亡国之恨顿生，檀板之声无色……"短短几句话，不仅表现了柳敬亭说书的艺术风格和特色，也形象地展示出其艺术魅力的动人效果。"亡国之恨顿生"六个字，也暗示出柳敬亭说书的主要内容，这或许也是他能引发共鸣的基本原因。

芋老人传

周 容①

芋老人者，慈水祝渡②人也。子佣出③，独与妪居渡口。一日，有书生避雨檐下，衣湿袖单，影乃益瘦。老人延入坐，知从郡城就童子试④归。老人略知书，与语久，命妪煮芋以进；尽一器，再进。生为之饱，笑曰："他日不忘老人芋也。"雨止，别去。

十余年，书生用甲第为相国⑤。偶命厨者进芋，辍箸叹曰："何向者祝渡老人之芋之香而甘也！"使人访其夫妇，载以来。丞、尉⑥闻之，谓老人与相国有旧⑦，邀见，讲均礼⑧。子不佣矣。至京，相国慰劳曰："不忘老人芋，今乃烦尔妪一煮芋也。"已而妪煮芋进，相国亦辍箸曰："何向者之香而甘也！"

老人前曰："犹是芋也，而向之香而甘者，非调和之有异时、位之移人也。相公昔自郡城走数十里，困于雨，不择食矣；今者堂有炼珍⑨，朝分尚食⑩，张筵列鼎⑪，尚何芋是甘乎？老人犹喜相公之止于芋也。老人老矣，所闻实多：村南有夫妇守贫者，织纺井臼⑫，佐读勤苦；幸获名成，遂宠姿媵，弃其妇，致郁郁死。是芋视乃妇也。城东有甲乙同学者，一砚、一灯、一窗、一榻，晨起不辨衣履；乙先得举，登仕路，闻甲落魄，笑不顾，交以绝。是芋视乃友也。更闻谁氏子⑬，读书时，愿他日得志，廉干如古人某，忠孝如古人某；及为吏，以污贿不饬⑭罢，是芋视乃学也。是犹可言也。老人邻有西塾，闻其师为弟子说前代事，有将、相，有卿、尹⑮，有刺史、守、令⑯，或绾黄纡紫⑰，或揽辔襄帷⑱，一旦事变中起，衅孽外乘⑲，辄屈膝叩首迎款⑳，惟恐或后，竟以宗庙、社稷、身名、君宠，无不同于芋焉。然则世之以今日而忘其昔日者，岂独一箸间哉！"

老人语未毕，相国遽惊谢曰："老人知道者！"厚资而遣之。于是芋老人之名大著。

赞曰：老人能于倾盖不意㉑，作缘㉒相国，奇已！不知相国何似，能不愧老人之言否。然就其不忘一芋，固已贤夫并老人而芋视之者。特怪老人虽知书，又何长于言至是，岂果知道者欤？或传闻之过实耶？嗟夫！天下有缙绅士大夫所不能言，而野老鄙夫能言之者，往往而然。

【注　释】

①周容（1619—1679）：字茂三，浙江鄞州区（今浙江宁波市）人。明末考取秀才，明亡后削发为僧，后还俗，放荡山水，吟诗作文。清廷招揽人才，朝臣争相推荐周容，他以死相辞，著有《春酒堂诗集》和《春酒堂文集》。芋老人，是一位以吃芋头为喻阐明人生哲理而著名的老人，真实姓名无可考。②慈水祝渡：浙江慈溪市祝家渡。③佣出：在外面当雇工。④童子试：科举中录取秀才的考试，童子亦称童生。⑤甲第：考试第一。第，科举及格的等次。⑥丞、尉：县长的属官。⑦旧：原来的友谊，老交情。⑧均礼：平等之礼。与尊卑之礼相反。⑨炼珍：精美的食物。⑩尚食：皇帝的食品。⑪鼎：铜制三足烹煮炊具，为贵族所用。则鼎意为用鼎排列，极言筵席的丰盛豪华。⑫井臼：皆为动词。井，打水。臼，舂米。⑬谁氏子：谁家的儿子，不定指。⑭不饬：行为出格、做事不轨。⑮将相卿尹：朝内各级官员，这里是泛指。⑯刺史守令：地方各级官员，泛指地方官。⑰绾黄纡紫：绾（wǎn），系。黄，金印。纡，结。紫，紫绶。泛指

达官贵人的装饰。⑱揽辔褰帷：辔（pèi），马缰。褰（qiǎn），揭起。形容达官贵人在众人面前的气派。⑲衅孽外乘：衅孽，灾祸。外乘，指从外面加身。⑳迎款：降服归顺。㉑倾盖不意：倾盖，原指两车道上相遇，车盖倾斜，凑近说话的情景，以形容新朋相知、一见如故。不意，无意中，毫无在意。㉒作缘：交结。

【赏　析】

本文是一篇虚拟的传记，作者主要是想借芋老人与相国这段奇特的经历，来谴责"时位移人"的不良现象。由此看来，这其实是一篇设计精巧的讽刺小品，作者通过芋老人之口，鞭挞了那些"以今日而忘其昔日"的小人，也表达自己鄙视虚伪、厌恶趋炎附势的人格和良知。大家常说某些人"好了伤疤忘了痛"或是某领导"官升脾气长"，这都是生活中很普遍的现象，这正是说明在官位、金钱和势力面前，人们很容易丧失质朴的人格，成为虚荣和庸俗的俘虏。

从表面上看，"时位移人"是很正常的，人的身份、地位和处境的变化，必然会带来意识、情感和作风的变化，这本无可厚非。但是如果在这种变化中丧失的是那些人性中最美好的东西、最珍贵的东西、最质朴的东西，那就很可悲了。文章也从反面告诉人们，越是条件好了、地位高了，人越应该注意完善自己的人格，提高自己的修养，否则就很容易蜕化变质，滋生出人性中恶的毒瘤，成为故事中所讲的那四种小人。

在艺术上，本文有两点值得注意：

一是以小见大。用生活小事，说明人生的大道理。作者自始至终一直围绕着芋头来展开人物的时运起伏，芋头就像一个道具，而这个道具竟是如此平凡渺小，正是由此，芋头引出的人生大道理与芋头本身形成巨大的反差，使读者产生由日常平凡深入人生至理的感悟。其实，秀才与芋老人的奇缘，不过是人生的巧合，两次吃芋头更是小事一桩，而经芋老人一分析"以今日而忘昔日"的丑态令人震惊，对发妻的忘恩背德、对挚友的少仁寡义、学业上的丧志失节、对社稷的不诚不忠，从个人德行的卑陋到社会人生的痼疾，层层深入，步步升级，直到我们看清了由两次吃芋的感觉不同所发掘出来的"时位移人"的至理，这是一般文章中很少见的。

二是文章记叙议论相结合，表面上看是以叙述故事为主，而全篇的思路都如一篇论述文章逻辑严谨。作者由个别事实的叙述（第一、二段），引出对事理的阐发（第三段），进而根据事理，揭示出具有普遍意义的人生和社会现象（第三段的后半部分），以相国闻之颇受感动而厚赏芋老人结束全篇（第四段），最后仿史传体之赞语，对所叙述的主人公和事件表示感叹（第五段）。叙事释理，层层递进，故事的发展与道理的深入，转接自然。在一个虚构的真实故事中，阐释了一种普遍社会现象背后的人生哲理，既朴实自然，又极富人情味，表现出强烈的抨击、嘲讽和警世的用意。

李姬传①

侯方域②

李姬者名香，母曰贞丽。贞丽有侠气，尝一夜博，输千金立尽。所交接皆当世豪杰，尤与阳羡陈贞慧③善也。姬为其养女，亦侠而慧，略知书，能辨别士大夫贤否，张学士溥④、夏吏部允彝⑤亟称之。少，风调皎爽不群；十三岁，从吴人周如松受歌玉茗堂四传奇⑥，皆能尽其音节。尤工琵琶词⑦，然不轻发也。

雪苑侯生⑧，己卯来金陵，与相识。姬尝邀侯生为诗，而自歌以偿之。初，皖人阮大铖者，以阿附魏忠贤论城旦⑨，屏居⑩金陵，为清议⑪所斥。阳羡陈贞慧、贵池⑫吴应箕实首其事，持之力。大铖不得已，欲侯生为解之，乃假所善王将军，日载酒食与侯生游⑬。姬曰："王将军贫，非结客者，公子盍叩之？"侯生三问，将军乃屏人述大铖意。姬私语侯生曰："妾少从假母识阳羡君，其人有高义，闻吴君尤铮铮。今皆与公子善，奈何以阮公负至交乎？且以公子之世望⑭，安事阮公！公子读万卷书，所见岂后于贱妾耶？"侯生大呼称善，醉而卧。王将军者殊怏怏⑮，因辞去，不复通。

未几，侯生下第⑯。姬置酒桃叶渡⑰，歌琵琶词以送之，曰："公子才名文藻，雅不减中郎⑱。中郎学不补行⑲，今琵琶所传词固妄，然尝昵董卓，不可掩也。公子豪迈不羁，又失意，此去相见未可期，愿终自爱，无忘妾所歌琵琶词也！妾亦不复歌矣！"

侯生去后，而故开府田仰者⑳，以金三百锾㉑，邀姬一见。姬固却之。开府惭且怒，且有以中伤姬。姬叹曰："田公岂异于阮公乎？吾向之所赞于侯公子者谓何？今乃利其金而赴之，是妾卖公子矣！"卒不往。

【注　释】

①《李姬传》：本文描绘了李香君，虽然沦落风尘，却不慕名利，不屈服于权势，对政治是非有清醒认识的秦淮歌妓形象。李姬：李香，又称香君，是清代名妓。②侯方域（1618—1655）：明末清初文学家。字朝宗，

河南商丘人。明末与方以智、陈贞慧、冒襄齐名，称"四公子"。入清后曾应河南乡试，中副榜。能诗文。著有《壮悔堂文集》、《四忆堂诗集》等。③阳羡：江苏宜兴的古称。陈贞慧：即陈定生，宜兴（今属江苏）人。复社四公子之一，曾与吴应箕等抨击阉党余孽阮大铖等。明亡，隐居不出。④张学士溥：即张溥，明末文学家，字天如，号西铭，太仓（今属江苏）人。崇祯进士，授庶吉士，故尊称为学士。⑤夏吏部允彝：夏允彝。曾在吏部任职，故称为吏部。字彝仲，江苏松江（今属上海）人。明末参加抗清斗争，被俘后自杀。⑥周如松：即当时昆曲家苏昆生。原籍河南，长期住在无锡。无锡古代属吴国，故称吴人。玉茗堂：汤显祖书斋名。四传奇：指汤显祖的代表作《牡丹亭》、《紫钗记》、《南柯记》、《邯郸记》。⑦琵琶词：指明初高则诚作《琵琶记》的曲辞。⑧雪苑侯生：侯生是侯方域自称。雪苑，侯方域自号雪苑。⑨阮大铖：字集之，号圆海、石巢、百子山樵。怀宁人。万历十四年进士。曾任吏科给事中，后附权阉魏忠贤，名列逆案，废斥十七年。明福王立，附马士英，同领朝政，官至尚书。清兵破金华，大铖乞降。旋又与士英等密疏请唐王出关，己为内应。事泄知不免，投崖死，明史入《奸臣传》。阿附：附和，迎合。论城旦：论，判罪。城旦，秦、汉时的一种刑罚，白天防寇，夜晚筑长城，以四年为期。此处指阮大铖在崇祯初年阉党败后名列逆案，被革职。⑩屏居：退居，隐居。⑪清议：公正的评论。旧时指名流对当代朝政或官吏的批评。⑫贵池：地名，今属安徽省。吴应箕：明文学家。字次尾，贵池人。崇祯贡生，曾参加复社。清兵破南京后，曾参加抗清军事活动，被执，不屈死。有《楼山堂集》、《读书止观录》。⑬游：交往。⑭世望：世家望族。世家，世代显贵之家；望族，有声望的世家大族。⑮怏怏：因不平或不满而郁郁不乐。⑯下第：科考未中。此指参加应天乡试。⑰桃叶渡：在南京城内秦淮河与清溪合流处。相传东晋王献之曾在此送他的爱妾桃叶渡河，故得名。⑱中郎：指东汉蔡邕。邕曾官左中郎将，所以称其为"中郎"，为《琵琶记》中男主角。⑲学不补行：学识虽好却不能弥补品行上的缺陷。⑳开府：明清时称各地的督抚。田仰：弘光时为淮南巡抚，马士英的亲戚。㉑锾（huán）：古代重量单位。一锾为十一铢强。一说一锾为六两。

【赏　析】

　　侯方域和李香君的爱情故事，因为《桃花扇》的名气，至今广为流传。而李香君的故事，由侯方域来写，自然是最恰当不过了，本文不仅成为秦淮歌妓、侠女事迹的可靠史料，也为我们塑造了一位不追逐名利、不屈服强权，虽沦入风尘却深明大义的歌妓形象。

　　全文有四个自然段，第一段介绍李姬的身世及才艺。第二、三段写李姬一生中最光彩，甚至可以说在几千年的风尘女子中最值得称道的事——义却阮大铖。第四段写李姬拒绝田仰的重利诱惑，锦上添花地证明了自己的人格。

　　阮大铖拉拢侯方域是有其政治用心的，此时由于魏忠贤事败，阮也降为平民，但他贼心不死，想通过侯方域消除他在政治上东山再起的阻力，而这一切则被李姬一眼识破。文章写李姬一番调查后对侯方域义正辞切的规劝，使侯生豁然猛醒"大呼称善"。由此看出，李姬虽为一风尘女子，但眼光和为人都绝不落风尘，更超乎常人，可谓浩然正气凛然不可犯。接下来写侯生应举落第，李姬于桃叶渡置酒相送。这一段可谓声情并茂，突出展示了李姬人格中的两个价值取向：其一是重情义，早在第一段中就已告诉读者，李姬"尤工琵琶词，然不轻发"。而此次桃叶渡送行，李姬临别，以《琵琶记》相赠，愿侯生"无忘妾所歌琵琶词也"并一发之后再不复歌，爱之深、情之浓，令人感动。其二是重人格，爱人以德，这对风尘女子来说，尤为难能可贵。李姬的一席话很值得回味："公子才名文藻，雅不减中郎。中郎学不补行，今琵琶所传词固妄，然尝昵董卓，不可掩也。公子豪迈不羁，又失意，比去相见未可期，愿终自爱"，其中期待，其中勉励，其中追求，天地可鉴，光照千秋。

在艺术上，《李姬传》有两点很出色：一是选材上，李香君一生可歌可泣之事很多，但侯方域仅选择了三件事：义却阮大铖；桃叶渡置酒歌琵琶词送公子；拒绝田仰的利诱和威逼。从选材上看很可以展示李姬才德并茂，情深义重的德行和人格。在记述中也写得集中凝练，毫无枝蔓，体现出语言艺术的含蓄简洁美。尤其是写李姬的言谈，既能展示李姬的文化水平，又不显得过分，分寸感很强。二是寓情于事，委婉含蓄。侯方域是怀着怎样的深情来写这些文字，现在已不得而知，但从字里行间可以清晰地感受到他对李姬的敬佩爱慕和眷恋。从某种意义上讲，李姬的情文、德才都是从侯生笔下涓涓流出的追忆，而且这种追忆，既是现实世界中的，也是感情世界中的，只是作者用冷静的笔法含蓄委婉地表现出来。另一方面，侯方域后来的失节是对李姬的辜负，他能如此客观展示李姬的风采，本身就含有自愧和内疚，含有剪不断的款款深情，这恐怕是其他传记文学所很难企及的。

大铁椎传①

魏　禧②

庚戌十一月，予自广陵③归，与陈子灿④同舟。子灿年二十八，好武事，予授以左氏兵谋兵法⑤，因问："数游南北，逢异人乎？"子灿为述大铁椎，作《大铁椎传》。

大铁椎，不知何许人，北平陈子灿省兄河南，与遇宋将军家。宋，怀庆⑥青华镇人，工技击⑦，七省好事者皆来学，人以其雄健，呼宋将军云。宋弟子高信之，亦怀庆人，多力善射，长子灿七岁，少同学，故尝与过⑧宋将军。

时座上有健啖客，貌甚寝⑨，右胁夹大铁椎，重四五十斤，饮食拱揖不暂去。柄铁折叠环复，如锁上练，引之长丈许。与人罕言语，语类楚声⑩。扣其乡及姓字，皆不答。

既同寝，夜半，客曰："吾去矣！"言讫不见。子灿见窗户皆闭，惊问信之。信之曰："客初至，不冠不袜，以蓝手巾裹头，足缠白布，大铁椎外，一物无所持，而腰多白金。吾与将军俱不敢问也。"子灿寐而醒，客则鼾睡炕上矣。

一日，辞宋将军曰："吾始闻汝名，以为豪，然皆不足用。吾去矣！"将军强留之，乃曰："吾数击杀响马贼，夺其物，故仇我。久居，祸且及汝。今夜半，方期我决斗某所。"宋将军欣然曰："吾骑马挟矢以助战。"客曰："止！贼能且众，吾欲护汝，则不快吾意。"宋将军故自负，且欲观客所为，力请客，客不得已，与偕行。将至斗处，送将军登空堡上，曰："但观之，慎弗声，令贼知也。"

时鸡鸣月落，星光照旷野，百步见人。客驰下，吹觱篥⑪数声。顷之，贼二十余骑四面集，步行负弓矢从者百许人。一贼提刀突奔客，客大呼挥椎，贼应声落马，马首裂。众贼环而进，客奋椎左右击，人马仆地，杀三十许人。宋将军屏息观之，股栗⑫欲堕。忽闻客大呼曰："吾去矣。"尘滚滚东向驰去。后遂不复至。

魏禧论曰：子房得力士，椎秦皇帝博浪沙中⑬，大铁椎其人与？天生异人，必有所用之。予读陈同甫《中兴遗传》⑭，豪俊侠烈魁奇之士，泯泯然不见功名于世者又何多也？岂天之生才不必为人用与？抑用之自有时与？子灿遇大铁椎为壬寅岁，视其貌当年三十，然则大铁椎今四十耳。

子灿又尝见其写市物帖子，甚工楷书也。

【注　释】

①大铁椎：代称一位不知姓名的侠义人物。椎，同锤和链。②魏禧（1624—1681）：字冰叔，又字叔字，宁都（今江西省宁都县）人。生活于清初。明亡后，魏禧深怀亡国之痛，于是隐居家乡翠微峰，设堂讲学，授徒著述，绝意仕进，是当时著名的散文家。③广陵：今江苏省扬州市。④陈子灿：作者友人，事迹不详。⑤左氏兵谋兵法：指《左传》，因《左传》又名《左氏春秋》，其中多有军事谋略和战略攻防的文字。⑥怀庆：怀庆府，治所在今河南省沁阳市。⑦技击：原指战国时训练有素的兵士，后指搏击术、武术。⑧马过：一同拜访。⑨寝：丑。⑩楚声：两湖一带方音。⑪觱篥（bì lì）：笳管，一种号角类乐器。产生于西域地区，后传入内地。⑫股栗：两腿发抖、打颤。⑬"子房"二句：子房，汉初政治家张良的字。其先世为韩国人，秦灭韩后，他以全部家产求人刺秦王。得力士，造铁椎百二十斤，秦王东游至博浪沙（今河南省武阳县境）时，遭袭击，未中。事见《史记·留侯世家》。⑭陈同甫：陈亮，字同甫，南宋词人。所著《中兴遗传》是一部为南宋忠臣、名将及豪侠之士所做的传记。

【赏　析】

《大铁椎传》是一篇文学传记，作者用生动的语言，传奇般的情节塑造了一个民间侠士的形象。从这个人物和故事中，作者也表达了自己不被世用的感慨和希望离去的理想。

从内容看，全文八个自然段，可分为三个部分：第一自然段，是第一部分，它点明了本文写作的缘起和故事的由来，算是一个引子。第二至第六自然段是文章的主体，主要是记载大铁椎的传奇故事。其中最精彩的重头戏是第六自然段，着力展示大铁椎的神勇和绝技，这一节写得绘声绘色、精妙传神。先是交代时间地点："鸡鸣月落，星光照旷野"，渲染一种搏杀前的清冷肃穆，接下来便是一场惊心动魄的鏖战，"贼二十余骑四面集，步行负弓矢从者百许人"，面对大敌逼近，大铁椎挥动威力奇神的铁椎，众强盗是"应声落马"、"人马仆地"；此时作者笔锋一转，通过一向自负的宋将军的表现从反面烘托搏杀的惨烈，此时的宋将军是大惊失色，两腿战栗、摇摇欲坠；最后，随着一声大呼"吾去矣"，只见"尘滚滚东向驰去"戛然而止。作者似把这充满寓意的场景永远定格在读者的记忆中，这种泼墨大写意手法，痛快淋漓地展示了大铁椎的豪侠勇武，跃动着强烈的临场感。毫无疑问，这里充满了作者的艺术创造和审美理想。"不足用"，"吾去矣"是大铁椎最常说的一句话，本文中三次出现"吾去矣"，可见作者是有用意的。第七第八自然段是全文的第三部分，所谓"论曰"是史传文学的惯例，但作者在这里结合天生我才是否有用，大发了一通议论，这无疑与作者当时的境遇和精神状态息息相关。作本文时，魏禧四十七岁，由于明亡后隐居不仕，生命在渐渐流失，作者一方面流露出对社会现状的不满，一方面也对怀才不遇感到愤懑。所以，在全文的末尾又加了一句"甚工楷书也"，说明大铁椎不仅武艺超群，而且文才出众，即使如此，"吾去矣""后遂不复至"。其中含义不言自明。

这篇传记在刻画人物方面极具魅力，把正面描述和侧面烘托相交织，宏观勾勒与细节刻画相结合，使大铁椎这个形象活灵活现地跃动在读者的脑海里，显示出作者圆熟的叙事技巧和高超的描绘功力。魏禧论文，强调"积理"和"练识"，前者注重体察生活，提高对社会的认识，后者倡导在积理的前提下，提炼出超凡的创意，形成过人的胆识，而《大铁椎传》一文，能充分地体现出作者的论文主张，也是他散文创作的代表性作品。

芙蕖①

李 渔②

芙蕖与草本诸花似觉稍异，然有根无树，一岁一生，其性同也，谱云："产于水者曰草芙蓉，产于陆者曰旱莲。"则谓非草本不得矣。予夏季倚此为命者③，非故效颦于茂叔而袭成说于前人也。④以芙蕖之可人，其事不一而足，请备述之。

群葩当令时，只在花开之数日，前此后此皆属过而不问之秋矣。芙蕖则不然，自荷钱出水之日，便为点缀绿波。及其茎叶既生，则又日高日上，日上日妍。有风既作飘摇之态，无风亦呈袅娜之姿，是我于花之未开，先享无穷逸致矣。迨至菡萏⑤成花，娇姿欲滴，后先相继，自夏徂秋，此则在花为分内之事，在人为应得之资者也。及花之既谢，亦可告无罪于主人矣，乃复蒂下生蓬，蓬中结实，亭亭独立，犹似未开之花，与翠叶并擎，不至白露为霜而能事不已。此皆言其可目者也。

可鼻，则有荷叶之清香，荷花之异馥，避暑而暑为之退，纳凉而凉逐之生。

至其可人之口者，则莲实与藕皆并列盘餐而互芬齿颊者也。

只有霜中败叶，零落难堪，似在弃物矣，乃摘而藏之，又备经年裹物之用。

是芙蕖也者，无一时一刻不适耳目之观，无一物一丝不备家常之用者也。有五谷之实而不有其名，兼百花之长而各去其短，种植之利有大于此者乎？

予四命之中，此命为最。无如酷好一生，竟不得半亩方塘为安身立命之地。仅凿斗大一池，植数茎以塞责，又时病其漏⑥，望天乞水以救之，殆所谓不善养生而草菅其命者哉。

【注　释】

①芙蕖：荷花，又名莲花、芙蓉。②李渔（1611—1679）：字笠鸿，号笠翁，明末兰溪（今浙江省兰溪市）人。清代著名戏曲理论家和作家。本文选自其《闲情偶寄》一书。③倚此为命：依靠芙蕖生存。④茂叔：即周敦颐，著有《爱莲说》。袭成说，即沿袭固有的说法。⑤菡萏（hàn dàn）：荷花的花苞。⑥病：担忧、担心。

【赏　析】

这是一篇写法独特的说明文，堪称与北宋周敦颐的《爱莲说》相媲美。其宗旨在于说明荷花具有的种种优点和它的栽种价值。

文章共分三个部分：第一部分简述荷花的属性。第二部分叙述荷花可人的品性，阐述其种植的价值。第三部分表达作者对荷花的酷爱，感叹自己缺乏种植条件。

在艺术上，本文一是围绕中心，从视觉、嗅觉、味觉及日用四个方面作具体说明，条理明晰、层次清楚。二是在荷花的诸品性中，作者并未平均使用笔墨，在剪裁布局上，做到了详略得当。比如在"可目"的一面，按荷花的生长阶段，细致说明，充分展示荷花的价值；而在另几个方面，就简明扼要，说明即可。这样从总体上看，荷花的主要特点被突出了出来，其他的品性也得到了恰到好处的说明，既完成了"叙述"，也不至于使人感到啰嗦。另外，本文语言简洁明晰而又富于情感，不仅使读者感受到语言的精致，也体悟到作者那份幽深的人格寄托，平实之中不乏美好的启示。

左忠毅公逸事①

方　苞②

先君子尝言③，乡先辈左忠毅公视学京畿④。一日，风雪严寒，从数骑出微行⑤，入古寺。庑下一生伏案卧，文方成草。公阅毕，即解貂覆生，为掩户；叩之寺僧，则史公可法也⑥。及试，吏呼名至史公，公瞿然注视⑦；呈卷，即面署第一。召入，使拜夫人，曰："吾诸儿碌碌，他日继吾志事，惟此生耳。"

及左公下厂狱，史朝夕狱门外。逆阉⑧防伺甚严，虽家仆不得近。久之，闻左公被炮烙⑨，且夕且死。持五十金，涕泣谋于禁卒。卒感焉。一日，使史更敝衣草屦，背筐，手长镵，为除不洁者，引入，微指左公处。则席地倚墙而坐，面额焦烂不可辨，左膝以下，筋骨尽脱矣。史前跪，抱公膝而呜咽。公辨其声而目不可开，乃奋臂以指拨眥，目光如炬，怒曰："庸奴！此何地也？而汝来前！国家之事糜烂至此。老夫已矣，汝复轻身而昧大义，天下事谁可支拄者！不速去，无俟奸人构陷⑩，吾今即扑杀汝！"

因摸地上刑械，作投击势。史噤不敢发声，趋而出。后常流涕述其事以语人，曰："吾师肺肝，皆铁石所铸造也！"

崇祯末，张献忠出没蕲、黄、潜、桐间。史公以凤庐道奉檄守御。每有警，辄数月不就寝，使壮士更休，而自坐幄幕外。择健卒十人，命二人蹲踞而背倚之，漏鼓移⑪，则番代。每寒夜起立，振衣裳，甲上冰霜迸落，铿然有声。或劝以少休，公曰："吾上恐负朝廷，下恐愧吾师也。"

史公治兵，往来桐城，必躬造左公第⑫，候太公、太母起居，拜夫人于堂上。

余宗⑬老涂山，左公甥也。与先君子善，谓狱中语，乃亲得之于史公云。

【注　释】

①左忠毅公：即左光斗（1575—1625），字遗直，明安徽桐城人。官至御史，不畏权贵，仗义执言。太监魏忠贤专权，左上书弹劾，因此受魏阉陷害，受酷刑，死在狱中。死后追谥忠毅，故名忠毅公。②方苞（1668—1749）：清散文家。字灵皋，号望溪。安徽桐城人。论文倡导"义法"，是桐城派散文的创始人。有《方望溪先生全集》。③先君子：对去世的父亲的敬称，这晨指方苞的父亲方仲舒。④京畿（jì）：京城及郊区。⑤微行：穿着平民的衣服出行。⑥史可法：明末民族英雄，字宪之，一字道邻，河南祥符（今开封市）人。清兵入关后，他任南明兵部尚书大学士。清兵南下，他到扬州督战，城陷殉难。⑦瞿（qū）：惊视貌。⑧逆阉：叛逆的太监，指魏忠贤。⑨炮烙：用烧红的铁来烧烤犯人的酷刑。⑩拘陷：陷害。⑪漏：用铜壶盛水滴漏来计时的计时器。⑫躬造左公第：躬敬造访左家。造，到。⑬宗：同一宗族。

【赏　析】

本文记述的是左光斗的两件逸事，一是对后辈史可法赏识和提拔；二是身陷囹圄，对史的激励和教诲。而贯串在这两件事中的，是左光斗以天下为己任的爱国精神和刚正不阿的高尚人格。

作为一篇人物杂记，本文在选材叙事上集中于两件事、两个人，左光斗的形象固然鲜明生动，而史可法的形象更是惟妙惟肖，如果我们把本文与后面全祖望的《梅花岭记》结合起来看，就可以有相得益彰的效果。人的一生中会有许多令人难忘的事情，但作者在选择这两件事时是独具匠心的，由此可以看出作者对文中两个历史人物的深刻理解。

本文在艺术上的成功首先表现在人物刻画上，前两个自然段重在展示左光斗的精神风貌和性格特征。尤其写寒天古寺发现史可法"即解貂覆生，为掩户"接下来是"吏呼名至史公，公瞿然注视"到后来是"呈卷，即面署第一"，把左公求贤若渴、选才独特都生动地展现在读者面前。而左公当着妻子的面赞扬史可法的那句话有画龙点睛之功，一方面说出了左公看人的政治眼光和深谋远虑；另一方面也为史可法的性格特征和精神境界定了基调。所以，下面写左公入狱后的宁折不弯、大义凛然与史可法的真诚忠厚、悲愤难言所形成的冲突，就很自然、水到渠成。左公怒斥史可法，甚至摸起地上的刑具"作投击势"，其实他心里明白，学生冒生命危险来探望自己，难能可贵。但左公对史可法有更高的要求，那就是成为国家济危救困的栋梁之材。因此，他骂走了史可法，有着更加深远的用意，这里对左、史两人性格的刻画又深化了一层。

第三、四自然段，作者的笔力落到史可法身上，实际上还是在进一步写左光斗，写他的遗志是否真的得到了继承。史可法的一句"吾上恐负朝廷，下恐愧吾师也"使读者实实在在地感受到左公后继有人了，左公的爱国精神和高尚人格还活在世上。文章的结尾，写史可法对恩师的尊敬、缅怀，又进一步展示了史可法的性格和人品，证实了左公选人用人的眼光。

本文在艺术上的另一个特点是语言生动形象、简洁精妙，传神之处令人叫绝。比如写左公与史可法在寒天古寺里的初次相遇；写师生在监狱中的会面，都是绝妙之笔。同时，方苞文笔历来以简劲传神而著称，而在本文中主要表现在叙事的简洁和人物对话的精妙上，作者善于把深邃的意蕴蕴含在简洁朴实的语言中，让读者在阅读中细细品味。比如史可法去狱中探望左公，左公"奋臂以指拨眥，目光如炬"中的"奋"字"炬"字，都很能展示人物的神态和性格，有强烈的艺术感染力。又比如前三个自然段的结语，都用左和史的原话，既用意深刻，又灵活自然，体现出作者圆润高超的艺术感觉。

金圣叹先生传[①]

廖　燕

先生金姓，采名，若采字，吴县诸生也。为人倜傥高奇，俯视一切。好饮酒，善衡文评书，议论皆发前人所未发。时有以讲学闻者，先生辄起而排之。于所居贯华堂设高座，召徒讲经，经名《圣自觉三昧》，稿本自携自阅，秘不示人。每升座开讲，声音洪亮，顾盼伟然。凡一切经史子集，笺疏训诂，与夫释道内外诸典，以及稗官野史、九彝八蛮之所记载②，无不供其齿颊。纵横颠倒，一以贯之，毫无剩义。座下缁白四众③，顶礼膜拜，叹未曾有。先生则拊掌自豪，虽向时学者闻之，攒眉浩叹，不顾也。

生平与王斫山交最善。斫山固侠者流，一日，以三千金与先生，曰："君以此权为子母④，母后仍归我，子则为君助灯火可乎？"先生应诺。甫越月，已挥霍殆尽，乃语斫山曰："此物在君家适增守财奴名，吾已为君遣之矣。"斫山一笑置之。

鼎革后⑤，绝意仕进，更名人瑞，字圣叹。除朋从谈笑外，惟兀坐贯华堂中，读书著述为务。或问"圣叹"二字何义。先生曰："《论语》有两'谓然叹曰'，在颜渊为'叹圣'，在'与点'则为'圣叹'。予其为点之流亚欤？"所评《离骚》、《南华》、《史记》、《杜诗》、《西厢》、《水浒》，以次序定为"六才子书"，俱别出手眼。尤喜讲《易》"乾""坤"两卦，多至十余万言。其余评论尚多，兹行者也，独《西厢》、《水浒》、《唐诗》、《制义》、《唱经堂杂评》诸刻本。

传先生解杜诗时，自言有人从梦中语云："诸诗皆可说，惟不可说《古诗十九首》。"先生遂以为戒。后因醉，纵谈"青青河畔草"一章。未几，遂罹惨祸。临刑叹曰："斫头最是苦事，不意于无意中得之。"先生没，效先生所评书，如长洲毛序始、徐而庵，武进吴见思、许庶庵为最著⑥，至今学者称焉。

曲江廖燕曰：予读先生所评书，领异标新，迥出意表，觉作者千百年来，至此始开生面。呜呼！何其贤哉！虽罹惨祸，而非其罪，君子伤之。而说文者谓文章妙秘，即天地妙秘，一旦发泄无余，不无犯鬼神所忌。则先生之祸，其亦有以致之欤？然画龙点睛，金针随度⑦，使天下后学，悉悟作文用笔墨法者，先生力也，又乌可少乎哉？其祸虽冤屈一时，而功实开拓万世，顾不伟耶？予过吴门，访先生故居，而莫知其处。因为诗吊之，并传其略如此云。

【注　释】

①金圣叹（1608—1661）：初名采，字若采，明朝灭亡后，更名人瑞，字圣叹。吴县（今属江苏）人。明末清初文学批评家。以《离骚》、《庄子》、《史记》、《杜诗》、《水浒》、《西厢》为"六才子书"，并对后两种进行了评点，对清代戏曲小说理论和批评有较大影响。作者廖燕（1644—1705），初名燕生，字人也，号柴舟，曲江（今广东韶关）人。清代文学家。著有《二十七松堂集》。②九彝八蛮：偏远蛮荒之地。③缁白：黑白。这里指僧人与尚没有取得功名的读书人。④子母：犹言本利。母为本钱，子为利息。⑤鼎革：指明清易代。⑥毛序始：即清初小说评点家毛宗岗，其评刻《三国演义》成为流行本。⑦金针随度：随时传授给人某种技艺的诀窍。

【赏　析】

金圣叹是明清之际的一位传奇人物，著名的文学批评家。他对传统文化的批评，往往有惊世骇俗之论和令人警醒之语。他称赞《西厢记》是"天地妙文"，又说"天下之文章，无有出《水浒》右者"，认为《水浒》"雄文骇俗，读之起舞"。对口口声声说暂借水泊梁山落草、替天行道的宋江，则直指其虚伪，说："《水浒传》有大段正经处，只是把宋江深恶痛绝，是人见之，真有犬彘不食之恨，从来人却是不晓得。"宋江人称"及时雨"，处处示人以仁义面目。但经金圣叹指出其可恨可恶之后，读者恍然大悟。明朝灭亡后，他从《论语》两次出现"谓然叹曰"，一为感叹圣人，一为圣人之叹，改名圣叹。又效法曾点，超然世事，绝意仕进，唯以读书著述为务。顺治十八年（1661），他因参与诸生哭祖事件，以倡乱罪被处斩。这篇传记着眼于奇人金圣叹"倜傥高奇"之处，让读者看到了升堂讲学的金圣叹气宇轩昂，形象伟岸，谈锋犀利，鞭辟入里，看到了金圣叹的挥金如土、潇洒无羁，看到了金圣叹的高风亮节和视富贵如浮云，看到了虽然谨言慎行却是无意中罹祸的金圣叹。本文作者从讲学、交友、著述、评点文章等方面入手，择取最能体现金圣叹"倜傥高奇"形象的事例，略加点缀，就使金圣叹的形象栩栩如生，俨然眼前。文中穿插的金圣叹纵谈"青青河畔草"的传说，虽有冲淡金圣叹悲剧命运的意思，却也把金圣叹视死如归的鲜活形象呈现到读者面前。本文的结尾是仿史传笔法，对传主的一生给予评价，指出金圣叹"虽罹惨祸，而非其罪"，有为金圣叹翻案的意思，很见作者胆识。

为学一首示子侄①

彭端淑

天下事有难易乎？为之，则难者亦易矣；不为，则易者亦难矣。人之为学有难易乎？学之，则难者亦易矣；不学，则易者亦难矣。吾资之昏不逮人也②，吾材之庸不逮人也③，旦旦而学之，久而不殆焉，迄乎成，而亦不知其昏与庸也。吾资之聪倍人也，吾材之敏倍人也，屏弃而不用，其昏与庸无以异也。圣人之道，卒于鲁也传之④。然哉昏庸聪敏之用，岂有常哉？

蜀之鄙有二僧⑤，其一贫，其一富。贫者语于富者曰："吾欲之南海⑥，何如？"富者曰："子何恃而往？"曰："吾一瓶一钵足矣⑦。"富者曰："吾数年来欲买舟而下，犹未能也。子何恃而往！"越明年，贫者自南海还，以告富者。富者有惭色。西蜀之去南海，不知其几千里也，僧富者不能至，而贫者至焉。人之立志，顾不如蜀鄙之僧哉！

是故，聪与敏可恃而不可恃也。自恃其聪与敏而不学者，自败者也。昏与庸可限而不可限也。不自限其昏与庸，而力学不倦者，自力者也。

【注　释】

①为学：做学问，求学。作者彭端淑，字乐斋，四川丹棱人。清代文学家。曾主讲四川锦江书院，名重一时。著有《白鹤堂文集》等。②资：资质，天赋。逮：及。③材：才能，才干。④卒于鲁也传之：终于由天资不高的曾参传了下来。鲁，指曾参。用孔子"参也鲁"之语。⑤鄙：边境。⑥之：到某地去。南海：指佛教圣地普陀山，在今浙江定海县东的海中。⑦瓶：水瓶。钵：和尚用来盛饭食的器皿。

【赏　析】

应该承认，人的天资禀赋是有区别的。有的人智商高，有的人智商低。天资禀赋的差异，会对人们的学习产生影响。但是，不能因天资禀赋有差异而放弃主观努力。如果意识到自己的天资禀赋和别人有差距，不气馁，不泄劲，树立目标，努力拼搏，完全可以笨鸟先飞。这篇文章承认人的天资禀赋的差异，但更看重个人努力和树立志向的作用。作者以蜀地的贫僧和富僧都想到南海去，而最终却是贫僧到了南海的故事，说明人的天资和禀赋就像财富一样，不是成功与否的充分必要条件，而努力和立志才是最重要的。如果自以为天资禀赋比别人强，而放弃努力，坐享其成，等来的必定是失败。相反，只要认定目标，努力学习，就可以克服天资禀赋不足的缺点，最终取得成功。先秦时期的思想家荀子对学习的重要性和学习的方法有很精彩的论述。他说："吾尝终日而思矣，不如须臾之所学也。"又说："不积跬步，无以至千里；不积小流，无以成江海。骐骥一跃，不能十步；驽马十驾，功在不舍。锲而舍之，朽木不折；锲而不舍，金石可镂。"（《劝学》）认识到学习的重要性，只是一个好的开端，但也要持之以恒，坚持不懈。世上无难事，只怕有心人。只要功夫深，铁杵磨成针。所以，关键是要有目标，有决心，有恒心。

六经中有伪文章①

袁　枚

明季以来②，宋学太盛③，于是近今之士，竞尊汉儒之学，排击宋儒，几乎南北皆是矣。豪健者尤争先焉。不知宋儒凿空④，汉儒尤凿空也。康成臆说⑤，如用麒麟皮作鼓郊天之类，不一而足。其时孔北海⑥、虞仲翔早驳正之⑦。孟子守先王之道，以待后之学者；尚且周室班爵禄之制，其详不可得而闻。又曰："尽信书不如无书。"况后人哉？善乎杨用修之诗曰⑧："三代后无真理学，六经中有伪文章。"

【注　释】

①《六经中有伪文章》：选自《随园诗话》。标题系编者所加。六经，六部儒家经典，即《诗》、《书》、《礼》、《乐》、《易》、《春秋》。②明季：即明代。③宋学：宋代理学。④凿空：意谓主观臆断，牵强附会。⑤康成：东汉经学家郑玄，字康成。一生遍注群经，为汉代经学之集大成者。⑥孔北海：即孔融，东汉末学者，建安七子之一，字文举，官至北海相，世称孔北海。⑦虞仲翔：名翻，字仲翔，三国吴人。精于《易》，有《易》注，又为《老子》、《论语》、《国语》训注。⑧杨用修：明朝文学家。名慎，字用修，号升庵。诗文甚多。后人辑有《升庵集》。

【赏　析】

　　袁枚很赞同孟子所说的"尽信书不如无书"那句话。当然袁枚并不是认为读书不重要，正相反，他主张即使天分极高的人也不可废弃学问。他在《续诗品》第三首中写道："万卷山积，一篇吟成。诗之与书，有情无情。"认为作诗与读书绝不是没有关系的。他只是反对迷信书、"死读书"的做法。古人的书中不都是一无错处的，"六经中有伪文章"，郑玄注经常有"臆说"，何况是其他的书了！因此不能毫无分辨地兼收并蓄，应仔细辨别，择其善者而从之。否则，就不如不去读书了。

家贫梦买书①

袁　枚

　　余少贫不能买书；然好之颇切，每过书肆，垂涎翻阅，若价贵不能得，夜辄形诸梦寐。曾作诗曰："塾远愁过市，家贫梦买书。"及做官后，购书万卷，翻不暇读矣。有如少时牙齿坚强，贫不得食；衰年珍羞满前，而齿脱腹果②，不能餍饫③，为可叹也！偶读东坡《李氏山房藏书记》，甚言少时得书之难，后书多而转无人读：正与此意相同。

【注　释】

①《家贫梦买书》：选自《随园诗话》。标题系编者所加。②腹果：肚子吃得很饱。③餍饫：饱餐。

【赏　析】

年少时因家境贫寒没钱买书，成年后书多了，反倒没有时间和精力去读了。这是很多人都有过的感受。袁枚如此，苏轼也是这样，真是"此事古难全"了。袁枚在这里表述了爱书的心情，意在提醒人们：爱书吧！读书吧！

地必须亲历①

袁　枚

凡地必须亲历，方知书史之讹。相传：禹王《岣嵝碑》在衡岳者为真②。余甲辰十月，亲至衡山之巅，见山有粗石一块，长四尺许，篆刻此文，并非碑也；且有斧凿新痕，转不如山下李邕所书《岳麓寺碑》之古③。李碑虽断，背有邕跋语百余字，如"庭前无讼，堂上有琴"之句，极古雅。被明人以丑劣行书，羼镌其上，殊可恶也！相传：江西南昌城隍庙有吴王孙权铜鼎。余亲至鼎下观之，乃后五代杨氏太和年民间所铸，记姓名而已。字阳文歪斜④，非孙权所铸。《广舆记》载：广西桂林府开元寺有褚遂良《金刚经碑》⑤。余到寺相寻，仅存焦土，中屹然一碑，乃后五代楚王马殷之弟马宾所书，非褚公也。字小楷，亦不甚工。又载：天台石梁长数十丈，人不能过。余往观，石梁长不满三丈，阔二尺，厚二丈有余，山顶瀑布三条，冲梁而下。初行者或未免目眩；山僧及舆夫过往如飞。桥尾有前明郑妃小铜殿一座，高不满七尺，平平无奇。石上镌云："冰雪三千丈，风雷十二时。"二语殊切。少陵诗称⑥："若耶溪，云门寺，布袜青鞋从此始。"似是一大名胜。壬子三月，余慕而往游，山在平地，数峰高丈许，溪流不及镜湖。深悔为少陵诗所误。盖少陵亦系耳闻，并未亲到也。

【注　释】

①《地必须亲历》：选自《随园诗话》。标题系编者所加。②禹王：即禹，夏朝建立者。他带领人民治理洪水，历十年之久，终于战胜洪水，得以平土而居。衡岳：即衡山，一名岣嵝山，又名霍山，古称南岳。位于湖南中部，相传禹治水到过这里。③李邕：唐朝书法家。字泰如。因曾任北海太守，故世称李北海。善书，时称"书中仙手"。④阳文：印章或碑刻突出的文字，与"阴文"相对。⑤褚遂良：唐朝书法家。字登善。与欧阳询、虞世南、薛稷并称"初唐四大家"。⑥少陵：即杜甫。

【赏　析】

读书人行万里路，意在开阔视野，扩大胸襟。而且，在"行万里路"中，亦可验证"读万卷书"中的正误。袁枚所列举的几个例子，经实地考察，均与书中所记大有出入。而且在实地考察中，还会有新的发现。如禹王《岣嵝碑》虽不存在，但却发现了李邕所书的《岳麓寺碑》等等。

贫儿学谄

沈起凤[①]

嘉靖间，冢宰严公擅作威福，夜坐内厅，假儿义子，纷来投谒。公命之入，俱膝行而进。进则崩角在地，甘言谀词，争妍献媚。公意自得，曰："某侍郎缺，某补之；某给谏缺，某补之。"众又叩首谢。起则左趋右乘，千态并作。少间，檐瓦窣窣[②]有声，群喧逐之，一人失足堕地。烛之，鹑衣百结，痴立无语。公疑是贼，命执付有司。其人跪地而前，曰："小人非贼，乃丐耳。"公曰："汝既为丐，何得来此？"丐曰："小人有隐衷，倘蒙见宥，愿禀白一言而死。"公许自陈。曰："小人张禄，郑州人。同人丐者，名钱秃子。春间商贾云集，钱秃所到，人辄恤以钱米。小人虽有所得，终不及钱。问其故，钱曰：'我辈为丐，有媚骨，有佞舌。汝不中窾要[③]，所得能望我耶？'求指教，钱坚不许。因思公门下乞怜昏夜者，其媚骨佞舌，当十倍于钱。是以涉远而来，伏而听，隙而窥者，已三月矣。今揣摩粗就，不幸踪迹败露。愿假鸿恩，及于宽典。"公愕然，继而顾众笑曰："丐亦有道。汝等媚骨佞舌，真若辈之师也。"众唯唯。因宥其罪，命众引丐去，朝夕轮授。不逾年，学成而归。由是，张禄之丐高出钱秃子上云。

锋曰："张禄师严冢宰门下，严冢宰门下又何师？曰：师严宰。前明一部百官公卿表，即乞儿渊源录也。异哉张禄，乃又衍一支。"

【注　释】

①沈起凤（生卒年不详）：字桐威，号蕈渔。今苏州人。能诗文，擅长戏曲。有《报恩缘》四种传世。②宰宰：形容坼裂或摩擦等细小的声响。③篆要：篆，中空。要，关键。文中指要领。

【赏　析】

这是一篇构思巧妙的小品文。它写官场丑态，重点没有放在那些官员们为了升官发财、仕途腾达而如何巴结讨好上司，如何向有关的大员献媚，而是借乞儿之口，描绘出官场丑态，将那些逢迎巴结、拍马献媚者的丑恶面目展示在读者面前。为了衬托官场上媚骨佞舌者的技艺高超，作者先写乞丐中的媚骨佞舌者。乞丐媚骨佞舌，最多是为了多博得一些人们的同情多乞讨一些食物钱财。而官场上的媚骨佞舌者，为了博得那些手握生杀予夺大权的人物的欢心，他们不仅子夜深人静之时去走门路，找关系，进贡送礼，表示忠心，而且在见主子的时候，完全是一副奴颜媚骨，进的时候是"膝行而进"，见了面则是响头一个接一个地磕，接着是"甘言谀词，争妍献媚"，唯恐别人占了先机。和这些人相比，一向奴颜婢膝的乞丐，简直连小巫也算不上了。在这样的官员面前，贫儿怎么会不自愧不如呢？贫儿拜他们为师，向他们学谄媚，可以说找对了对象。而那些官员们又是谁教出来的呢？是严嵩。其实，严嵩在这里只是一个符号，他代表着当时的官场崇尚的风气——媚骨佞舌。下面的官员对他媚骨佞舌，而他在嘉靖皇帝面前又何尝不是媚骨佞舌呢？当媚骨佞舌成了一个社会、一个时代的风气时，这个社会、这个时代也就病入膏肓，无可救药了。作者借乞儿之口，无情地鞭挞了当时的官场和社会，使人警醒，促人觉悟，进而奋起抗争。这也正是本文深刻的批判现实意义之所在。

己亥六月重过扬州记①

龚自珍

居礼曹②，客有过者，曰："卿知今日之扬州乎？读鲍照《芜城赋》③，则遇之矣！"余悲其言。

明年，乞假南游，抵扬州。属有告籴谋，舍舟而馆。既宿，循馆之东墙，步游得小桥俯溪，溪声欢。过桥，遇女墙啮可登者④，登之。扬州三十里，首尾曲折高下见。晓雨沐屋，瓦鳞鳞然，无零甃断甍，心已疑礼曹过客言不实矣。入市，求熟肉，市声欢。得肉，馆人以酒一瓶、虾一筐馈。醉而歌，歌宋元长短言乐府⑤，俯窗呜呜，惊对岸女夜起，乃止。

客有请吊蜀冈者⑥，舟甚捷，帘幕皆文绣，疑舟窗蠡壳也。审视，玻璃五色具。舟人时时指两岸曰："某园故址也，某家酒肆故址也。"约八九处。其实独倚虹园坼也。曩所信宿之西园，门在，题榜在，尚可识。其可登临者，尚八九处。阜有桂，水有芙藻菱芡。是居扬州城外西北隅，最高秀，南览江，北览淮，江淮数十州县治，无如此冶华也。忆京师言，知有极不然者。

归馆，郡之士皆知余至，则大欢。有以经义请质难者，有发史事见问者，有就询京师近事者，有呈所业若文、若诗、若笔、若长短言、若杂著、若丛书，乞为序为题辞者，有状其先世事乞为铭者，有求书册子、书扇者。填委塞户牖，居然嘉庆中故态，谁得曰今非承平时耶？惟窗外船过，夜无笙琶声。即有之，声不能彻旦。然而，女子有以栀子华发为贽求书者，爰以书画环填互通问，凡三人，凄馨哀艳之气，缭绕于桥亭舰舫间。虽澹定，是夕魂摇摇不自持。余既信信⑦，拿风流，捕余韵，乌睹所谓风号雨啸，髑穴悲，鬼神泣者！

嘉庆末，尝于此和友人宋翔凤侧艳诗⑧。闻宋君病，存亡弗可知。又问其所谓赋诗者，不可见，引为恨。卧而思之，余齿垂五十矣，今昔之慨，自然之运，古之美人名士，富贵寿考者几人哉？此岂关扬州之盛衰，而独置感慨于江介也哉？抑余赋侧艳则老矣，甄综人物⑨，蒐辑文献，仍以自任，固未老也。

天地有四时，而病于酷暑，而莫善于初秋。澄汰其繁缛淫蒸，而与之为萧疏淡荡，泠然瑟然，而不遽使人有苍莽寥泬之悲者，初秋也。今扬州其初秋也欤？予之身世虽乞籴，自信不遽死，其尚犹丁初秋也欤？作《乙亥六月重过扬州记》。

【注　释】

①重过扬州：清仁宗嘉庆末年（1820），龚自珍曾到过扬州。时隔19年，时任礼部主事的龚自珍，因忤其长官，触动时弊，而辞官南归，再过扬州。本文作者龚自珍（1792—1841），又名巩祚，字璱人，号定庵，浙江仁和（今浙江杭州）人。曾任礼部主事。以忧国忧民、伤时感事、企盼革新著称。著有《龚自珍全集》。②礼曹：即礼部，清代六部之一。③鲍

照：字明远，东海（今江苏连云港市东）人，南朝宋文学家。其所作《芜城赋》写广陵（即扬州）盛衰，伤时悯乱，颇有影响。④女墙：城墙上的矮墙。⑤长短言乐府：即宋元词曲。⑥蜀冈：在扬州市西北四里。⑦信信：信，再宿。信信，即连续住了四个晚上。⑧侧艳诗：文词艳丽浮华、格调轻佻的诗。⑨甄综：综合分析，鉴别品评。

【赏　析】

1839 年，即鸦片战争爆发的前一年，礼部主事龚自珍听客人说起扬州的情形，不由得为自古繁华的扬州再现鲍照《芜城赋》描述的情景而悲伤。这年五月，他辞官回乡，途经扬州。目睹"晓雨沐屋，瓦鳞鳞然，无零甓断甍"，又见故园如旧，景色如新，对客人的话很不以为然。看到这里，不仅作者不以为然，读者同样不以为然。若按作者描述的扬州热闹的景象和美丽的景物，确如作者所说："江淮数十州县治，无如此冶华也。"作者善于为文，也表现在这里，即通过作者耳闻目睹，先否定客人对扬州现状的评价。作者还写了文人士大夫和各色人等来其住所请教、质难、询问，以及乞序、求题词、求为铭、求为书册子等事，以为扬州风土"居然嘉庆中故态"，表现出文人士大夫的颓废心态，又一次烘托了扬州歌舞升平的景象。然而，作者至此笔锋一转，在看似不经意中，揭示了扬州的虚假繁荣。昔日热闹异常的运河两岸，如今已是"夜无笙琶声。即有之，声不能彻旦"。而那三个以栀子华发为进见礼的女子流露出的"凄馨哀艳之气"，更令人对扬州的繁华生疑。三个女子都是擅长书画的艺人，她们的进见礼虽然别致，却也实在是出于无奈。作者由此而生"今昔之慨"，似有似无中写出了扬州的盛衰。可见，作者没有被虚假的繁荣所迷惑，对所谓承平日久的社会还保持着清醒的头脑，流露出作者对国家、社会和民生的关切之情。就此而言，这篇文章和他的《己亥杂诗》有异曲同工之妙。

病梅馆记①

龚自珍

江宁之龙蟠②，苏州之邓尉③，杭州之西溪④，皆产梅。或曰："梅以曲为美，直则无姿；以敧为美，正则无景；梅以疏为美，密则无态。"固也。此文人画士，心知其意，未可明诏大号⑤，以绳天下之梅也。又不可以使天下之民，斫直、删密、锄正，以夭梅病梅为业以求钱也。梅之敧、之疏、之曲，又非蠢蠢求钱之民，能以其智力为也。有以文人画士孤癖之隐，明告鬻梅者⑥：斫其正，养其旁条；删其密，夭其稚枝；锄其直，遏其生气，以求重价，而江浙之梅皆病。文人画士之祸之烈至此哉！

予购三百盆，皆病梅，无一完者。既泣之三日，乃誓疗之，纵之，顺之。毁其盆，悉埋于地，解其棕缚⑦。以五年为期，必复之全之。予本非文人画士，甘受诟厉⑧。辟病梅之馆以贮之。呜呼！安得使予多暇日，又多闲田，以广贮江宁、杭州、苏州之病梅，穷予生之光阴以疗梅也哉？

【注　释】

① 《病梅馆记》：本文一题《疗梅说》，与《己亥六年重过扬州记》同写于1839年。这一年，正是近代西方列强对中国发动殖民战争的前一年。

②龙蟠：即今江苏南京清凉山麓龙蟠里。③邓尉：山名。又称袁墓山、万峰山，在今江苏省。因东汉太尉邓禹曾隐居于此，故名。④西溪：水名。在今杭州灵隐山西北。⑤明诏大号：公开宣传，大力号召。⑥鬻梅者：卖梅花的人。⑦棕缚：棕绳。⑧诟厉：责骂，辱骂。

【赏　析】

龚自珍是近代中国第一个意识到中国正面临着空前危机的知识分子。在《己亥六月重过扬州记》中，他透过扬州虚假的繁荣，看到了别人看不到也意识不到的危机，尤其是文人颓废萎靡的心态，更让这位忧国忧民的有识之士感到阵阵揪心。在这篇《病梅馆记》中，龚自珍着重揭示了病梅产生的两个最重要的深层原因，一是畸形的审美观念和审美需求，二是文人画士和"蠢蠢求钱"之鬻梅人的推波助澜。前者是病梅产生的文化与心理土壤，后者是利益驱动下的市利之举。有如此文化心理土壤，又有如此市利之人，江浙皆病梅，也就不足为奇了。但是，这仅是作者写作本文的第一层意思。作者真正的目的，则是以病梅为喻体，讽喻社会，批判现实。在落后的、病态的传统文化的束缚下，在市利之心的驱使下，中国的民众，尤其是有社会良知和民族脊梁之誉的知识分子队伍中，有一些人已经陷入病态之中，他们消极颓废，醉生梦死，很少关心社会现实与民生疾苦，不仅如此，他们还以其病态的社会文化行为，影响了中国的民众。作者对此深以为虑，表示要穷其毕生之精力，救治社会，救治民生，哪怕是为此受到严厉的指责和辱骂，也在所不惜。作者对当时社会了解之全面，认识之深刻，是其他文人所不及的。作者的社会良知，救治社会的急切心情，以及英勇无畏的精神，令人肃然起敬。联系到这篇文章是写于鸦片战争爆发的前夜，作者的远见卓识和深刻用意，就更加不言而喻了。